나를 찾지 마

나를 찾지 마

김범 장편소설

클레이하우스
CLAYHOUSE

프롤로그

사랑과 결혼, 부부에 대한 작가의 명언들.

행복한 결혼 생활을 위해 가장 중요한 것은 서로 얼마나 잘 맞느냐가 아니라 오히려 둘의 차이점을 어떻게 잘 극복해나 가느냐다.

-톨스토이

부부 생활은 아주 길고 긴 대화 같은 것이다.

-니체

사랑이란 둘이 서로 마주보는 것이 아니라 둘이서 같은 곳을 바라보는 것이다.

-생텍쥐페리

"골방에 틀어박혀 평생 글만 썼던 주제에 뭘 안다고 떠들어대
는 거야?"

"적어도 매일 기계만 돌렸던 당신보단 낫겠지."

"얘가 오빠를 아주 띄엄띄엄 보네."

"당신이 왜 내 오빠야? 웃겨."

"한두 살도 아니고 네 살이나 많은데 오빠지, 그럼 친구냐?"

"부부는 원래 다 동갑인 거야."

"좋겠다, 너는. 나이 먹은 오빠랑 친구 먹어서."

"나이 처먹은 게 자랑이다."

"허허, 그놈 참."

"뭐, 놈? 야, 이 노땅 꼰대야!"

"이게 진짜!"

"진짜 뭐? 뭐? 뭐?"

"아휴, 이 화상, 이거."

-승희와 준표

부부란 봄나물 맛 같은 것이다. 처음엔 새콤달콤하지만 자칫
잘못 걸리면 뒷맛은 더럽게 쓰다.

재첩

아침 8시, 쌀쌀한 바람을 몰고 상우가 찾아왔다. 거실 소파에 엉덩이를 붙이자마자 아들은 오늘 밤 미주에게 프러포즈를 하는데 엄마의 도움이 필요하다고 했다.

난 배가 고팠다. 아침은 먹었느냐 물으니 상우는 그런 건 중요하지 않다면서 뒤에 뭐라도 쫓아오는 듯 다급하게, 그리고 아주 길게 자신의 청혼 계획을 늘어놓았다.

프러포즈 명당으로 소문난 강변 호텔 스카이라운지, 아직은 아마추어지만 실력으론 프로를 능가한다는 아카펠라 그룹, 청혼 전문 플로리스트가 준비한, 화려하면서도 단아한 꽃 장식, 최고급 페리에 샴페인과 호텔 중식, 그리고 1캐럿 다이아몬드 반지. 축사는 미래의 장인이, 사회는 미래의 처남이 맡기로 했다고 했다. 상우는 내가 가장 중요한 역할을 해줘야 한다면서 직접 샴페인을 따면 좋겠다고 했다. 미래의 장모는 뭘 하느냐고 물으니 슬쩍 고개를 돌리고는 장모는 케이크 커팅을 함께 하기로 했다면서 말끝을 흐렸다.

긴 얘기를 들으며 찬찬히 상우 얼굴을 살폈다. 지금 기분이 어떠냐고 물으면 분명히 '최고로 행복하다'고 할 것이다. 내 눈엔 행복보다 불안이 보였다. 하긴 설렘이란 불안과 제일 가까운 법이니까.

마치 초등학교 숙제를 하듯 스케줄을 구구절절 다 늘어놓은 상우는 그제야 탁자에 갖다놓은 유자 냉차를 벌컥벌컥 들이켜고는 큰 숨을 한 번 내쉬더니 몹시 뿌듯한 표정으로 이 모든 걸 미주가 혼자서 다 준비했다면서 양쪽 입가를 한껏 올렸다.

괜찮았다. 사내들은 사랑에 빠지면 다 얼간이가 된다. 충분히 이해할 수 있는 일이었다. 하지만 프러포즈라고 하지 않았는가? 자기는 외국에서 자라서 이곳엔 친구가 없다고 해도 상우는 가까운 친구만 해도 대여섯인데 그 짝꿍들 대신 가족끼리 모여서 청혼을 한다니. 난 미주가 혼자서 다 짰다는 계획이 솔직히 마음에 들지 않았다.

다시 한번 아침은 먹었느냐고 물었지만 상우는 미주 얘기에만 열을 올렸다. 미주가 하나, 하나 꼬치꼬치 따져가면서 이런 일엔 이골이 난 호텔 담당자를 밀어붙인 끝에 무려 20퍼센트나 가격을

깎는 걸 보니 집안 형편 때문에 대학엔 가지 못했어도 정말 똑똑한 친구가 분명하다면서 아들은 슬쩍 내 눈치를 봤다.

이것도 괜찮았다. 불과 5년 전이었다. 사위는 아들보다 훨씬 더 상태가 심각한 바보가 되어 제 엄마의 속을 끓였다. 세상만사가 다 돌고 도는 것, 그저 내 차례가 된 것뿐이었다. 하지만 아무리 20퍼센트나 깎았다고 해도 단지 프러포즈일 뿐인데 초호화 강변 호텔이니, 플로리스트 꽃 장식이니, 아카펠라 그룹이니 하는 건 사실 받아들이기 쉽지 않았다. 그뿐이 아니었다.

왜 중식인지 궁금했다. 상우는 제 아비를 닮아 짜장면도 짬뽕도 그다지 좋아하지 않는 아이였다. 프러포즈 분위기에 과연 중식이 어울리는지도 의문이었다.

"아, 그거. 장모님이 그 호텔 짜장면을 꼭 먹고 싶대. 그래서 특별 주문을 했어."

이런 등신! 이런 놈을 낳아서 키우느라고 지난 32년, 그 개고생을 했단 말인가? 나도 모르게 목소리가 올라갔다.

"아침 먹었냐고! 도대체 몇 번을 물어?"

"깜짝이야. 아니, 왜 소리를 질러? 이 상황에 무슨 아침 타령이야, 엄마도 참!"

자리에서 벌떡 일어나 더 목소리를 높였다.

"난 짜장면 싫어. 바꿔. 안 바꾸면 안 가."

도대체 자기가 받을 프러포즈를 자기가 직접 준비한다는 게,

그게 말이 된단 말인가? 거기에 무슨 떨림이 있고 사랑이 있고 의미가 있단 말인가? 단지 청혼을 받는 그 짧은 순간을 위해 터무니없는 거금을 낭비한다는 게, 상우 두 달 수입에 가까운 금액의 다이아몬드 반지를 낀다는 게 형편 때문에 대학은 못 갔지만 정말 똑똑하다는 그 아이가 정녕 할 짓이란 말인가?

상우가 멍한 표정으로 날 바라봤다. 익숙한 얼굴이었다. 난처한 상황에 빠질 땐 상우는 늘 저 모습으로 시간을 벌었다. 제 아비처럼 바로 발끈하지 않아서 참 다행이다, 싶었는데 오늘 아침은 저 모습이 그렇게 미울 수가 없었다.

횅하니 일어나 내 방으로 들어가버렸다. '쾅' 소리 나게 문을 힘껏 닫았지만 너무 힘을 주다 보니 오히려 닫히지 않고 조금 열리고 말았다. 내가 방에 들어가자 상우는 곧장 누군가에게 전화를 걸었다. 열린 문틈으로 상우 목소리가 들렸다.

"어, 다 얘기했어. 근데 화를 내네. ……몰라. ……모른다니까. ……아니, 실수한 거 없어. ……아니야, 방에 들어갔어. ……어? 어, 알았어. 목소리 낮출게. ……아니, 다 좋아했어. ……어, 반지도. 근데, 내 참 기가 막혀서, 짜장면이 싫대. ……이거, 뭐 어머니는 짜장면이 싫다고 하셨어, 도 아니고. ……어, 진짜야. ……아니야, 원래 양장피라면 환장하거든. ……그냥 심술이야, 심술. ……알았어. 조용히 할게. ……문자로? 어, 알았어. 끊어."

침대에 걸터앉아 심호흡을 했다. 찔끔 눈물이 흘러내렸다. 겨자 맛이 톡 쏘는 양장피를 꽤 좋아하는 편이었다. 하지만 맹세코 환장을 한 적은 없었다. 매우 슬펐고 많이 서운했다. 그리고 몹시 창피했다. 반지 얘기를 할걸, 왜 하필 짜장면을 걸고넘어졌는지. 그렇다고 이제 와서 반지가 문제라고 뒤집기엔 좀 그랬다. 이왕 이렇게 된 거, 끝까지 짜장면을 물고 늘어지는 수밖에 없었다.

집 안은 고요했다. 적막한 가운데 상우가 폰 자판을 두드리는 소리만 희미하게 들렸다. 문자로 또 환장 소리를 하고 있음이 분명했다.

어떻게 할까? 어떻게 해야 하지? 서서히 분이 식었다. 아무리 괘씸하다고 해도 이대로 끝까지 화만 낼 수는 없는 노릇이었다. 상우와 미주에게 오늘 밤은 어쩌면 결혼식보다도 더 행복한 날이 될지 몰랐다. 내가 초를 친다는 건 너무 미안한 일이었다. 그까짓 짜장면, 안사돈 될 양반이 그렇게 먹고 싶다는데 눈 한번 질끈 감고 넘어갈 수 있는 문제였다. 다이아 반지도 뭐, 어차피 결혼식 땐 소소한 패물만 주고받기로 했으니 이해하려고 노력하면 그렇게 어려운 일도 아니었다. 무엇보다도 지금은 상우에게 아침을 먹여야 했다. 아들의 허기진 배를 채우기 위해 난 불끈불끈 치솟는 화를 애써 내리며 간신히 마음을 가다듬었다.

하지만 어떻게 출구를 찾을 것인가? 이 상황에서 방긋방긋 웃으며 거실로 나갈 수는 없는 일이었다. 상우가 불러주길 기다릴 수밖에 없었다. 미주의 코치를 받은 아들이 속이야 어떻든 건성으로라도 미안하다고 하면 못 이기는 척하며 나가서 엄마는 결코 심술쟁이가 아니란 걸 확실하게 알려주고 때마침 어젯밤 끓여놓은, 상우가 제일 좋아하는 재첩국을 먹이면 될 것 같았다.

"엄마, 나, 간다. 6시야. 진짜 늦으면 안 돼."

뭐? 엄마가 아직 화가 안 풀렸는데 그냥 가버린다고? 내가 안 간다고 했는데? 무슨 이런 황당한 경우가 다 있단 말인가? 그렇게 똑똑하다는 미주가 이렇게 하라고 했다고? 그럼 재첩은? 출구고 뭐고, 난 황급히 거실로 뛰어나갔다. 상우는 벌써 현관에서 구두를 신고 있었다.

"야, 아침은 먹고 가야지?"

상우가 잠깐 멈칫하더니 상체를 세우고 날 빤히 쳐다봤다.

"엄마는 이 와중에도 먹는 게 그렇게 중요해?"

어디선가 쿵! 소리가 들리더니 심장이 크게 떨렸다. 귓가에서 '삐' 소리가 길게 이어졌다. 난 그 자리에 얼어붙었다. 상우는 아무 말 없이 현관을 나가버렸다. 상우가 떠난 뒤에도 난 그 자리에서 꼼짝할 수 없었다.

너는 이 상황에도 먹는 게 제일 중요하구나!

까맣게 잊고 있던 장면. 10년 전 그날, 나갈 땐 나가더라도 밥은 먹고 나가란 소리에 그놈은 딱 상우와 같은 묘한 표정으로 날 보며 같은 얘길 했다. 한 순간 이명이 멈추더니 다리에 힘이 풀렸다. 그 자리에 털썩 주저앉았다. 눈물이 흘러내렸다. 곧 울음이 터질 기세였다. 어금니를 깨물고 무릎에 힘을 주고 벌떡 일어나서 양팔을 흔들며 허리를 꼿꼿이 폈다.

주방으로 가서 재첩국 냄비에 불을 올렸다. 처음 재첩을 먹던 날이 떠올랐다. 한창 연애하던 시절, 부산 동래였다. 세 번째인가, 네 번째인가, 놈과 함께 밤을 보내고 새벽녘 거리로 나섰다. 바람은 매우 찼다. 골목 여기저기서 중년 여성들이 "재치국 사이소"를 외쳤다. 그 소리가 대단히 정겹고 낭만적이긴 했으나 낡고 지저분한 양철통에서 축축한 플라스틱 바가지로 떠주는 길거리 재첩의 위생 상태가 영 거슬려서 난 눈살을 찌푸리며 뒷걸음쳤다. 하지만 놈은 성큼 한 중년에게 다가가더니 천 원짜리 지폐 한 장을 주고 재첩을 받아 단숨에 들이켰다. 놈이 한 그릇을 더 받더니 내게 다가와 불쑥 내밀었다. 난 단호하게 고개를 저었다.

어허, 일단 한번 맛보라니까. 이거 쭉 들이켜면 몸이 확 풀려.

몇 번을 거절했으나 놈은 소처럼 고집을 부렸다. 할 수 없이 입만 살짝 대야지, 하고 조금 맛을 봤다. 뜨거운 국물이 순식간에 속을 타고 내렸다.

음침하고 불결한 모텔 방, 불안한 연애의 두려움, 서툰 성관계의 통증과 수치, 낯선 도시의 한기에 꽉 막혀 있던 근육과 혈관이 한꺼번에 확 풀리고 뚫리는 경험이란. 깜짝 놀라는 날 보고 놈이 껄껄대며 웃었다. 그 웃음이 그렇게 선량해 보일 수가 없었다. 재첩 국물을 들이켜며 처음으로 놈과 함께하고 싶다고 생각했다.

저기…… 나랑 결혼할래요?

놈은 입을 반쯤 벌린 채 날 바라보며 커다란 눈만 껌벅였다.

재첩을 마셨다. 속은 물론 곤두선 신경까지 가라앉는 기분. 몸
이 풀리더니 몇 번 트림이 터졌다. 양 엄지로 관자놀이를 눌렀다.
이제 모든 게 괜찮아졌다.

피식 웃음이 새 나왔다. 그 시절엔 그렇게 재첩을 마시다가 프
러포즈를 했는데.

세상은 그동안 참 많이 복잡해졌다.

전화벨이 울렸다. 지은이었다. 상우가 제 누이에게 도움을 청
한 모양이었다. 그런 전화라면 받고 싶지 않았다. 다들 딸은 엄마
편이라고 하는데 지은은 대체로 내 편이 아니었다. 딸은 늘 제 엄
마를 가르치려 들었다. 제 딴엔 합리적이고 공정하다고 하는 모
양인데 난 그게 몹시 서운했다. 딸의 훈계가 아니어도 늦지 않게
호텔에 갈 생각이었다. 그게 올바른 선택이란 걸 모르지 않았다.
다만 어떻게든 미주를 괴롭히고 싶었다. 솔직한 마음이 그랬다.
미주 생각을 하자 다시 화가 부풀어 올랐다.

'뭐? 1캐럿 다이아 반지?'

앙큼한 것. 자기네 돈도 들어가는 결혼은 간소하게 하자면서
대단히 알뜰하고 검소한 듯 그렇게 갖은 궁상을 떨더니 정작 우
리 아들 등골은 쪽쪽 빨아먹겠단 수작이 아니면 도대체 뭐란 말
인가?

또 전화벨이 울렸다. 딸은 내가 받을 때까지 계속 전화를 걸다가 종국엔 집으로 달려올 게 빤했다. 아예 전화기를 꺼버리고 서둘러 외출 준비를 했다.

보랏빛 국화

아침 9시, 아파트 단지는 꼬마들 등원으로 분주했다. 노란색 차량들이 밀려들었다. 딸도 지금쯤 한 블록 떨어진 307동 앞에서 사라와 요한을 노란 차에 태우고 있을 터였다. 곧바로 단지를 벗어나 큰길을 건넜다. 단지 맞은편은 오래된 주택가였다.

다닥다닥 붙은 연립주택 사이, 어둡고 축축한 골목을 두어 번 돌아가면 야트막한 오르막이 끝나는 지점에서 갑자기 햇살을 가득 머금은 마름모꼴의 작은 공간, 달랑 그네 두 대와 미끄럼틀 하나가 놓인 나이 먹은 놀이터가 나타난다. 짜증이 나거나 마음이 무거울 때, 툭하면 1125 현관 비번을 누르고 들이닥치는 딸과 손자, 손녀를 피하고 싶을 때, 혼자만의 시간이 필요할 때 종종 찾아오는 나만의 아지트였다.

그네에 앉아 가볍게 몸을 흔들었다. 여린 바람 한 줌이 뒷목을 스쳤다. 그네 삐걱대는 것 외엔 어떤 소리도 들리지 않았다. 아침 내내 널을 뛰던 마음이 차츰 가라앉았다. 하늘을 쳐다봤다. 뒷목이 뻐근할 때까지 고개를 들고 하늘과 구름을 보며 콧노래를 흥얼댔다. 골목에서 누런 강아지 한 마리가 튀어나와 꼬리를 흔들면서 놀이터를 한 바퀴 돌더니 이내 다른 골목으로 자취를 감췄다. 잠시 후 누렁이와 비슷한 노인이 놀이터 입구에서 잠깐 날 물끄러미 쳐다보더니 천천히 발걸음을 돌렸다.

얼마나 시간이 흘렀을까? 아지트의 아늑함도 이번엔 크게 도움이 되진 않았다. 마음이 맑아지는 것 같다가도 불쑥불쑥 분노가 솟아났다.

'뭐? 환장?'

앞으론 양장피는 물론 짜장면도 다신 먹지 않겠다고 결심했다가 굳이 그럴 필요까진 없을 것 같아서 대신 아이들과 외식을 하게 되면 중식은 결단코 거부하리라 굳게 마음먹었다.

시간을 확인하기 위해 전화기를 켰다. 9시 30분. 적어도 한 시간은 흘렀다고 생각했는데 겨우 30분이 지났을 뿐이었다. 시간은 종종 마술을 부렸다. 빨라야 할 땐 느렸고 느려야 할 땐 빨랐다. 시간은 딱 아들과 딸을 닮았다.

지은의 부재중 전화 다섯 통과 메시지 세 개, 미주의 부재중 전화 세 통과 메시지 두 개가 보였다. 미주의 애타는 얼굴이 그려지자 마음이 아주 조금 풀렸다. 민재의 부재중 전화 두 통도 눈에 띄었다. 그에게 전화를 걸었다.

— 어디야?

민재의 매력이 무엇이냐 묻는다면 난 1초의 망설임도 없이 부드러운 저음이라고 답할 수 있었다. 그의 목소리 첫마디에 벌써 마음이 말랑말랑해졌다. 민재는 지은의 전화를 받았다면서 지금 어디냐고 또 물었다. 내가 잘못한 것이냐고 묻자 그는 절대 아니라면서 자기라도 아들이 청혼 자리에서 짜장면을 먹겠다고 하면 결사반대를 했을 거란다.

짜장면은 어느새 기정사실이 되어버린 듯했다. 억울했지만 어쩔 수 없는 일이었다. 그 나쁜 자식이 아침밥도 안 먹고 가버렸다고 하자 민재는 그게 말이 되느냐면서, 어떻게 그 시간에 엄마를 찾아와서 식사도 안 하고 갈 수 있는지 자기가 당장 상우에게 전화해 따지겠다면서 열을 올렸다. 피식 웃음이 새 나왔다. 웃음이 나오는데 또한 콧날도 시큰했다. 텅 빈 세상천지에 온전한 내 편 하나가 있다는 것.

— 오늘 저녁이라면서 당일 아침에 통보를 하는 거야. 이게 말이 돼?

— 말도 안 되지. 사돈의 팔촌이라고 해도 당일 통보는 무례한 건데.

— 오려면 오고 싫으면 말라는 거지 뭐. 내가 더 열 받는 건……

미주네 집엔 벌써 알렸을 거잖아. 날 얼마나 우습게 봤으면 이따위 짓을 할 수가 있어?

— 듣고 보니 그러네. 이건 그냥 넘어갈 일이 아닌 것 같은데?

— 평일로 잡은 것도 그래. 미주 부모가 주말엔 장사 때문에 바쁘니까 그랬겠지. 알아, 아는데 최소한 나한테 미리 양해는 구해야 하는 거 아니야?

— 그렇지, 당연히 그렇지. 그래서 어떻게 할 거야? 정말 안 갈 거야?

— ……샴페인을 따야 한다잖아.

— 잘 생각했어. 잘 생각하긴 했는데 속상하겠다, 진짜.

그가 보고 싶었다. 곧장 그에게 달려가 두 팔 활짝 벌려 안아주고 이번 위로 멘트에는 백 점 만점을 주며 넓은 등을 두드려주고 싶었다. 혹시나 해서 지금 시간이 괜찮은지 물으니 목소리가 살짝 흔들렸다. 난감한 모양이었다. 몇 번을 '어, 어,' 소리만 내뱉더니 지금은 도저히 안 되겠다며 미안하단 소리를 되풀이했다.

사업하는 사람이 평일 아침에 바쁘다는 게 뭐가 그리 미안하단 건지. 무리한 요구를 한 내가 미안한 일이었다. 타이밍이 맞지 않는 게 아주 짧은 순간 섭섭했다가 진심으로 미안해하는 마음이 느껴져서 서운함은 곧 사라졌다. 퇴근 후에 만날까 싶었지만 아들의 거창한 프러포즈 행사 때문에 어쩔 수 없이 내일 저녁으로 약속을 미뤘다.

시간을 확인했다. 9시 45분. 오늘은 당연히 미주의 날이었지만 나도 나름 중대한 역할을 맡았기에 어느 정도 단장은 필요했다. 할 일을 정리해봤다. 우선 집에 돌아가 설거지를 하고 청소기를 돌리고 목욕을 하고 피부관리숍에 들렀다가 미장원에 들렀다가……. 마음이 급해졌다. 서둘러 놀이터를 벗어나 집을 향해 달렸다.

천천히 달리는데도 숨이 턱턱 올라왔다. 종아리가 당기면서 골반과 어깨가 무거워졌다. 나이 탓이었다. 턱턱 막히는 숨과 함께 또 쑥쑥 분이 솟았다.

'장모는 케이크 커팅 공동 주연인데 난 그 옆에서 무수리처럼 샴페인이나 따라고?'

아무리 세상이 변했어도 내가 아들 가진 시어머니라고 속으로 외치다가 내가 어쩌다가 이렇게까지 유치해졌나, 부끄러워 얼굴이 빨개졌다가 결국 이 모든 게 상우 때문이라고, 아니 그 등신을 뒤에서 조종하는 고 앙큼한 미주 때문이라고 결론을 내고 본격적으로 그 애 욕을 하려다가 이런 내가 너무 싫어져서 기분이 또 우울해졌다.

큰길 앞에서 걸음을 멈췄다. 신호등이 몇 차례 바뀌었지만 난 가로등에 기대어 호흡이 가라앉길 기다렸다.

이른 아침부터 상우가 쳐들어왔을 때 난 사실 내 환갑 때문에 온 거라고 짐작했다. 곧 61회 생일인지라 그렇게 예상한 게 터무니없진 않았다. 아이들이 어떤 준비를 했든 거절할 마음이었다.

환갑이라니, 그저 끔찍할 따름이었다. 마흔이 됐을 때나 쉰이 됐을 때의 충격과는 또 다르게 기분이 끝도 없이 가라앉았다. 이젠 빼도 박도 못하게 노인의 반열에 올랐다는 것. 이미 충분히 우울하고 서글픈데 무슨 육갑을 떠는 것도 아니고 그 심란한 걸 왜 또 기념까지 한단 말인가? 그래서 난 아이들이 뭐라고 해도 절대 거부할 작정을 했던 터였다.

그런데 그게 아니었다. 아이들은 내 환갑 따위엔 아무런 관심도 보이지 않았다. 어쩌면 엄마 나이를 모르고 있는지도 몰랐다. 그들에겐 그저 바쁘고 치열한 그들의 삶이 있을 뿐이었다. 그 삶속에 난 존재하지 않았다. 당연한 일인데도, 충분히 알고 있는데도 난 사실 그게 너무너무 섭섭했다.

민재도 그랬다. 정말 보고 싶다면 밤 10시나 11시에도 충분히 만날 수 있지 않은가? 하지만 그는 밤 10시엔 반드시 잠자리에 들어야 하는 매우 모범적인 아저씨였다. 늘 신경 써주고 양보해주고 받아주는데도, 날 아끼고 위하는 마음을 잘 알면서도 난 이상하게 민재의 규칙적 삶에 서운할 때가 많았다.

솔직히 이런 건 다 핑계였다. 문제는 나였다. 나 자신이었다. 정말 정직하게 얘기하자면 난 내가 혼자인 게 싫었다. 혼자 밥을 먹고 혼자 장을 보고 혼자 거리를 걷고 혼자 TV를 보고 혼자 잠이 든다는 것. 매 순간 난 그저 시간을 견딜 뿐이었다. 산다는 게 하나도 재미가 없었다. 어떻게 이렇게 하루 24시간 내내 무료할 수 있는 건지.

내게 하루는 말 그대로 고독이었고 고독은 또한 말 그대로 고통이었다. 따지고 보면 이게 다 입술에 침도 안 바르고 평생을 어쩌고저쩌고 하겠다는 둥, 오빠만 믿으라는 둥, 원하지도 않았는데 별별 시답잖은 약속을 혼자 다 떠들어대고는 어느 날 갑자기 그야말로 연기처럼 획 사라져버린 바로 그놈 때문이었다.

'나쁜 자식.'

신호등에 다시 파란불이 들어왔다. 천천히 길을 건넜다. 놈이 미운 건 미운 거고 어쨌든 난 지금 내가 할 일, 소위 나잇값이란 걸 해야만 했다. 환갑 나이에 육갑을 할 수는 없는 노릇이었다. 점점 걸음이 빨라졌다.

육십갑자가 한 바퀴 돌았다. 그게 뭐? 올해가 다른 해와 다를 건 없었다, 딱 한 가지만 빼고. 이젠 가끔 죽음을 상상하게 된다. 작년까진 그런 생각이 없었는데 막상 환갑이 되고 나니 시도 때도 없이 불쑥불쑥 생의 마지막 순간이 저절로 떠오른다.

죽는다는 건 뭘까? 장 서방과 지은은 주님을 믿으면 몸은 사라져도 영은 남아서 천국에 간다고 하고 오빠와 올케인 은영은 윤회를 통해 다른 생명으로 태어난다고 하지만, 솔직히 둘 중 하나였으면 좋겠지만, 벌레 같은 것으로 태어나는 건 정말 싫으니까 이왕이면 장 서방과 딸 얘기가 맞아서 천국이란 곳에 가고 싶지만, 아무리 생각해봐도 난 그 천국이란 게 영 실감이 나지 않았다. 그래서 내겐 아직도 죽음이란 그저 소멸이었다. 사라진다는 것, 그냥 없어진다는 것, 그건 참으로 슬픈 일이었다.

어린 시절, 오빠가 장난한답시고 동네 뒷산 개미집 앞에 불을 놓았다. 살겠다고, 어떻게든 살아남겠다고 개미들이 온몸을 비틀며 필사적으로 발버둥 치던 걸 기억한다. 언젠가 찾아올 소멸의 순간, 나는 아마도 그렇게 개미처럼 치열하게 생명줄을 붙잡고 늘어질 것 같아서, 그럼에도 불구하고 결국 사라질 것 같아서 문득문득 죽음이 떠오를 때마다 참을 수 없는 설움과 분노에 히스테리를 부리고 펑펑 눈물을 흘렸다. 그냥 그렇단 거다. 그냥 내 심술에 대한 일종의 해명이랄까?

오후 5시 30분, 프러포즈 명당이라는 강변 호텔에 도착했다. 사진이나 영상으론 몇 번 봤는데도 실제로 본 외관은 눈이 시리도록 화려했다. 생각보다 더 많은 지출이 있었을 것 같아 속이 쓰렸다. 하지만 이미 돌이킬 수 없는 일이었다.

화장실에 들러 매무새를 가다듬었다. 외투 안 스모크 블루 원피스가 너무 넘치는 게 아닌가, 살짝 걱정이 일었지만 오늘 컬러 코드가 블루라고 했고 또 나름 중책을 맡았으니 이 정도 차림은 무난하다 싶었다. 마지막으로 거울을 보며 머리를 만졌다.

'가자, 윤승희. 가서 멋지게 샴페인을 따는 거야.'

5시 50분, 스카이라운지의 커다란 문을 힘차게 밀고 안으로 들어갔다. 플로리스트가 준비했다는 화려하면서도 단아한 꽃 장식과 각종 풍선, '축 청혼' 플래카드는 눈에 들어왔는데 정작 상우와 미주는 보이지 않았다. 지은도 장 서방도, 사라와 요한도, 미주 부모도 보이지 않았다. 뭔가 착오가 생긴 듯했다. 스카이라운지 담당 직원을 불렀다. 담당자는 친절한 목소리로 '저녁 6시, 홍미주 모임'이 확실하다고 했다.

그런데 왜? 마음이 바빠졌다. 혹시 내가 무슨 실수라도 해서 아들 프러포즈가 엉망이 된다면? 상우와 지은과 장 서방과 미주에게 연신 전화를 돌렸다. 신호는 가는데 그 누구도 받지 않았다. 도무지 상황을 이해할 수 없었다. 다시 한번 담당자를 불러 예약을 확인했다. 6시 모임이 분명하다면서 그도 고개를 갸웃거렸다. 뭔가 잘못된 게 분명했다. 심장이 '콩콩' 빠르게 울렸다.

'어떻게 해야 하나? 이럴 땐 어떻게 하는 게 최선일까?'

민재에게 막 전화를 걸려는데 갑자기 실내 전등이 모두 꺼졌다. 통유리 창밖 밤하늘과 강변 불빛이 안으로 밀려들었다. 다급함 속에서도 참 아름답다는 생각이 들었다. 꽃 장식이 반짝이기 시작했다. 꽃에 야광을 입힌 듯했다. 한순간 향기가 밀려왔다. 국화였다. 내가 제일 좋아하는 보랏빛 국화는 아니었다. 대신 그것과 매우 유사한 수레국화가 활짝 웃고 있었다. 뜬금없이 과거의 어느 날이 불쑥 떠올랐다.

무슨 꽃을 제일 좋아한다고 했지?

또 까먹었냐? 아휴, 인간아. 됐다.

너도 내 나이 돼봐라.

웃겨, 남들이 들으면 한 열 살 많은 줄 알겠다.

한 번만 더 얘기해줘. 이제 절대 안 까먹을게. 어? 어? 어?

국화.

맞다, 이제 기억나네. 그중에서 뭐 좀 이상한 색깔 좋아한다고 했는데.

보랏빛 국화. 보라가 뭐가 이상해?

이상하지, 그럼. 국화는 원래 흰색인 거야.

무식해, 무식해. 노란 국화도 있고 빨간 국화도 있고 보랏빛 국화도 있어. 그중에서 이 누나는 보랏빛 국화를 좋아한다고. 알았어? 똑똑히 기억해라.

아무튼 별나, 참 별난 화상이야. 저기 말이야, 오빠가 약속할게. 내가 너 환갑 때는 보라색 국화 60송이 꼭 사준다.

환갑? 아, 끔찍해. 싫어, 싫어, 싫다고.

알았다, 알았어. 그럼 우리 35주년에 35송이.

어디선가 작게 노랫소리가 들렸다. 은은하고 고운 아카펠라였다. 노래는 점점 크게 들렸다. 〈나랑 결혼해줄래〉였다. 문이 열렸다. 촛불이, 여러 개의 촛불이 안으로 들어왔다. 정확히는 촛불처럼 생긴 작은 전등이었다. 지은과 상우, 장 서방과 미주의 웃는 얼굴이 보였다. 사라와 요한도, 오빠 부부도 촛불을 들고 환하게 미소를 지었다. 그 옆에 단짝 명원의 모습도 눈에 들어왔다. 도대체 이게 어떻게 된 영문인가?

어디선가 부드럽고 따듯한 목소리가 들렸다. 익숙한 저음이었다. 몹시 서툰 노래.

한 중년 사내가 반대편 문에서 모습을 드러냈다. 연미복에 나비넥타이까지 한 민재였다. 그가 잔뜩 긴장한 얼굴로 날 보며 열심히 자기랑 결혼해달라고 노래를 불렀다. 그가 내 앞에서 무릎을 꿇더니 반지를 내밀었다. 척 봐도 1캐럿 다이아몬드였다.

"승희야, 나랑 결혼해줄래?"

무릎을 꿇은 민재는 심하게 흔들리는 눈동자로 날 쳐다보며 사시나무 떨듯 온몸을 덜덜 떨었다. 실내에 환하게 불이 들어오고 지은과 상우, 장 서방과 미주, 사라와 요한, 그리고 오빠 부부와 명원까지 모두 박수를 치며 연호했다.

"받아줘! 받아줘! 받아줘!"

맙소사! 깜빡 속고 말았다. 샴페인을 따라고 부른 게 아니었다.

분위기에 휘말려 얼떨결에 민재에게 손을 내밀었다. 민재가 내 손에 다이아몬드 반지를 끼웠다. 환호와 박수, 축하의 노래가 울려 퍼졌다. 그제야 비로소 정신이 번쩍 들었다. 창피했다. 너무 창피해서 도망치고 싶었다.

환갑 나이에 이게 무슨 육갑이란 말인가?

선지

"식은 언제 할 거야?"

"무슨 식?"

"얘가 왜 또 딴청이야?"

가느다란 가을 햇살. 연분홍 구름 몇 점이 머문 오후의 하늘과 느릿하고 희미한 바람. 그리고 양평 콘도미니엄 앞 원조해장국.

원조집답게 사시사철 대기 줄이 길기로 악명이 높았지만 그나마 평일 2시엔 비교적 손쉽게 자리를 잡을 수 있었다. 명원과 난 해장국을 시켰고 은영은 내장탕을 골랐다. 내가 보기엔 그게 그건데 은영은 선지를 먹는 명원과 날 보며 잔뜩 눈살을 찌푸리면서 내장은 잘도 씹어댔다.

국물이 들어가니 비로소 꽉 막혔던 속이 풀렸다. 온몸에서 알

코올이 빠져나가는 느낌. 명원의 백지장 얼굴에도 몇 줄기 핏기가 돌았고 허리도 펴지 못하던 은영도 비로소 고개를 바로 들고 엉거주춤한 자세로 어깨를 좌우로 돌렸다. 열심히 수저질을 하면서 명원과 은영이 훤수작을 주고받았다.

"원조는 무슨 원조. 화학조미료 없이 맛을 내야 진짜배기지."

"거, 참, 한참 맛나게 먹고 있는데. 넌 어쩜 그렇게 매사가 불만이니?"

"야, 정명원. 말은 바로 하자. 에브리씽 노노노는 너지, 왜 나야?"

"뭘 처넣었든 맛만 있으면 장땡인 거야. 꼭 요리 못하는 것들이 입만 살아가지고."

"너야말로 입만 열면 지적질이잖아. 그거 병이다, 너."

"난 씹을 만한 인간만 씹는다. 승희야, 너 내가 너한테 딴지 건 적 있어?"

"아니, 없어."

"거봐."

"그래, 잘났다, 너희 둘. 참 잘났어."

실로 오랜만에 단짝들과 함께 콘도에 방을 잡고 밤새 폭음을 했다. 마셔도 너무 많이 마셔댔다. 은영은 화장실을 들락거리며 두어 차례 구토를 했고 명원도 해가 떠오를 때쯤엔 앞으로 고꾸라졌다. 술이 약한 난 2시쯤부터 이미 시체가 되어버렸다.

그럼에도 불구하고 술이 좋은 건 바로 온유함 때문이었다. 아무리 죽을 것처럼 힘들어도 결코 우릴 진짜 죽이진 않는다는 것, 온갖 헛소리를 떠들어대고 민망한 짓거리를 해대도 다음 날엔 다 잊게 해준다는 것, 꽁꽁 숨겨두었던 속내를 폭포수처럼 쏟아내도 아무 말 없이 다 받아준다는 것.

"그래서 언제 할 거냐고?"

내장을 잘근잘근 씹던 은영이 갑자기 질문을 던지며 날 쳐다봤다. 명원도 깍두기를 집던 손을 멈추고 날 바라봤다. 난 아무 대답 없이 뜨거운 국물을 마시며 명원과 은영의 시선을 피했다.

"너 혹시 딴생각하는 건 아니지?"

"승희가 너냐? 반지까지 받았는데 무슨 딴생각을 해?"

어젯밤 난 이들에게 뭐라고 떠들어댄 것일까? 뭔가 한참 주절댄 것 같은데 밤새 쏟아냈던 수많은 말 중 겨우 두세 마디 정도가 희미하게 떠오를 뿐이었다. '어쩌면 그렇게 감쪽같이'와 '더럽게 마음이 아파' 그리고 또 뭐였더라?

청혼을 결심한 민재는 먼저 아이들 허락을 받으려고 지은을 찾았다. 지은과 장 서방은 상우와 미주를 불렀고 넷은 단 5분 만에 만장일치로 민재와 의기투합하고 함께 머리를 맞댔는데 문제는 과연 '어떻게 눈치 빠른 엄마를 감쪽같이 속이고 서프라이즈 파티를 열 것인가?'였다. 도대체 왜 날 속이는 게 그렇게 중요했는지는 이해할 수 없었지만 아무튼 그렇게 다섯이 마주 앉아 머리를 쥐어짤 때 형편 때문에 대학은 못 갔지만 그중에선 제일 똑똑한 미주가 혁혁한 공을 세웠다고 했다.

신이 나서 참새처럼 떠들어대는 딸과 아들 앞에서 난 그저 웃기만 했다.

민재가 내민 1캐럿 다이아 반지를 손가락에 끼자 강변 호텔 스카이라운지의 분위기는 최고조로 달아올랐다. 아이들은 만세를 불렀고 오빠는 눈시울을 붉혔다. 은영은 달려와 날 껴안더니 "이제 윤승희, 불행 끝, 행복 시작"이라면서 연신 내 등을 두드렸다. 명원은 제일 뒤에서 간간이 박수를 치면서 내게 작은 미소만 보여주었다. 깔깔대던 지은과 미주가 갑자기 동시에 울음을 터뜨렸다. 은영이 왜 그러느냐 물으니 둘은 또 동시에 "너무 좋아서"라고 하며 울다가 웃다가를 반복했다.

양장피를 먹는 동안에도 옆자리에 앉은 민재는 내 손을 놓지 않았다. 파티 내내 민재는 한번 낀 손깍지를 절대 풀지 않았다. 샴페인은 내가 아니라 사위가 땄다. 장 서방이 모두의 잔에 샴페인을 따른 후 자리에서 일어나 잔을 높이 들었다.

"이날을 얼마나 기다렸는지 모르겠습니다. 하나님 아버지 감사합니다. 그동안 저희만 복 받는 것 같아서 참 죄송한 마음이었습니다. 이젠 어머님도 행복하셔야 합니다. 자 다들 건배할까요? 새롭게 출발하는 멋진 두 분의 청춘을 위하여!"

청춘이라니. 환갑 나이에 청춘이라니.

청혼의 밤이 지난 후 지은과 미주는 매일 내게 전화를 해댔다.
신이 난 둘은 한껏 올라간 톤으로 내 결혼식 얘기를 꺼내 들었다.

천천히, 좀 천천히.

내가 살짝 한 발을 빼자 둘은 은영까지 불러내 함께 집으로 쳐
들어와서는 '물 들어올 때 노 저어야 한다'는 고전 멘트까지 날리
며 당장 식을 올려야 한다고 자기들끼리 북 치고 장구 치고 노래
까지 불러댔다.

민재와 내가 합치는 건 그의 여동생과 아들 내외, 그리고 오빠
와 우리 아이들이 만나서 이미 다 합의를 끝낸 일이었고 민재와
나도 암묵적으로 동의한 사항이었다.

하나, 상속 문제는 양쪽 집안 다 복잡해질 수 있으니 법적으로
두 사람은 남남으로, 집안은 계속 지금처럼, 그러나 서로를 존중
하고 배려하며 지낸다.

둘, 민재 가족은 빠지고 내 가족과 가까운 지인끼리만 모여서
조촐한 결혼식을 올리고 민재의 가평 별장에서 신혼살림을 시작
한다.

셋, 민재는 우리 집 대소사에 기꺼이 참여하는 대신 난 양측 다
인정하는 아주 특별한 경우가 아닌 한 그의 집안 행사엔 함께하
지 않는다.

이제 청혼 반지까지 받았으니 식을 올리고 함께 사는 걸 미룰
이유가 없었다. 그걸 모르는 게 아니었다. 모르는 건 아니었는데

난 될 수 있는 한 결혼을 미루고 싶었다. 그 이유는 참, 내가 생각해도 어처구니가 없었다.

솔직히 나는 수십 년을 살아온 노원을 떠나 낯선 땅, 가평으로 가는 게 영 내키지 않았다. 그렇다고 그걸 올케와 아이들에게, 특히 '엄마는 어떻게 나이를 먹을수록 어린아이가 되어가느냐?'며 수시로 디스를 하는 지은에게 털어놓긴 좀 그랬다.

내가, 내가 알아서 한다고. 제발 좀.

결국 난 빽 소리를 질렀고 은영와 지은과 미주는 어안이 벙벙한 표정으로 한참을 날 쳐다보다가 발길을 돌렸다. 민재는 전화 대신 문자를 보냈다. 무슨 까닭인지는 모르겠지만 아무튼 충분히 시간을 줄 테니 천천히 생각을 정리하고 결심이 서면 그때 전화를 해달라는, 참으로 그다운 메시지였다.

커다란 해장국 그릇을 깨끗이 비웠다. 오전 내내 시체가 되어 단잠을 잤는데도 순식간에 또 졸음이 밀려왔다. 명원과 은영도 마찬가지인 모양이었다. 의자에 기대어 눈을 감았다. 꼼짝하기도 싫은, 기분 좋은 나른함.

"모레지? 상우도 프러포즈한다면서? 아무튼 미주, 고것이 여우는 여우다."

피식 웃음이 새 나왔다. 같은 호텔, 같은 아카펠라, 같은 샴페인과 꽃 장식. 미주는 이번엔 무려 30퍼센트 디스카운트를 받고 상우 친구들과 자기 가족을 초대했다. 식사는 중식 대신 한우라고 했다. 미주 엄마는 짜장면을 좋아하는 게 아니었다. 결론적으로 민재의 프러포즈는 미주에겐 일종의 예행연습이었던 셈이다.

매 순간 머리가 핑핑 돌아가는 그 아이가 난 여전히 마음에 들지 않았다. 하지만 어쩌면 겉만 멀쩡했지 속은 덜떨어진 상우에겐 그런 여우가 '딱'이란 생각도 들었다.

"너, 드레스는?"

갑자기 명원이 훅 치고 들어왔다. 난 멍한 표정으로 눈만 깜빡였다. 내가 입을 다물고 있자 은영이 대신 답했다.

"샀어. 승희는 빌려 입겠다고 했는데 민재 씨가 새것으로 사자고 빡빡 우겨서 지은이가 제 엄마 결혼 선물로 사줬어. 진짜 예뻐. 아무튼 윤승희, 그날엔 아주 반짝반짝 빛이 날 거야."

"들어갈 땐 혼자 들어가냐? 아니면 민재 씨랑 같이?"

"경아 아빠가 자기 손 잡고 들어가자는데 승희가 아직 답을 안 하네."

"참 환갑 나이에 할 거 다 하는구나. 아예 하는 김에 화촉도 밝혀라."

"당연하지. 내가 밝힐 거야."

"승희 결혼에 송은영이 왜 설쳐?"

"내가 윤씨 집안에서 제일 어른이잖아."

오래전 희미한 기억. 부모의 격렬한 반대와 둘 다 한 푼도 없는 처지 등등으로 식 같은 건 아예 엄두도 내지 못하고 나름 신혼여행이라고 찾아간 강릉 해변 싸구려 호텔 방에서 아이들 장난처럼 그 당시 500원이던 보름달 빵에 빨간 것 하나, 파란 것 하나, 작은 초 두 개를 꽂고 화촉을 밝혔다.

유치하고 초라하기 이를 데 없는 짓거리에도 솔직히 난 떨렸고 설렜으며 그 조그마한 불빛이 너무도 아름다워 기쁨의 눈물을 흘렸다. 아마도 난 그때 잠시 미쳤던 게 분명하다. 놈과 손을 마주 잡고 함께 촛불을 끄고 나자 놈이 날 꽉 껴안으며 굵고 칼칼한 목소리로 굳은 약속을 했다.

언제 어디서든 내가 널 지켜줄 거야.

약속할 수 있어?

당연하지. 약속!

약속은 개뿔. 이 완전 사기꾼, 날강도, 새빨간 거짓말쟁이.

"그래서 언제 할 거냐고?"

"뭘?"

"미치겠네. 뭐겠어? 결혼식이지."

명원이 오른손으로 자기 가슴을 두드리며 답답해했다.

"생각 중이야."

"와, 진짜 돌아버리겠네. 도대체 뭐가 문제야? 아무튼 윤승희, 넌 예나 지금이나 참 한결같아. 크렘린이야, 크렘린."

이번엔 은영이 자기 가슴을 치며 대놓고 짜증을 냈다.

이게 감히 시누이한테.

난 발끈했다. 나도 모르게 목소리가 터무니없이 크고 높게 올라갔다.

"이사 가기 싫다고! 가평이 싫다고!"

속사포처럼 쏟아냈다. 가평에 가면 마트도 차 타고 가야 하고 제일 가까운 편의점도 2킬로미터나 떨어져 있는데, 단골 병원도, 늘 다니던 은행도, 재래시장도, 심지어 단골 빵집도, 동사무소 라인댄스반도, 무엇보다도 숱이 많이 모자란 내 머리를 편한 마음으로 보여줄 수 있는 단골 미용실도 다 노원에 있는데, 내가 왜 가평으로 이사를 가야 하느냐고 마구 퍼부어댔다.

내 고성 때문에 여기저기서 우리 자리를 기웃거렸다. 은영이 어이없단 표정으로 뭐라고 하려다가 명원이 눈짓을 하자 한숨을 내쉬며 입을 다물었다.

민재가 내 아파트로 이사 오는 건 민재 아들과 며느리가 극구 반대를 했다. 딸네가 나랑 같은 아파트 단지에 살고 아들도 근처 연립에 신혼집을 얻을 예정으로, 한마디로 노원은 우리 집안 영역인데 민재가 노원으로 오면 가끔이라도 찾아오기가 괜히 불편하고 심정적으로 아버지를 뺏기는 기분이 든다는 소리였다. 그러면 가평은 민재의 영역이 아니냐고 지은이 되묻자 민재 며느리는 자기네는 강남에 사니까 가평은 일종의 중립 지역이라면서 고집을 꺾지 않았다.

지은과 민재 며느리가 팽팽히 맞설 때 민재 아들이 시가 10억쯤 한다는 가평 별장 명의를 내 이름으로 바꾸는 건 어떻겠느냐고 제안했고 세금까지 그쪽에서 다 부담하겠단 소리에 지은은 잠시 더 버티다가 살며시 꼬리를 내렸다.

명원이 해장술을 시켰다. 종업원이 소주를 가져와선 내 눈치를 살폈다.

"승희야."

명원이 내 잔에 술을 따랐다. 목소리가 낮게 울렸다.

"서준표는 죽었어."

안다, 알고 있다. 아주 잘 알고 있다.

꾹꾹 눌러왔던 것이, 강변 호텔에서부터 애써 눌러왔던 것이, 밤새 술을 퍼마시면서도 누르고 또 눌렀던 것이 마침내 한순간 터져버렸다. 선지 같은, 꼭 선지같이 뜨겁고 뻘건 눈물이 폭포수처럼 흘러나왔다.

믹스 커피

어린아이처럼 엉엉 울었다. "꺼이, 꺼이" 소리까지 내며 울면서 탁자에 고개를 파묻었다. 은영이 다가와 등을 토닥여줬다.

딱 10년 전, 이맘때였다. 그때 내 인생은 참 모든 게 공포와 불안, 분노와 절망 그 자체였다. 가족 모두가 함께 벼랑 끝을 향해 전력질주를 하는 기분.

지은은 제 아비는 물론 나에게도 한마디 상의 없이 임용고시 삼수를 포기하고 카페 알바를 시작했고 군에서 막 제대한 상우도 뜬금없이 만화를 그리겠다면서 횡하니 집을 나가버렸다. 서준표, 그 망할 종자는 가장이란 놈이 차분하게 우선 아이들 얘기를 들어보고 타협점을 찾으며 위기를 수습할 생각은 안 하고 "너희들은 아직 어려서 모르는데 누가 뭐래도 교사 자격증이, 기술사 자격증이 바로 우리처럼 없는 사람들에겐 행복으로 가는 유일한 열쇠"라는 새마을운동 시대에나 통할 구린 논리로 아이들을 설득하겠다고 나서서 상황을 더 악화시켰다.

그 와중에 집주인은 집이 팔렸다면서 한 달 내에 이사를 해달라고 했고 공장은 빚에 몰려 곧 문을 닫을 지경이었다. 상무로 일하던 오빠는 월급이 밀리자 사표를 던지곤 배달 알바를 시작했고 은영은 사흘에 한 번꼴로 찾아와 한 달 치 봉급이라도 달라며 내게 매달렸다. 그런 아비규환 속에서 쌀쌀한 바람 불던 어느 날 아침, 놈이 아무런 말도 없이 연기처럼 사라져버렸다.

그날 아침, 놈은 눈을 뜨자마자 자리에서 벌떡 일어나 씩씩대며 한동안 방 안을 빙빙 돌더니 갑자기 지은의 방으로 달려갔다. 놀란 내가 급히 따라가서 말리려 했지만 놈은 나보다 한발 먼저 형식적인 노크를 하고는 딸 방문을 벌컥 열고 뛰어 들어가 곤히 자고 있는 딸을 억지로 깨웠다.

지은아, 한 번만, 딱 한 번만 더 해보자. 그래도 안 되면 아빠도 포기할게.

딸은 멍한 표정으로 제 아빠와 날 번갈아 쳐다보다가 한순간 인상을 찌푸렸다.

싫어.

놈은 곧바로 인상을 구겼다. 아마 놈도 제 딴에는 참을 만큼 참았던 모양이었다. 목소리가 크게 떨리더니 놈의 입에서 결코 나와선 안 될 '이 한심한'이란 단어가 툭 튀어나왔다. 폭탄을 뱉어놓고 자기도 당황했는지 놈은 두어 걸음 뒷걸음쳤다.

딸은 한동안 말없이 제 아빠를 쳐다봤다. 딸의 얼굴색이 하얗게 변해갔다. 표백한 것처럼 하얗게 된 지은이 "한심한 거 인정하니까 이제 더 이상 어떤 기대도 걸지 말고 그냥 내 방에서 나가줘"라고 했고 놈은 1분쯤 우물쭈물하더니 결국 아무 변명도 하지 못하고 딸 방을 나가버렸다.

놈은 곧장 베란다로 달려가 이상한 괴성을 한 번 질러대곤 허공에 발길질을 했다. 그 발길질에 하필이면 내가 제일 아끼는 화분이 옆으로 쓰러졌다.

흩어진 흙더미와 깨진 화분 조각들, 구겨진 화초를 보며 난 확실하게 느낄 수 있었다. 끝까지 버티던 마지막 끈 한 가닥마저 마침내 끊어지고 말았다는 것.

지은은 낡은 트레이닝복 차림으로 가방만 들고 횡하니 집을 나갔고 난 일부러 그런 게 아니란 걸 알면서도 "왜 애꿎은 화분한테 화풀이냐"며 놈에게 매달려 악다구니를 퍼부었다. 한동안 내게 멱살을 잡힌 채 멍한 표정으로 날 쳐다보던 놈은 어느 순간 바닥에 털썩 주저앉더니 더 이상 꼼짝하지 않았다.

한 시간쯤 뒤에 놈은 베란다 창고에서 허름한 녹색 여행 가방을 꺼내 들더니 옷가지 몇 개를 챙기고는 좋아하던 재첩도 마다한 채 그렇게 허망하게 훌쩍 내 곁을 떠나버렸다. 그게 끝이었다.

놈은 끝내 돌아오지 않았다.

한참을 울고 나니 비로소 창피함이 몰려들었다.

"아우, 쪽팔려. 빨리 나가자. 어디 갈까?"

"조용한 카페에 가서 우아하게 커피나 한잔 때리자."

"때리긴 뭘 때려? 제발 말 좀 예쁘게 해."

"조용한 카페 어디?"

"가평."

"이것들이 정말!"

"웃겨? 가평이 다 최민재 땅이야?"

서둘러 해장국집을 나와 가평 강변, 명원이 검색한 한적한 카페로 차를 몰았다.

은영은 라테 라지 사이즈를, 명원은 샷을 추가한 진한 아메리카노를, 그리고 난 달콤한 아이스크림에 쓴 에스프레소를 얹은 아포가토를 주문했다.

"아무튼 윤승희, 돈 좀 벌었다 이거지."

은영이 또 디스를 했다.

'정말 한번 시누이 쓴맛을 봐야.'

작은 스푼으로 아이스크림을 조금 떼어 입에 넣었다. 달콤한 맛 뒤로 은은한 쓴맛이 이어졌다. 나쁘지 않았다. 라테 같은 커피 우유하곤 차원이 다른, 충분히 돈값을 하는.

통유리 창밖, 비교적 빠르게 흐르는 강물을 하염없이 바라봤다. 가끔씩 수상스키가 지나가면서 고약한 소음으로 정적을 깼다. 명원과 은영을 차례로 바라봤다.

"서준표 때문이 아니야."

"그럼 진짜 여기 이사 오기 싫어서 그런 거야?"

"난…… 무서워."

"뭐가?"

"이 나이에 뭘 다시 시작한다는 게…… 솔직히 너무 무섭다."

눈물은 흐르지 않았으나 어깨가 떨렸다. 명원과 은영의 눈빛이 변했다. 은영이 내 옆으로 오더니 아무 말 없이 날 안아주었다. 이번엔 명원이 울음을 터뜨렸다. 명원의 오열이 점점 더 커졌다. 카페에 손님이 없는 게 그나마 다행이었다.

은영의 품에 안겨 명원의 오열을 지켜보면서 내 곁에 이들이 있어서 참 다행이란 생각이 들었다. 하지만 아무리 가깝다 해도 친구는 친구일 뿐이었다. 그들은 결코 깊숙한 내 내면까지 들어올 순 없었다.

내 불행의 근원은 바로 결혼이었다고 난 확신했다. 10년 전엔, 가장 견디기 힘들었던 그 시절엔 난 내 모든 불행이 순전히 서준표, 그놈 탓이라고 굳게 믿었다.

놈의 무능함. 신문에서, 방송에서, 심지어 주변 가까운 이들까지 섬유기계 부품 가공이 사양산업이라고 그렇게 줄기차게 떠들어댔는데도 놈은 기계공학과를 졸업하고 세상에 나온 직후부터

10년 전 늦가을 어느 날 홀연히 사라질 때까지 무려 25년 동안 눈이 오나 비가 오나 바람이 부나 하루도 쉬지 않고 쇠붙이를 가공하는 일에 매달렸다. 같은 일을 하던 이들이 다 떠났는데도, 심지어 사장이란 작자도 직원 월급을 몽땅 떼어먹고 야반도주를 했는데도 놈은 무리한 대출까지 받아서 껍데기뿐인 회사를 직접 인수까지 하더니 끝까지 기계를 돌리며 "무릇 사내란 묵묵히 한 우물을 파는 거"란 우둔한 소리를 자신의 소신이라고 자부했다.

놈의 완고함. 호적이 없어지고 간통법이 폐지되고 동성동본 결혼이 가능해지는 동안 놈은 세상의 변화에 철저히 귀를 닫고 여전히 사내에겐 사내의 일이, 여자에겐 여자의 일이 따로 있다는 고리타분한 과거의 관습에서 벗어날 줄 몰랐다. 물론 우리 부모 세대 오리지널 꼰대처럼 여성을 대놓고 무시하거나 차별한 건 아니었지만 놈에게 아내란 단지 보살펴야 할 존재지 절대 감정을 함께 나누는 친구가 될 수 없었다. 아이들도 마찬가지였다. 놈에게 아이들은 교육의 대상이었을 뿐, 결코 동등한 인격체가 아니었다. 그런 완고함이 가족 간 소통을 막고 놈을 몹시 외롭게 했지만 놈은 끝까지 가부장의 굴레를 벗지 못했고 꽉 막힌 꼰대 자리를 굳건히 사수했다.

무엇보다도 놈을 외롭게 한 건 아내에게, 자녀에게 도무지 마음을 여는 법을 알지 못했단 것이었다. 힘든 일이 생길 때마다, 두려운 상황이 일어날 때마다, 몸과 마음이 아픈 순간에 놈은 늘 가족을 피해 컴컴한 동굴 속으로 기어 들어가 홀로 고통을 견디곤 했다. 슬픔을 나누자고, 고난을 함께 견디자고 아이들과 내가 아무리 설득해도 놈은 "그건 오롯이 가장의 몫"이란 꽉 막힌 마초 근성으로 시련이 밀려올 때마다 괴로움을 스스로 배로 늘렸다.

놈이 떠나고, 돌아오지 않고, 그래서 실종 신고를 하고, 3개월 후, 놈이 머나먼 중국 땅에서 불행한 사고를 당했단 소식을 듣게 되고, 놈의 뼛가루 일부를 가져와 동해 바다에 뿌리고, 이른바 과부가 되었다는 현실에 울고 또 울다가 눈물도 말라버리고, 그리고 무려 10년의 시간을 흘려보내면서, 놈의 부재로 인해 어쩔 수 없이 세상 밖으로 나가 본격적으로 경제활동을 하게 되면서, 그 거센 바람을 직접 맞아가면서, 시시각각으로 변하는 삶의 진보에 뒤처지지 않기 위해 각고의 노력을 하게 되면서, 급격한 변화를 놓쳐 점차 아이들을 비롯한 주변 사람들과 간격이 생겨나면서, 어쩔 수 없이 나이를 먹은 만큼, 꼭 그만큼 뒤로 처지게 되면서 그제야 난 내 불행이 꼭 놈의 탓만은 아니었단 걸 깨달을 수 있었다.

놈이 겪어야 했던 시련을 나도 겪고 놈이 견뎌온 역경을 나도 견디면서 난 그놈도 결국 무자비한 세월의 변화 앞에서 속수무책으로 당해야 했던 불쌍한 인간이었음을 절실히 느끼게 됐다.

그렇다면 내 불행의 근원은 도대체 무엇이었을까? 그건 바로 다름 아닌 결혼이란 제도라고 난 결론지었다.

청춘남녀가 만나 열정적인 사랑을 한다. 그냥 사랑만 하다가 헤어지면 아름다운 추억이 될 텐데 둘은 헤어지기 싫어 함께 산다. 열정이 식을 때쯤, 또는 식기 전에 아이들이 태어난다. 부부는 본능적으로 아이들을 깊이 사랑하고 사랑하기 때문에 헌신하게 된다. 그 헌신은 끝이 없다. 끝없는 헌신에 지친 부부는 서로를 미워하게 된다. 미워하다가 용서하고 용서하다가 미워하면서 부부는 비로소 다름을 발견하고 당황하다가 서로를 포기하고 포기하다가 종국엔 불행해진다.

그렇다면 답은 이혼뿐인가? 홀로 사는 것인가?

그러면 놈이 떠난 후 지난 10년의 삶은 과연 행복했던가? 아니었다. 그토록 헌신했던 아이들은 자연스럽게, 그리고 몹시 차갑고 냉정하게 날 떠나버렸다. 내 아이들만 그런 건 아니라고 난 확신한다. 세상 이치가 원래 그렇다.

결국 난 혼자 남았다. 혼자 세상을 살아간다는 건 부부가 함께 사는 불편함보다 훨씬 더 힘들었다. 정확하게 표현하자면 난 참서럽고 슬펐다. 내 불행의 근원은 결혼이라고 결론을 내리긴 했지만 어쩌면 결혼을 하든 말든 사람은 나이 들면 저절로 불행해지는 것인지도 몰랐다.

정리하자면 난 분명히 불행한데 그게 결혼 때문 같기도 했고 아닌 것 같기도 했으며, 외로움 때문에 최민재를 절실하게 갈망했지만 그와 새롭게 출발한다는 것이 과연 행복일지 아니면 더 큰 불행일지 도무지 가늠할 수 없었고, 그래서 민재와의 매 순간이 사실 몹시 불안했고 두려웠다. 그리고 그 매 순간의 불안과 공포가 또 나를 걷잡을 수 없는 불행으로 몰아넣었다.

카페에서 한참 시간을 보내다가 청평으로 건너가 닭갈비와 막국수를 시켜 먹었다. 닭갈비는 매콤했고 막국수는 심심했다. 뒷맛은 둘 다 씁쓰름했다.

저녁도 먹었고 해도 저물고 해서 명원과 나는 슬슬 서울로 돌아갈까 했으나 은영이 조금만 더 있다가 가자고 고집을 부려서 이번엔 은영이 검색한 베이커리 카페에 들러 그 집에서 제일 비싼 더치 스페셜 한 잔에 달달한 마카롱 두 개를 시켰다. 은영이 또 디스를 했지만 대꾸하기 귀찮아서 그냥 넘겨버렸다. 은영이 갑자기 한숨을 내쉬었다.

"솔직히 난 너희들이 부럽다."

"얼씨구, 지금 혼자 짝 있다고 유세 떠는 거냐?"

"야, 난 남편이고 너희는 남친이잖아. 남편이 얼마나 엿 같은 존잰지 몰라서 그래?"

솔직히 내 오빠지만 이건 인정하지 않을 수 없었다.

"남편이 남친보다 나은 점도 있어, 은영아."

"웃기지 마, 그런 게 어디 있어?"

"화장실에 휴지 없을 때 갖다달라고 할 수도 있고 앞에서 방귀도 뀔 수 있고 편하게 코도 골 수 있고. 무엇보다도 남편 돈은 다 내 거잖아."

"얘기하면서도 너무 빤하고 낯간지럽지 않냐?"

"만날 때마다 얼굴에 떡칠하는 게 쉬운 줄 알아?"

커피를 홀짝이며 빤한 넋두리를 늘어놓다가 밤 12시가 지나서 야 자리를 털고 일어났다. 어쩌다 보니 2박 3일에 걸친 여행이 되어버렸다. 난 피곤했다. 둘을 다 집까지 데려다주긴 좀 그랬다. 눈치 빠른 명원이 전화기를 집어 들었다.

전화 한 통에 명원의 새 남자친구가 탱크 같은 외제 SUV를 몰고 단 30분 만에 반포에서 가평 베이커리 카페로 달려왔다. 은영도 명원의 남자친구 차에 올랐다. 명원의 남자친구와 명원, 은영과 작별 인사를 하고 홀로 차를 몰고 집으로 향했다.

텅 빈 도로를 달리며 명원과 그녀의 새 남자친구 생각을 했다.

대체 무슨 조화를 부려 여덟 살이나 어린 남자를, 그것도 돈 많고 잘생긴 사내를 연인으로 만든 것일까? 저런 멋진 남자가 왜 밤 12시가 넘은 시각에, 환갑 나이에 별로 내세울 것도 없는 명원의 전화 한 통에 반포에서 가평까지 쏜살같이 달려온 것일까? 솔직히 부럽기도 했고 둘의 대화가 아주 많이 궁금했으며 아주 살짝 시기도 일었지만 전반적으로 뿌듯한 마음이었다.

'멋지다, 정명원. 힘내라, 내 친구.'

의정부에 사는 인간이 노원으로 가는 차를 마다하고 굳이 하남에 들러 반포로 가는 지프에 오른 은영. 아무리 좋게 봐도 질투에 의한 심술이 분명했다.

'송은영, 너 요즘 참 마음에 안 들어.'

언젠가 한번은 시누이의 뜨거운 맛을 보여줘야겠다, 다짐하다가 갑자기 마음이 확 무거워졌다.

그래서 난? 난 언제 식을 올릴 것인가?

난 여전히 가평으로 가고 싶진 않았다. 뭐랄까? 마치 팔려 가는 느낌이랄까? 돈은 나도 충분하다고, 최민재 집안에 주눅 들 필요가 전혀 없다고 아무리 마음을 달래도 어쨌든 난 그게 싫었다.

서울과 경기도의 경계선에서 국도를 벗어나 노원으로 가는 지름길로 접어들었다.

이 화상아. 왜 말을 안 듣는 거야? 거긴 화물들이 다니는 길이라니까. 위험하다고.

그놈 목소리가 들리는 듯했다.

'웃겨. 나도 이젠 너만큼은 운전하거든.'

구불구불 좁은 산길을 지나 완만한 2차선 오르막에 접어들었다. 1톤으로 보이는 트럭이 앞을 가로막았다. 뚱뚱한 하마 같은 트럭 엉덩이에선 연신 검은 방귀가 새 나왔다. 어쩔 수 없이 조금 거리를 두고 하마의 꽁무니를 천천히 따라가며 핸들에 손을 얹고 까닥이면서 그래서 언제 식을 할 것인가, 고민하다가 순간 결심을 했다.

'일단 추월이야. 그게 정답이야.'

핸들을 확 꺾고 능숙하게 반대 차선에 진입했다. 늘 해오던 짓이었다. 하마를 반쯤 따라잡았는데 앞에서 강렬한 불빛이 날아들었다. 크게 울리는 경보음.

아뿔싸, 1톤의 두 배쯤 되는, 아니 세 배에 가까운 거대한 화물 트럭이었다. 마치 커다란 코끼리가 내 차량으로 돌진하는 느낌이어서 나도 모르게 비명을 지르며 핸들을 더 꺾었다. 쾅 소리가 크게 울리며 차량이 멈췄다.

잠깐의 정적. 난 살았는가?

심장이 쿵쿵 울렸다. 구겨진 유리창 사이로 검은 나무가 좌우로 흔들리는 게 보였다. 이마에 끈적이는 느낌. 손으로 만져보니 다행히도 그냥 땀이었다. 주위를 살폈다. 추월하려던 하마도 부딪칠 뻔했던 코끼리도 이미 자취를 감추었다.

'사고를 빤히 봤으면서도 그냥 가버렸단 말인가?'

세상은 멈춘 듯 고요했다. 조심스럽게 몸을 움직여봤다.

"악!"

태어나 한 번도 느껴보지 못한 통증이, 뚱뚱한 하마 같고 거대한 코끼리 같은 고통이 찾아왔다. 난 꼼짝할 수 없었다. 엔진 쪽에서 여러 번 불꽃이 튀었다.

'설마…… 불이 나는 건 아니겠지? 이렇게…… 죽는 건 아니겠지?'

공포가, 태어나 한 번도 느껴보지 못한 통증보다 더 크고 깊은 공포가 서서히 날 휘감았다. 천천히 끝도 없이 밑으로 가라앉는 느낌이었다.

설마 정말 죽는 것일까? 이런 곳에서 이런 식으로 끝나다니. 억울했다. 너무 억울했다. 이른바 백세 시대에 이제 겨우 60년을 살았을 뿐인데. 아직 민재와 살지 말지 결정도 못 했는데.

끈끈한 핏물 같은 찐득한 눈물이 흘러내렸다. 정신이 몽롱해졌다. 지은과 상우의 얼굴이 보이다 사라졌다. 사라와 요한의 모습도 스쳐 지나갔다. 정말 끝인 것 같았다.

난 고래고래 고함을 질렀다. 싫다고, 이런 허무한 엔딩은 절대 받아들일 수 없다고. 민재 씨를 외치며 그를 찾았다. 제발 도와달라고. 하지만 아무리 악을 써도 목소리는 나오지 않았다. 목젖이 굳어버린 느낌이었다.

한순간 달달한 맛이 입안을 휙 돌았다. 아까 마신 아포가토인가 했는데 분명 그 맛은 아니었다. 더치 스페셜도 아니었다. 그보단 훨씬 저렴한, 그저 달달하기만 한, 딱 자판기 믹스 커피 맛. 그 맛이 또 한 번 입안을 휘감더니 침샘이 활짝 열렸다.

믹스 좀 그만 마셔. 설탕물보다도 더 안 좋대.

안 좋긴, 개뿔.

정말이라니까.

알았어. 아무튼 잔소리, 잔소리, 잔소리.

말만 하지 말고 딱 끊으라니까.

밥 먹고 믹스 한 잔, 우린 그 맛에 사는 거야, 인마. 넌 모르는 어른의 맛이야.

아, 진짜! 인간아, 말 좀 들어!

깜짝이야. 왜 소릴 질러?

난 목청을 활짝 열고 힘껏 울부짖었다.

"사람 살려요."

희미한 의식 속에서 차 문이 쿵쿵 울리는 게 느껴졌다. 정신을 모으고 귀를 기울여보니 누군가 억지로 차 문을 뜯어내는 소리였다. 환청인가? 혹시 구급대원인가?

일말의 희망. 하마나 코끼리 중 하나가 그래도 119는 불러주고 내뺀 게 아닐까? 하지만 아무리 119라도 이 산길을 이렇게 빨리 찾아올 수 있을까?

솟아나는 희망을 단칼에 잘라버리겠다는 듯 매캐한 냄새가 퍼지면서 엔진 쪽에서 다시 강렬한 불꽃이 튀더니 이윽고 푸르고 붉은 불길 한 점이 타올랐다.

깊은 통증. 손등에 불꽃이 떨어졌다. 말 그대로 불에 덴 고통. 손등은 이내 부풀어 올랐다. 빠르게 번지는 화염 속에서 불꽃이 튀었다. 이번엔 뺨에 송곳으로 쑤시는 듯한 통증이 일었다. 또 손등. 궁금했다. 몇 도쯤 화상일까? 손등은 몰라도 뺨은 빨리 찬물로 식혀야 할 텐데. 흉 지면 안 되는데, 그런데 지금 그게 중요한가? 난 저 불길을 피할 수 있을까? 난 살아남을 수 있을까? 10년 전 놈도 화마에 당했다는데 나마저도? 이런 생각을 하고 있는데 또 환청이 들렸다.

"이 화상아, 왜 말을 안 듣는 거야? 화물들이 다니는 길이라고 그렇게 얘기했는데."

거칠고 칼칼한, 퉁명스러운 목소리. 환청에 이어 환후도 찾아왔다. 진하고 달달한 믹스 커피의 향. 분명히 놈의 냄새였다.

평양냉면

　평일 오후 1시 반인데도 대기표를 받아야 했다. 아무리 여러 차례 방송을 탄 곳이라 해도 의정부 인근 다른 음식점들은 대부분 파리를 날리는 중인데 어쩌면 홀로 이렇게 잘되는지. 해장국도 아니고 호불호가 선명하게 갈리는 냉면집이 말이다.

　다른 곳을 갈까 망설이는데 2시가 되자 손님들이 절반쯤 썰물이 되어 빠져나갔다. 오빠와 함께 창가에 자리를 잡고 냉면 두 그릇과 편육, 소주 한 병을 시켰다.

　"정말 이렇게 돌아다녀도 괜찮은 거야?"

　오빠는 걱정 가득한 얼굴로 날 쳐다봤다. 우려했던 화상은 그리 큰 문제가 아니었다. 부풀어 오른 손등은 약을 바르니 금세 가라앉았다. 제법 깊었던 뺨 흉터도 전문병원에서 치료를 받으니 차츰 희미해졌다. 문제는 골반이었다.

의사는 부러진 왼쪽 골반뼈가 완전히 붙으려면 적어도 석 달은 꼼짝도 하지 말고 집에 붙어 있어야 한다고 했지만 도대체 어느 누가 그런 빤한 소리를 곧이곧대로 듣고 무려 90일 동안 '슬기로운 환자 생활'을 기꺼이 감수한단 말인가? 그래도 난 보름을 꼬박 침대에 누워 버텼으니 모범 환자인 편이었다.

병원에선 간병인과 휠체어 덕분에 그다지 큰 어려움이 없었는데 퇴원을 하자 몸을 움직이는 게 보통 문제가 아니었다.

25평 아파트에서, 여기저기 턱이 높은 좁은 공간에서 휠체어를 타고 다니는 건 불가능했다. 상우가 가져온 목발은 어깨가 너무 아파서 곧바로 포기했다. 야밤에 소변이라도 급하면 어찌할 줄 몰라 발만 동동 굴러야 했다. 민재가 사 온 스웨덴제 보조 보행기가 아니었다면 어쩌면 난 내 발로 다시 입원했을지도 모른다.

불편한 대로 보조기에 의지해 집 안에서 돌아다니는 게 익숙해지자 밖이 그리웠다. 그냥 보통 그리운 게 아니었다. 참다가, 참다가 보조 보행기를 앞세우고 보무도 당당하게 혼자 밖에 나갔다가 한쪽 발로 걷는 게 익숙하지 못해 아파트 현관 입구에서 그만 엉덩방아를 찧고 말았다. 간신히 붙인 뼈가 흔들리면서 엄청난 통증이 일었지만 불행 중 다행으로 골반이 다시 깨지진 않았다.

지은은 그깟 한두 달 바깥출입을 참지 못하느냐며 짜증을 냈고 상우는 그 옆에서 한숨을 내쉬었다. 지은의 옆에 서서 딸의 짜증을 듣기만 하던 장 서방이 며칠 뒤 어딘가에서 의료용 지팡이를 빌려 왔다. 일주일쯤 연습을 하자 지팡이를 짚고 외출할 자신이 생겼다. 제일 먼저 오빠에게 전화를 걸었다.

편육과 소주가 먼저 나왔다. 오빠와 건배를 하고 한잔 들이켰다. 차고 뜨겁고 달고 쓴 액체가 목젖을 타고 흘렀다. 편육 한 점을 입에 넣었다. 어깨가 한순간 나른해지더니 꽉 막혔던 속이 뚫리면서 사고로 인한 상처가 이제야 다 제대로 씻겨 내려가는 기분이었다.

"지팡이는 장 서방이 사 온 거야?"

"그 짠돌이가 이런 거에 돈을 썼겠어? 무슨 복지단체에서 빌려 왔대."

오빠와 두 번째 건배를 하고 소주를 털어 넣었다. 입안에 휙 감칠맛이 돌았다.

"그나저나 천운이다, 천운이야."

커다란 코끼리를 피해 핸들을 꺾고 난 후 내 차량은 낭떠러지로 돌진했다. 아직 다 자라진 않은, 껑충한 어린 소나무 한 그루가 막아서지 않았다면 난 벌써 이 세상 사람이 아니었을 터였다. 장 서방과 지은은 하나님의 특별한 보살핌을 받았으니 이젠 반드시 교회에 나가야 한다고 밀어붙였고 상우는 자기가 사 준 독일산 중고차가 역시 튼튼했다고 생색을 내며 목소리를 높이더니 그 차를 고른 게 바로 미주라면서 또 얼간이 미소를 보였다.

미주는 입원 중에는 일주일에 세 번, 지은보다 하루 더 찾아와 간병인이 돈값을 제대로 하는지, 내가 어디가 불편한지 눈치 빠르게 이것저것 챙겼고 퇴원 후에도 일주일에 두 번, 역시 지은보다 하루 더 찾아와 내게서 점수를 땄다.

민재는 울기만 했다. 어쩌면 그렇게 오랫동안 눈물을 흘릴 수 있는지. 처음엔 약간의 위로를 받았으나 나중엔 솔직히 짜증이 났다. 그나마 다행인 건 사고로 인해 가평행이 기약 없이 미뤄진 것이었다.

냉면이 나왔다. 오빠 얼굴이 환해졌다. 오빠는 냉면 그릇을 양손으로 잡더니 내게 어서 먹으라고 눈짓을 했다. 참으로 따뜻한 눈빛이었다. 저런 눈빛의 반의반만이라도 은영에게 보여주었다면 오빠와 은영은 조금은 다른 인생을 살았을지도 모른다.

나도 오빠처럼 그릇을 번쩍 들고 우선 국물을 맛봤다. 방송에 나온 몇몇 전문가는 이 집 국물이 다른 냉면집에 비해 다소 밍밍하단 소리를 했다. 웃기는 얘기였다. 도대체 어떤 육수가 이보다 더 깊고 시원할 수 있단 말인가? 국물을 맛보고 오빠와 눈을 맞췄다. 오빠는 더 환하게 웃고 있었다.

어릴 적부터 오빠와 난 참 모든 게 달랐다.

집에선 오빠는 내성적이었고 난 외향적이었으며 밖에선 오빠는 활동적이었고 난 말이 없는 아이였다. 오빠는 무엇을 하든지 느긋한 편이었고 난 매사 급한 축이었다. 오빠는 거의 모든 운동을 좋아했고 못된 친구들과 어울려 종종 가벼운 사고를 치기도 했다. 난 움직이는 걸 싫어했다. 자타공인, 책과 음악에 빠진 재수 없는 우등생이었다. 오빠는 부모에게 잘하면서도 욕을 먹는 타입이었고 난 나만 챙기는데도 효녀 소리를 들었다. 오빠는 비교적 활동량이 많은데도 늘 뚱뚱한 편이었고 난 평생 마른 체형이었다. 모든 게 다른 오빠와 나의 유일한 공통점이 바로 이북 출신 아버지가 제일 좋아하던 평양냉면이었다.

어린 시절, 부모의 편견이나 편애로 괜히 어색한 사이가 되었을 때, 청소년 시기, 서로 민감한 감정이 부딪히면서 묘한 균열이 생겼을 때, 오빠의 결혼 뒤, 은영으로 인해 오해와 불통이 자꾸만 쌓여갔을 때, 오빠가 놈의 공장에 입사한 후, 자주 회사 일을 챙기는 재수 없는 사장 부인과 인척이면서도 가장 게으르고 무책임한 직원으로 만나 어쩔 수 없이 관계가 끝도 없이 최악으로 달려갔을 때, 오빠와 난 한 달에 한 번 정기적으로 만나 냉면 맛을 함께 나누며 끊어질 듯, 끊어질 듯, 위태로운 남매의 정을 다시 이어가고 또 이어가곤 했다.

금세 그릇을 깨끗하게 비운 오빠는 고개를 젖히고 만족한 표정을 짓더니 뜨거운 육수 한 잔을 더 따라 마셨다. 육수를 마신 오빠가 상체를 내 쪽으로 기울였다.

"어떻게 할까? 팔까? 조금 더 두고 볼까?"

오빠는 진지한 표정으로 날 바라봤다. 나도 오빠를 빤히 쳐다봤다. 이마엔 석 삼 자 주름, 귀밑엔 흰머리, 볼살은 약간 처지기 시작했다. 오빠는 벌써 60대 중반이었다.

10년 전 한겨울에, 정확하겐 놈이 사망하고 나서 집안에 뜻밖의 기적이 찾아왔다.

놈의 뼛가루를 바다에 뿌리고 집에 틀어박혀 수분을 잔뜩 먹은 솜뭉치처럼 늘어져 있을 때 명원이 찾아왔다. 생명보험금을 신청하란 얘기였다. 얼마냐고 물으니 1억도 아니고 2억도 아니고 무려 5억이라고 했다. 한참 동안 명원을 보며 눈만 깜빡였다.

한 2년 정도 어렵게 보험금을 냈던 것 같다. 명원이 이혼소송을 시작하면서 당장 생활을 위해 보험회사에 취직했다고 해서 전혀 그럴 여유가 없는데도 그야말로 명원이니까 어쩔 수 없이 들었던 보험이었는데, 그게 이렇게 뜻밖의 선물이 되어 돌아오다니. 이런저런 조사를 하느라 꽤 오래 걸릴 줄 알았는데 생각보다 일찍 보험금이 나왔다. 가뭄 끝 단비 같은 너무도 소중한 돈이었다. 제일 먼저 여기저기 널려 있던 채무부터 싹 해결해버리고 대출을 조금 받아 지금 집을 샀다.

빚을 다 갚고 집까지 사고 나니 숨 쉬는 게 한결 편해졌고 발걸음도 가벼워졌다. 느낌이 아니라 실제로 그랬다. 5억은 정말 힘이 센 금액이었다.

한숨을 돌리고 나니 앞으로 먹고사는 문제가 남아 있었다. 배달 일을 하던 오빠와 집에서 놀고 있던 공장장을 사무실로 불러냈다.

회사를 살릴 돌파구가 없냐고 물으니 공장장이 잠시 우물쭈물
하다가 미국 샘플 얘기를 꺼냈다. 놈이 꼬박 2년을 매달렸던 일이
라고 했다.

외상값 때문에 철판 대리점에서 자재를 주지 않아 중단되었단
소리를 듣고 당장 외상값을 갚았다. 오빠와 공장장이 놈이 남긴
개발 노트를 들여다보며 기계를 돌려 딱 보름 만에 엄지손가락만
한 샘플을 완성했다. 정성껏 포장해 미국에 보냈다. 그리고 두 달
뒤, 공장 앞 벌판에 노랗고 파랗고 빨간 봄꽃이 만발했을 때, 미국
대형 섬유기계 제조 회사 간부가 통역을 데리고 공장으로 직접
찾아왔다.

그가 "원더풀"과 "엑설런트", "퍼펙트"를 연발하더니 블랭크
캠 오더를 주고 갔다. 제품 크기는 작았지만 무려 1억짜리였다.

난 놈을 대신해 사장이 되었고 오빠와 공장장이 열심히 기계를
돌렸다. 하루아침에 형편이 풀렸다. 때론 불량품 때문에 고생도
하고 때론 신제품 개발에 애를 먹기도 했지만 대체로 공장은 급
성장의 고속도로를 쌩쌩 달렸고 오빠네와 우리 가족은 돈으로 따
져 우리나라 제일 밑바닥 계급에서 빠르게 위로 치솟아 올라 어
느새 모든 서민의 마지막 꿈이라는 중산층이란 신세계에 당당히
진입하게 되었다.

그리고 석 달 전, 10년 호황의 그래프가 서서히 아래로 처지면

서 오더가 줄어들고 있을 때, 뭔가 새로운 돌파구가 또다시 필요한 시기에, 남양주 시골구석에 자리 잡은 우리 공장을, 정확하게는 공장 땅을, 지금 우리에게 필요한 건 집이 아니라 공장이라면서 놈이 내 극렬한 반대를 무릅쓰고 기어코 적금을 깨고 대출까지 받아 15년 전, 어렵게, 어렵게 마련했던 그 땅을 거짓말 하나 보태지 않고 15년 전보다 무려 60배나 비싼 값에 사겠단 작자가 나타났다. 그 누가 알았겠는가, 남양주 외곽 그 쓸쓸한 바람만 부는 초라한 마을에 전철이 들어온단 것을?

돈이란 걸, 그렇게 오랫동안 우릴 지치게 하고 슬프게 하고 부끄럽게 하고 화나게 하고 불행하게 만들었던 걸, 그걸 이렇게 손쉽게 벌 수 있다니. 나라에서 그렇게 하지 말라 노래를 부르는데도 왜 다들 좀비 떼처럼 몰려다니며 부동산, 부동산 하면서 악착같이 매달리는지 이제야 좀 알 것 같았다.

횡재를 했으니 기쁘기도 했지만, 아랫배가 참으로 따듯해졌지만, 이젠 중산층도 넘어 한 번도 꿈꿔보지 못했던 이른바 밀리어네어, 백만장자의 대열에 동참할 수도 있게 되었지만 한편으론 꽤 많이 허무했고 이상하게 약간 서글픈 마음이 들기도 했다. 하지만 지금은 그런 게 중요한 게 아니었다.

"더 받으면 얼마나 더 받겠어. 그냥 팔자."

"알았어. 그럼 계약 진행할게."

"오늘 내가 오빠를 보자고 한 건 땅 때문이 아니야."

"알아."

오빠가 내 말을 끊으며 짧게 한숨을 내쉬었다.

"아직도 못 찾았어?"

오빠가 멍한 표정으로 날 바라봤다. 익숙한 얼굴이었다. 난처한 상황에 빠질 땐 오빠는 늘 저 모습으로 시간을 벌었다. 피식 웃음이 새 나왔다. 왜 여태 몰랐을까? 상우는 제 외삼촌을 꼭 빼닮은 거였다.

사고가 났을 때 뚱뚱한 하마는 매정하게도 날 놔두고 그냥 내빼버렸다. 참으로 괘씸한 놈이었다. 따지고 보면 놈이 연신 검은 방귀를 뀌면서 서행 운전을 한 게 발단이었는데. 음주를 했든, 과적을 했든, 뭔가 구린 데가 있었음이 분명했다.

전혀 구린 데가 없었던 커다란 코끼리 운전기사는 급히 차를 세우고 내려 119에 신고를 했다. 그리고 날 구하려 했으나 엔진에서 불꽃이 튀자 가까이 오지 못하고 멀찌감치 떨어져 발만 동동 굴렀다고 했다.

바로 그때 또 다른 트럭이 달려왔다. 트럭에서 뛰어내린 사내는 한 치의 망설임도 없이 곧장 내 차로 뛰어와 땀을 뻘뻘 흘리며 끙끙대면서 구겨져 닫힌 운전석 문을 억지로 떼어내더니 그야말로 아슬아슬한 타이밍에 날 구출해냈다. 사내가 날 차에서 꺼내자마자 '펑' 소리가 터지며 하늘 높이 푸른 불길이 치솟았다고 검은 코끼리 기사는 목소리 톤을 높였다.

날 구해낸 사내는 축 처진 날 들쳐 업고 길을 건넌 후에 자기 겉옷을 벗어 비교적 평평한 길바닥에 깔고 조심스럽게 내려놓았다. 그리고 커다란 코끼리 기사에게 뒷일을 부탁하곤 홀연히 자기 트럭을 몰고 사라졌다.

화상 운운하던 음성을 듣고 믹스 커피 냄새를 맡은 후, 아쉽게도 난 그다음 기억이 희미했다. 익숙한 목소리와 냄새에 너무 놀라서 반쯤 기절을 했거나 충격의 혼돈 속에서 뇌 회로가 잠시 뒤엉켰었는지도 몰랐다.

"승희야, 일단 내 말을 끝까지 들어봐. 넌 그때 제정신이 아니었어. 당연하지. 사고에, 불길에. 당연한 거야. 그건 너도 인정하지?"

오빠는 아마도 환청이며 환후라고 주장하고 싶은 모양이었다. 하긴 그렇게 생각하는 게 당연한지도 몰랐다. 그 당시, 난 물론 거센 불길로 공포에 질렸고 당황했고 깨진 골반 때문에 통증을 견디기 어려웠고, 사실 모든 게 혼란스럽고 혼미했었다.

"그런데 그 사람은 왜 그냥 가버렸을까?"

"바빴던 모양이지."

"겉옷은? 윗도린 그냥 버리고?"

오빠가 피식 웃으며 고개를 돌렸다. 나도 같이 웃었다. 거리의 부랑아라면 모를까? 정상인은 절대 걸치고 다니지 않을 만큼 낡고 닳은.

"차량번호는?"

"산 너머 CCTV까지 확인했는데 못 찾았어. 승희야, ……절대 서준표가 아니야. 트럭 기사한테 서준표 사진을 보여줬어. 그런데 아니래. 확실하게 아니라고 했다고."

고개를 들고 오빠 이마를 바라봤다. 언제 저렇게 벗어진 건지.

공장에 다닐 때 오빠는 놈을 몹시 불편해했다. 놈은 오빠에게 일절 잔소리를 하지 않았으나 오빠는 놈을 대하기가 굉장히 어려웠던 모양이었다. 하긴 오빠 입장에선 제대로 기계도 잡지 못하면서 허울뿐인 상무 직함을 달고 월급만 타먹는다는 게 속이 영 편치 않았을 것이다. 결국 오빠는 놈을 적대시했다. 있을 수 있는 일이었다. 고마워해야 할 상대가 그렇게 밉고 싫었으니 오빠는 또 그게 얼마나 힘이 들었을까?

"무엇보다도 10년 전에 내가 분명히 다 확인을 했다니까."

난 오빠를 보며 다시 방긋 웃어주었다.

중국 공안에 따르면, 놈은 인신매매 조직에 납치되어 중국 동북부 복주란 지역에서 3개월가량 산에서 돌을 깨는 강제노역에 매달리다가 숙소 화재 사고로 55년의 생을 덧없이 마감했다. 반쯤 불에 탄 놈의 주민증으로 신원을 확보한 공안이 우리나라 영사관에 연락을 했고 경찰을 통해 소식을 듣자마자 곧바로 혼절한 나를 대신해서 오빠와 상우가 급히 중국 대련으로 날아가 놈의 시신을 확인한 후 그곳에서 화장까지 한 뒤에 뼛가루 일부를 가지고 서울로 돌아와 평소 놈이 술에 취하면 늘 떠들었던 대로 강원도 묵호항, 놈의 고향 앞바다에 뿌렸다.

그러니까 사고 당시 내가 들었던 목소리와 맡았던 냄새는 분명히 환청과 환후가 맞았다. 무엇보다도 만약 놈이었다면 날 눕혀놓고 그냥 내뺄 이유가 전혀 없었다.

그러나 난 그 당연한 걸 믿을 수가 없었다. 왜 오빠는 내게 거짓말을 하는 걸까?

사고 지점에서 고개 너머 CCTV가 있는 곳까지 차량이 빠져나갈 샛길은 전무했다. 한 달 동안 녹화본을 보관한다는 것도 이미 확인해두었다. 그런데 번호가 찍히지 않았다고? 그럴 리 없었다. 오빠가 제대로 알아보지 않은 게 분명했다.

이제라도 차량번호를 확인한다면? 그런다고 뭐 달라지는 게 있을까?

난 있다고 믿었다.

'이 화상아, 왜 말을 안 듣는 거야? 화물들이 다니는 길이라고 그렇게 얘기했는데.'

세상에서 날 화상이라고 부를 인간은 그놈 하나뿐이다. 10년이 지났지만 난 놈의 목소리를 확실하게 기억했다. 예전보다 꽤 많이 굵어지긴 했지만 분명히 놈의 목소리였다. 환후도 아니었다. 누가 뭐래도 그건 놈의 믹스 냄새였다.

사람들은 이런 날 보며 고개를 절레절레 흔들지 모른다. 오빠도 은영도 지은도 장 서방도 상우도 미주도, 그리고 민재도 혹은 짜증을 내며 혹은 부드러운 목소리로 날 설득하려 들 것이 분명했다. 어쩌면 그게 당연한 일일 것이다.

하지만 난 나를 믿기로 했다. 모두가 아니라 해도, 과학마저 아니라 해도 난 간절하게 나를 믿고 싶었고 그래서 그 간절함을 믿기로 했다.

놈은 죽지 않았다. 확실하다. 마침내 놈을 찾아 나서기로 결심하자 온몸에서 따듯한 열기가 솟아올랐다. 심장 울림이 명확해졌고 머리에선 따스한 뭔가가 피어올랐다. 이게 뭔가 찬찬히 들여다봤다. 그것은 바로 기쁨이었다. 오빠에게 환한 미소를 한 번 더 보여주면서 따뜻한 육수 한 잔을 들이켰다.

'서준표, 너, 딱 기다려.'

분홍 우산

비가 내렸다. 불과 몇 분 전까지 말짱한 날씨였는데 차를 주차하고 내리자마자 갑자기 가는 비가 쏟아지기 시작했다. 하늘을 올려다봤다. 조그만 먹구름 몇 점이 보였지만 대체로 햇빛이 반짝이는 가을날 연파란 하늘이었다. 소나기였다.

무시하기엔 비의 양이 꽤 많아서 명원과 난 일단 다시 명원의 차 안으로 후퇴했다.

아침 8시, 양주 옥정. 과거에 내가 알던 그 시골이 아니었다.

"예전에 우리 여기 오리고기 먹으러 오지 않았었니?"

"맞아. 세월이 참 무섭다. 싹 변했어."

얕은 산과 고적한 평원 풍경은 거짓말처럼 깨끗이 사라지고 대신 고층 아파트와 상가 빌딩이 들어섰다.

"이런 비를 뭐라고 하던데?"

명원이 하늘을 보며 혼잣말하듯 중얼댔다.

"이슬비?"

"그거 말고?"

"여우비?"

"그런가? 여우 시집가는 비? ……뭐가 더 있는데?"

"호랑이 장가가는 비. 여우는 시집가고."

"맞다, 맞아, 그럼 신랑은 호랑이고 신부는 여우야? 이거 너무 변태 스토린데?"

막상 놈을 찾기로 작정했지만 뭘 어떻게 해야 할지 막연하기만 했다. 이렇게 고민해보고 저렇게 궁리해보다가 명원을 찾았다.

명원에게 자초지종을 털어놓고 곁눈으로 친구의 눈치를 살폈다. 미쳤단 소리쯤은, 정신과 상담을 받으란 얘기쯤은 이미 각오한 터였다. 명원은 날 빤히 쳐다보다가 내 손을 잡았다. 냉면집 육수만큼 따뜻한 손이었다.

나도 그 인간이 살아 있을 것 같다.

뼛가루까지 뿌린 마당에, 과학이 놈은 확실히 죽었다고 했는데, 심지어 보험회사도 사망신고를 받아들였는데, 그런데 살아 있다고 믿는다고?

자리에서 몸을 반쯤 일으키고 한 톤 올라간 목소리로 왜 그렇게 생각하느냐 물었다. 명원은 이렇게 대답했다.

내 친구, 윤승희가 그걸 바라잖아, 아주 간절하게.

한참을 명원을 바라보다가 겨우 한마디를 해줬다.

너도 돌았구나, 나처럼.

명원은 그 소리가 그렇게 좋았는지 해맑게 웃으며 내 가슴을 툭 건드렸다. 미친 게 분명했다.

명원의 어린 남자친구는 돈만 많은 게 아니었다. 남들과는 다르게 살아왔다는 그 친구는 별별 부류의 지인이 많았는데 그중 수십 년 흥신소 경력을 자랑하는 베테랑 중년 여성을 내게 소개해줬다.

명원과 함께 마포 뒷골목, 허름한 흥신소 사무실을 찾았다.

베테랑 소장은 사고 현장 CCTV 따위엔 별 관심을 보이지 않았다. 대신 사내의 쓰레기 같은 겉옷에서 구겨진 주유소 영수증 하나를 찾아내더니 곧바로 추적을 시작했다. 놀랍게도 딱 3일 만에 그녀는 문제의 화물 트럭을 찾아냈다.

아침 시간이 아니면 화물 기사들이 다들 일을 나가서 만나기 어렵다는 소리에 명원을 재촉해 일찍 집을 나섰다.

"만약에 말이야."

명원이 창밖을 보며 입맛을 다셨다. 빗줄기가 조금 더 가늘어졌다.

"만약이야, 만약. 정말 그 인간이 서준표라면…… 그땐 어떻게 할 거야?"

뭐가 그리도 어색한지 명원은 연신 엉덩이를 꼼지락대며 왼손으로 운전대를 만지작대더니 오른손으로 히터 버튼을 켰다가 끄기를 반복했다.

그가 만약 놈이라면?

글쎄? 그럼 어떻게 하지?

솔직히 한 번도 생각해보지 않은 문제라서 명원에게 달리 할 말이 없었다. 난 멍한 표정으로 빗줄기 사이로 보이는 길 건너 상가 건물을 바라보기만 했다.

대체 난 왜 놈을 만난 이후의 일을 단 한 번도 생각해보지 않은 걸까?

청혼까지 받고도 결혼식을 차일피일 미루자 지은이 늦은 밤 홀로 집으로 찾아와 작정이라도 한 듯 날 몰아세웠다.

엄마는 도대체 언제까지 추억만 먹고 살 거야?

내가 무슨 추억만 먹고 살아? 밥도 잘 먹고 빵도 잘 먹고 지내고 있어.

틈만 나면 아빠 생각이잖아. 멍한 표정 짓고 과거에 빠지는 거, 내가 모를 줄 알아?

그러니까 네 말은 내가 예전 일은 깡그리 다 잊어버려야 한다는 거니?

그게 아니라, 물론 생각은 나겠지, 어떻게 깡그리 잊겠어. 하지만 엄마는 너무 심하다는 거야. 난 정말 이해를 못 하겠어. 아빠랑 사이가 좋았던 것도 아니잖아?

맞는 말이었다. 나도 그게 참 이상했다. 무슨 특별한, 대단히 애틋한 정도 없었으면서 왜 나는 시도 때도 없이 놈을 그리워하는 걸까?

딸이 혀를 차며 집으로 돌아간 후 밤새도록 거실 소파에 허리를 꼿꼿이 세우고 앉아 내 마음을 찬찬히 들여다봤다. 이유는 딱 하나였다, 외로움.

남자에게 기대는 여자를 경멸했다. 의존은 자기 인생을 갉아먹는 일이라고 철석같이 믿고 언제 어디서나 씩씩하게 자존과 자립을 외쳐댔다.

막상 혼자가 되자 비로소 나 자신을 똑바로 알게 되었다. 난 완벽하게 남자에게 기대는 여자였다. 의존하는 게 너무 편한 인간이었다.

놈이 사라진 후 깊은 잠에 들 수 없었다. 매일 밤 열이 올라 땀을 흘리다가 갑자기 오한이 일곤 했다. 좀 지난 뒤에야 갱년기 증세란 걸 깨달았지만 그것과는 별개로 난 놈이 없는 하루를 살아내는 게 정말 힘들었다.

명원이 헛기침을 했다.

"혹시라도, 정말 혹시라도 서준표가 살아 돌아온다 해도 말이야."

목소리가 흔들렸다. 명원이 이번엔 마른침을 꿀꺽 삼켰다.

"최민재와 결혼하는 건 변할 수 없어. 알지?"

그런가? 그게 맞는 건가?

"그렇지, 승희야?"

비가 그쳤다. 올 때처럼 그렇게 갑작스레 사라져버렸다. 세상이 한층 더 깨끗해졌다.

명원과 난 차에서 내려 길을 건넜다. 상가 건물 1층 한구석에 '동일 화물'이란 작고 낡은 목재 간판이 비스듬히 걸려 있었다. 뿌연 창을 통해 흐릿하게 실내가 보였다. 남녀 한 쌍이 소파에 마주 앉아 있는 듯했다.

크게 심호흡을 하고 나서 문을 열고 안으로 들어가려는데 갑자기 문이 벌컥 열리면서 누군가 안에서 튀어나왔다. 거리가 좀 있어서 부딪칠 상황은 아니었지만 괜히 놀라 다리에 힘이 빠졌다. 내가 살짝 휘청대자 명원이 재빨리 내 손을 잡아주었다.

"미안합니다."

중년 사내가 고개를 까닥이고는 돌아섰다. 내 손을 잡은 명원의 손이 덜덜 떨렸다. 왜 그러지, 쳐다봤는데 명원이 내 시선을 피했다.

혹시?

실눈을 뜨고 사내의 뒷모습을 자세히 살폈다. 아니었다. 신장은 비슷했지만 놈보다 훨씬 말랐고 무엇보다도 놈과 달리 머리가 반백이었다. 칼칼하긴 했지만 목소리도 놈보단 훨씬 굵었다. 명원을 쳐다봤다. 명원은 눈만 껌뻑였다.

'얘가 대체 왜 이러지?'

명원과 함께 안으로 들어섰다.

다섯 평쯤 되어 보이는 작은 사무실. 암회색 벽엔 굳은 기름으로 보이는 갈색 때가 여기저기 묻어 있었다. 중앙에 군데군데 껍질이 벗겨진 소파가 놓여 있었고 한구석에 역시 매우 낡은 사무용 탁자와 작은 의자 한 쌍이 보였다. 탁자에 놓인 컴퓨터는 '저게 과연 사용이 가능할까' 매우 의심될 만큼 오래된 기종이었다.

소파에 다리를 꼬고 앉아 키득대며 폰을 들여다보던 작업복 차림의 여성이 명원과 나를 빤히 쳐다봤다. 30대 중반으로 보였는데 뭔가 좀 불량한 분위기였다.

난 그 자리에 장승처럼 서 있었고 명원이 대신 한 걸음 더 나서며 입을 열었다.

"오동수 씨를 만나러 왔는데요."

"아, 전화했던 분. 잠깐만 기다리세요."

여자는 의외로 친절한 미소를 보여주었다. 자리에서 벌떡 일어나 어딘가로 전화를 하면서 손짓으로 우리에게 앉기를 권했다. 명원과 나란히 소파에 앉았다. 찜찜해서 엉덩이만 살짝 걸쳤다.

"오 씨는 금방 올 거예요. 커피 드릴까요?"

"괜찮습니다."

심장이 뛰기 시작했다. 옆자리 명원에게 들릴 만큼 심장박동이 쿵쿵 울렸다. 이마에 송골송골 땀이 솟았고 자꾸만 기관지가 간질거렸다.

만약 오 씨란 인물이 정말 놈이라면?

난 우선 따귀 한 대를 갈겨줄 작정이었다. 그 정도는 놈도 당연히 받아들일 터였다. 욕도 한 바가지 퍼부어줄 생각이었다. 지난 10년을 돌이켜보면 그것도 놈이 기꺼이 감수해야 할 일이었다.

그러고 나서는?

그다음엔 아무 답이 없었다. 난 민재와 결혼해야 하는데 놈이 과연 그걸 받아들일지 알 길이 없었다. 아니, 내가 아는 놈은 절대 용납할 인물이 아니었다.

만약 놈이 안 된다고 난리를 부리며 훼방을 놓는다면?

비로소 여기 괜히 왔다는 생각이 들었다. 당장 일어나 집으로 돌아가고 싶었다.

빗소리가 들렸다. 뿌연 창밖으로 또 빗줄기가 쏟아지는 게 보였다. 이번엔 제법 굵고 시끄러운 비였다.

"트렁크에 우산 있는데. 가지고 올걸."

"어쩌나, 우산이 저것밖에 없는데."

불량한 분위기의 여자가 사무실 한구석을 가리켰다. 가리킨 구석 바닥에 분홍빛 우산이 얌전히 누워 있었다.

"어머, 고마워요."

명원이 반색을 했다.

"고마워할 게 아닌데…… 우산 상태가 좀."

불량한 분위기 여자가 난처한 표정을 지으며 우산을 들고 펼쳤다. 우산살 반은 구부러져 있었고 천의 3분의 1은 찢긴 상태였다.

"색깔은 예쁜데……."

명원이 혀를 차며 입술을 오므렸다.

찢긴 분홍 우산.

이제야 모든 게 확실해졌다. 난 놈을 그리워한 게 아니었다. 찢긴 내 과거를 곱씹으며, 정확하게는 놈이 아닌, 놈과 함께였던 나를 그리워하며 스스로를 위로한 것뿐이었다. 말하자면 우산은 우산인데 우산이 아니었던 것이다.

모든 게 명확해지자 그제야 민재가 보고 싶었다. 너무도 간절하게 그가 보고 싶었다. 이 자리가, 이 시간이 너무도 불쾌하고 답답했다. 난 몹시 두려웠다.

가자, 윤승희, 아무 미련 없이 돌아서는 거야.

막 자리에서 엉덩이를 드는데 삐걱 문 열리는 소리가 들렸다. 오 씨인 것 같았다. 난 질끈 눈을 감아버렸다.

제발 놈이 아니기를. 그럴 리는 없겠지만 만에 하나라도 절대 아니기를.

명원의 목소리가 들렸다.

"혹시 오동수 씨인가요?"

"네, 그런데요. 무슨 일인가요?"

한순간 온몸에서 힘이 빠져나갔다. 반쯤 들었던 엉덩이를 털썩 내려놓았다. 어디선가 기름때 냄새가 풍겨왔다. 달달한 믹스 커피완 확연히 다른 아주 고약한 향이었다.

생각해보니 처음부터 이 사내가 놈일 리가 없었다. 천천히 눈을 뜨고 사내를 봤다.

처음 보는 중년이, 놈보다 작고 못생기고 더 뚱뚱한 사내가 날 보며 눈을 껌뻑였다.

'이 화상아, 왜 말을 안 듣는 거야? 화물들이 다니는 길이라고 그렇게 얘기했는데.'

놈의 목소리가 희미하게 귓가에 울렸다. 이젠 이 목소리를 잊고 싶었다. 다신 듣고 싶지 않았다. 머릿속을 비워야 했다. 빗소리에 맞춰 속으로 동요를 흥얼댔다.

이슬비 내리는 이른 아침에 우산 셋이 나란히 걸어갑니다.

노란 우산, 빨간 우산, 찢어진 우산.

한우

평일 오후 2시, 강변 5성급 호텔, 만월관. 통유리 창밖으로 연한 하늘빛 강물이 천천히 흘렀고 물결 곳곳에서 햇볕 조각이 반짝였다. 짙은 물색 하늘에 초록이 살짝 물든 작은 구름 몇 점이 떠 있었다. 가을이 깊었다.

그렇게 싫다고 난리를 부렸는데도 지은과 상우는 환갑 모임을 하자고 완강하게 고집을 부렸다. 지은은 한 백 명쯤 초대해서 그야말로 잔치를 열자고 해서 날 아연실색하게 했고 상우는 그러면 한 50명쯤이면 괜찮겠느냐 물어서 내 화를 북돋웠다.

엄마가 우리 곁에 있어서 얼마나 고맙고 행복한 줄 알아? 우린 엄마의 60년을 꼭 기념하고 싶단 말이야.

엄마 생일을 언제 우리가 폼 나게 제대로 기념한 적 있었어?

늘 미역국에 만 원짜리 케이크였잖아. 엄마, 우리도 이젠 살 만해. 지긋지긋했던 가난하고 벌써 오래전에 빠이빠이 했다고. 그러니까 우리도 이젠 엄마 생일 같은 날엔 한우 좀 먹어보자.

아이들과 긴 줄다리기를 한 끝에 겨우 직계가족과 민재만 부르기로 합의를 봤다. 아직 생일은 좀 남았지만 환갑과 내 회복을 동시에 기념하며 그냥 간단하게 점심만 먹기로 했는데 이번에도 똑똑한 미주가 나서서 비싸기로 소문난 강변 5성급 호텔 내 한우갈비 전문점 만월관을 찾게 되었다.

이거 누가 계산하는 거냐?

우리가 할 거니까 아무 걱정 말아요, 엄마.

민재 대신 지은과 상우가 반반씩 낸다니까 마음은 편했는데 속이 많이 쓰렸다. 아무리 장 서방과 지은의 주간보호센터가 잘되고 있고 상우도 주목받는 웹툰 신인 작가 반열에 올랐다 해도 굳이 이렇게 초호화 호텔 음식점까지 와서 터무니없이 비싼 한우갈비를 꼭 먹어야 되는 건지.

한우는 부드러웠다. 부드럽고 간이 딱 맞았고 육즙이 꽉 차 있었고 혀에 착착 감겼다. 지은과 장 서방은 사라와 요한의 작은 입에 고기 조각을 넣어주느라 바빴고 미주와 은영은 바지런히 젓가락질을 하며 한우에 몰입했다. 상우는 제 외삼촌과 술잔을 주고받으며 환담을 나누었다. 난 또 홀로 회상에 젖어 들었다.

맛있지? 이 집이 남양주에선 최강이야.

그래봤자 돼지갈비지, 뭐.

또 뭐가 마음에 안 드는 거야?

인간적으로 명색이 결혼 20주년인데 이번에도 돼지냐?

소보다 돼지가 더 맛있는 거야. 알지도 못하면서 아무튼 이 화상 이거.

맛없어도 좋아. 이런 날엔 비싼 소고기 먹고 싶다고.

알았다, 알았어. 30주년엔 내가 진짜 한우 쏜다.

아빠, 우리 한우 먹어?

그래, 10년 뒤엔 꼭 먹자, 우리.

와, 신난다. 우리 아빠, 최고.

놈은 당연히 약속을 지키지 못했다. 만약 30주년을 놈과 함께 했다면 과연 우리는 한우를 먹을 수 있었을까? 난 천천히 고개를 저었다. 놈 주제에 한우는 무슨.

그러고 보니 또 놈 생각이었다. 이젠 멈춰야만 했다. 고개를 흔들며 다 털어버렸다.

민재가 내 접시에 고기를 갖다놓았다.

"좀 들어."

"어, 먹고 있어. 민재 씨도 많이 먹어. 맛있다."

민재와의 재회. 그와 본격적으로 교제를 시작하고 나서 이렇게 오래 떨어져 있어본 적은 없었던 것 같다. 전화도 SNS도 하지 않고 무려 보름의 시간을 보냈다. 지난 보름간 민재는 묵묵히 날 기다려주었다.

"명원 씨는 왜?"

"바쁘대."

당연히 올 줄 알았는데 달랑 '급한 일이 있다'는 문자 하나만 보내고선 명원은 하루 종일 전화 연결이 되지 않았다. 무슨 일인지 걱정이 되었지만 걱정 외에 달리 할 수 있는 일이 없었다. 그저 별일 아니길 바랄뿐.

긴 식사를 끝내고 모두 함께 만월관이 자랑하는 뒤편 정원으로 나갔다.

정원은 아름다웠다. 드넓게 펼쳐진 푸른 잔디밭, 곱게 단장한 나무와 꽃밭, 하늘색 강물과 물빛 짙은 하늘. 바람이, 연한 바람이 초록빛 구름처럼 천천히 흘렀다. 멀리서 겨울이 서서히 다가오고 있으나 아직은 그렇게 쌀쌀하진 않은, 그야말로 가족 모임을 갖기에 최적의 날씨였고 최고의 풍경이었다.

사라와 요한이 깔깔대며 잔디를 뛰었다. 상우와 미주도, 장 서방과 지은도 함께 잔디를 걸으며 무엇이 그리도 재미있는지 웃음을 그치지 못했다. 오빠와 은영은 민재와 나란히 걸으며 대화를 나누었다. 오빠는 민재가 그렇게 마음에 드는 모양이었다.

행복. 요즘 아이들 말로 소소하지만 확실한 행복. 늘 헉헉대며 살아온 것 같은데 도대체 언제 내게 이런 풍요로운 시간이 허락되었는지.

이 모든 것은 놈이 떠나자마자 마치 기다렸다는 듯 곧바로 시작되었다. 온몸을 뱀처럼 칭칭 감고는 절대 풀어주지 않던 그 질기고 악랄한 빚의 무게가 보험금 한 방에 거짓말처럼 사라져버리자 그 후론 말 그대로 구름 위를 사뿐사뿐 걷는 기분이었다.

지은은 자기처럼 임용고시를 포기한 노량진 동기와 함께 의정부에서 조그만 수학 전문 학원을 차렸다. 다들 사교육은 저무는 해라고 했는데, 학원을 차리느니 차라리 잘나가는 치킨집 옆에서 치킨을 팔라는 소리까지 들었는데 노량진 동기와 지은의 학원은 비교적 짧은 시간에 의정부 학생들을 싹 끌어들였다. 몇 번의 고비가 있었지만 어쨌든 성장가도를 달려 한때 의정부에서 손꼽히는 명문 수학 학원으로 자리 잡았다. 지은은 그 노량진 동기와 결혼을 했다. 바로 장 서방이었다.

한참 학원이 잘나가던 시절에 장 서방과 지은은 함께 사회복지사 자격증을 따고는 아무런 미련 없이 학원 문을 닫더니 그 대신 양주시청 뒤편에 노인들을 돌보는 주간보호센터를 차렸다. 이젠 또 그 보호센터가 성장가도를 달리고 있었다.

지은보다 더 운이 좋았던 건 상우였다. 만화를 그린답시고 웹툰 지망생 선배 둘과 함께 동두천 반지하 셋방에서 실질적인 백수 생활을 하던 중, 어느 날 갑자기 응모도 하지 않았는데 어떤 아마추어 사이트에 상우가 올린 만화에 꽂힌 한 출판사 대표의 도움으로 뜬금없는 데뷔를 하게 되더니 곧 감성 웹툰 신인 작가로

유명세를 탔다.

솔직히 난 지금도 상우 만화를 보면 '좋다', '싫다'를 떠나서 무슨 얘기를 하고 싶은 건지 도무지 이해할 수 없었다.

이를 테면 이런 것이었다.

만원 지하철에 시달리는 뚱뚱한 청년이 있다. 혹시나 치한으로 몰릴까 봐 양손을 앞으로 모으곤 이리저리 흔들리며 비지땀을 흘린다. 청년의 바람은 오직 하나, 편안하고 싶다, 이다. 어느 순간 청년은 그 비좁은 공간에서 멍 때리기를 시도한다. 야자수 가득한 해변, 열대 과일을 먹으며 느긋하게 옥색 바다를 바라보는 청년. 청년은 차츰 행복해진다. 만원 전철은 이제 청년에겐 하와이나 발리 해변이다. 이제 청년은 매일 만원 지하철을 기다린다. 행복해지고 싶을 땐 비좁은 전철에 올라 사람들 사이에 끼어 낑낑대며 두 손을 앞으로 모은다. 행복한 청년의 얼굴. 어느 날 청년은 자신과 똑같은 표정의 중년을 발견한다. 청년은 긴장한다. 해변의 주인이 결코 둘일 순 없다. 청년과 중년은 만원 전철의 망상을 놓고 치열하게 신경전을 펼친다. 마침내 청년은 강력한 엉덩이로 중년을 몰아내고 안도의 숨을 내쉰다. 청년의 뿌듯한 미소. 마침내 아름다운 내 해변을 지켜낸 것이다. 청년은 모히토에서 몰디브를 한잔하며 만족한 미소를 짓는다.

이게 다였다. 정말 이게 다였는데, 그런데도 젊은층은 그 엉성하고 별것 없는, 무엇보다도 빤하기 이를 데 없는 이른바 감성 허무 레트로 웹툰에 열광했다. 참 이해하기 힘든 젊음이었고 따라가기 힘든 세상이었다.

은영이 다가왔다. 바로 옆에 서더니 내 눈치를 살폈다. 민재와 연락을 끊으면서 은영의 전화도 받지 않았다. 눈치가 빠르기도 느리기도 한 은영 또한 지난 보름 동안 내게 연락을 하지 않았다.

"참 좋은 날이다, 그치?"

"어."

"결정했어?"

"어."

"잘 생각했다."

옥정에서 돌아온 후 난 찬찬히 내 감정을 들여다봤다. 그럴 시간이 필요했다. 도대체 왜 난 착하고 친절하고 나밖에 모르는 민재를 받아들이지 못하는 걸까?

민재가 내게 다가오면 다가올수록 난 부끄럽게도 민재와 놈을 수시로 비교했으며 민재의 부드러움을 접할 때마다 내 마음을 마구 흔들어대던 놈의 마초 기질을 떠올리며 아무도 몰래 아쉬움을 달랬다.

그런데 만약 놈이 진짜로 살아서 돌아온다면?

화물 트럭 사무실에서 어쩌면 현재의 놈을 만날 수도 있는 상황이 벌어지자 비로소 정신이 번쩍 들었다.

과거의 어느 날 밤이었다.

만취한 놈이 새벽 2시쯤 귀가했다. 씻지도 않고 자리에 누웠던 놈이 갑자기 벌떡 일어나더니 아이들 방으로 돌진했다.

어딜 가?

지은아, 상우야.

조용히 해.

얘들아, 아빠 왔다.

지금 당장 아이들에게 아빠가 얼마나 사랑하는지 알려줘야겠다면서 놈은 다시 '돌격 앞으로'를 시작했고 난 곤히 자는 애들을 위해 온몸으로 놈을 막아야 했다.

이 미친놈아, 제발 좀.

놈의 허리를 잡고 늘어지다가, 아이들 이름을 부르는 놈의 입을 틀어막다가 더 이상 버틸 힘이 없어 놈의 등짝을 두드려 팼다. 그래도 놈은 지칠 줄 모르고 또다시 직진을 감행했다. 결국 아이들 방문이 열렸다.

놈이 큰 소리로 아이들을 깨웠다. 아이들이 놀란 눈으로 날 쳐다봤다. 놈은 지은과 상우를 한꺼번에 껴안더니 아이들 얼굴에 자기 뺨을 비벼댔다.

사랑한다, 얘들아. 아빠가 사랑해.

아이들이 울음을 터뜨렸다. 다시 놈의 허리를 잡아당겼다. 억지로 놈을 끌어냈다.

그러고도 한참을 실랑이를 하다가 한 시간이 다 되어서야 놈은 제풀에 떨어져서 잠들어버렸다. 놈의 코 고는 소리를 들으며 그런 생각을 했었다.

점잖은 남자, 술을 마셔도 적당히 마시고 돌아설 줄 아는, 간혹 주사를 부려도 감당할 만한 주사를 부리는 남자와 살아보고 싶단 갈망. 단 하루라도 좋으니 그런 신사의 아내가 되고 싶단 열망.

여고 동창 모임도 생각났다.

은영이 하도 가보자고 해서 내키지 않았음에도 딱 한 번 참석했는데 하필이면 그 애가 내 앞에 앉게 되었다. 늘 나보다 성적 등수가 떨어졌던, 난 전혀 신경 쓰지 않았는데 혼자 날 경쟁자로 여기며 전전긍긍하던 찜질방집 외동딸. 성형에 완벽하게 성공하고 대기업에 다니는 남자와 결혼했다는 그 애가 느닷없이 내게 남편은 뭘 하느냐고 물었다. 주변의 몇몇이 귀를 기울이는 게 느껴져서 조금 밝은 어투로 조그만 기계 가공 공장을 운영한다고 했더니 그 애는 내 쪽으로 상체를 기울이며 자기 남편도 대기업을 그만두고 반도체 부품을 제조하는 회사를 차렸다면서 우리 '지우정공'은 어떤 제품을 만드냐고 또 질문을 던졌다.

너는 참 별게 다 궁금하구나.

슬쩍 다른 주제로 말을 돌렸는데도 그 애가 집요하게 묻고 또 물었다. 그 끈질김을 이겨내지 못하고 할 수 없이 슬쩍 흘리듯 '써큘러 니팅 머신' 부품을 만든다고 했더니 그 재수 없는 애는 마침내 뭔가 잡아냈다는 듯 만족한 미소를 지으며 상체를 바짝 세우고 고개를 오른편으로 살짝 기울였다.

아, 다이마루! 우리나라에 아직도 그거 하는 공장이 남아 있었던 거야?

다이마루? 그게 뭔데? 몰라? 미싱 비슷한 거야. 뭐, 80년대?

쑥덕이던 소리, 그들의 눈빛, 뿌연 천장, 가라앉던 공기.

그 후론 난 동창 모임이라면 고개도 돌리지 않았다.

서준표. 그 남루하고 초라한, 고집스럽고 꽉 막힌, 무례하고 무심한.

그동안 난 정상이 아니었다. 그런 놈과 민재를 비교하다니.

마음속에서 놈이 깨끗이 정리가 되자 비로소 민재가 보고 싶었다. 그리고 이어진 보름 만의 재회. 난 민재가 너무 반가웠다. 날 만나자마자 민재는 내 옆으로 다가와 당장 식부터 올리자고 속삭였다.

그를 쳐다봤다. 미세하게 떨리는 눈썹, 이마에 솟은 작은 땀방울들.

얼마나 내가 보고 싶었을까? 얼마나 불안했을까? 지금 얼마나 떨고 있을까? 내가 뭐라고, 도대체 나 같은 게 뭐라고?

난 흔쾌히 그러자고 했다. 민재는 멍한 표정으로 날 바라보다가 살짝 눈물까지 보이며 환하게 미소 지었다.

쇠뿔도 단김에 빼랬다고 민재와 난 다음 주 토요일, 그의 가평 별장에서 스몰웨딩을 올리기로 단번에 합의를 봤다.

민재가 자기 아들 내외를 설득해 노원으로 오기로 한 것도 내 결심에 크게 한몫을 했다. 내 집에서 함께 사는 건 아무래도 불편하다면서 민재는 노원에서 제일 비싸다고 소문난 수락산 바로 아래 60평 아파트에서 새롭게 시작하자고 했다. 아파트 구입과 리모델링 공사를 최대한 빨리 진행할 테니 그때까진 불편하더라도 가평 별장에서 살자고 해서 흔쾌히 그러자고 했다.

이젠 모든 게 명확해졌다. 과거 같은 건 싹 잊고 오늘과 내일을 위해 살아야지.

그때 은영이 입을 오물거렸다. 눈을 내리깔더니 가늘게 몸을 흔들었다.

"저기, 내가 요즘 너한테 함부로 대하고 그랬던 거 말이야. 미안해."

은영을 보며 피식 웃었다. 은영이 명원보다 더 좋은 점은 이거 딱 하나였다. 사과가 빠르다는 것. 내가 생각해도 난 성격이 별론데, 명원도 나랑 비슷해서 한번 어긋나면 화해가 쉽지 않았다. 그런데 은영은 우리와 달랐다.

"알았으면 됐어. 앞으론 시누이한테 까불지 마라."

"넵, 시누이님."

은영이 상체를 조금 앞으로 내세웠다. 가슴 윗부분이 환하게 빛났다. 14K가 다섯 개 박힌 목걸이였다. 내가 목걸이로 시선을 돌리자 은영이 볼을 발갛게 붉혔다. 아마도 오빠에게서 처음 받아본 액세서리 선물일 것이다.

백화점에서 오빠는 200만 원이 넘는 진주목걸이를 한참 동안 만지작대다가 종국엔 60만 원을 주고 저 목걸이를 선택했다. 200이면 어떻고 60이면 또 어떻단 말인가? 은영은 충분히 행복해 보였다.

"너 동창 모임 아직도 나가니?"

유치하게도, 진짜 부끄럽게도 최민재와 결혼한 후 난 찜질방집 그 애를 다시 만나고 싶었다. 그 애가 또 묻는다면 아주 또박또박 정확하게 답해줄 자신이 있었다.

'조그만 사업 해, 의약품 수입. 혹시 최 약국이라고 들어봤어? 다들 아는구나. 나만 몰랐네. 그 집 아들이야. 사람이 재미는 없어. 술도 잘 못해. 그냥 점잖은 성격이야.'

인정했다. 난 속물이었고 위선자였고 그리고 이젠 정말 행복해지고 싶은, 육십갑자를 한 바퀴 돈 할머니였다.

"명원인 어쩐 일이야?"

"몰라. 아침에 문자로 급한 일이 생겼다고."

"그 연하랑 헤어진 거야. 그거 말곤 이렇게 중요한 날 오지 못할 이유가 없어."

"설마. 그건 아닐 거야."

"맞아. 그게 아니면 걔가 못 올 이유가 없다니까."

은영의 눈이 반짝였다. 뭔가를 기대하는 눈빛.

송은영, 너는 참.

지은과 상우가 날 불렀다. 사진을 찍자는 소리였다. 만월관 직원 하나가 즉석카메라를 들고 모습을 드러냈다. 아직 지팡이를 짚고 있는데 굳이 사진까지 찍고 싶진 않았지만 그렇다고 혼자 안 찍겠다고 버틸 분위기는 아니어서, 떨떠름한 얼굴에 억지 미소를 짓고 지팡이를 바닥에 내려놓고선 가족과 함께 호텔 뒷산을 등지고 섰다. 내 옆에 붙어 선 민재가 또 손을 잡았다. 민재는 참 손잡기를 좋아했다.

"최 회장, 그렇게 좋은가? 결혼하기도 전에 우리 승희 손이 다 닳겠어."

민재 옆의 오빠가 농을 하자 가족 모두 웃음을 터뜨렸다. 민재는 얼굴이 빨개졌지만 그렇다고 잡은 손을 놓진 않았다. 온기가 느껴졌다. 따듯했다. 이제 다음 주부턴 매일 이 손을 잡고 살아야 한다.

놈이 떠나고 공장을 새로 시작할 때쯤이었다.

수출 업무가 만만치 않았다. 시도 때도 없이 날아오는 영어 메일도 골칫거리였다. 오빠가 내게 물어보지도 않고 민재에게 도움을 청했다. 민재가 건실한 무역 오퍼상을 소개해줬다. 그렇게 민재와 다시 얽히게 되었다. 하지만 난 공적인 업무 외엔 철저하게 그와 거리를 두었다.

너, 정말 재미있는 애구나. 넌 당연히 잘 모르겠지만 사람에겐 신분이란 게 있단다. 너 따위가 진짜 우리 집 며느리가 될 수 있다고 생각한 거니?

일일 막장 드라마에서나 나올 법한 대사와 분위기. 그걸 직접 겪게 될 줄이야.

20대 초반, 그의 모친에게 당했던 모욕의 순간, 그 기억이 여전히 생생했다. 파파할머니가 된 그녀에게 또다시 수치를 당하고 싶지 않았다.

그렇게 적당한 거리를 유지하면서, 절대 끊어지진 않으면서, 어색하고 불편하게 관계가 이어졌다. 대신 민재는 아이들과 가까워졌다. 아이들에게 그는 엄마의 첫사랑이었고 키다리 아저씨였고 사실상 아빠의 대역이었다.

7년 전, 그러니까 민재와 재회하고 3년쯤 지났을 때 민재 엄마가 세상을 떠났다. 망설이다가 오빠와 함께 상가를 찾았다. 신분 높으신 할머니에게 마지막 인사를 했다.

재미있는 애 왔어요. 부디 저세상에서는 그따위로 살지 마시길 바랍니다.

상주와도 인사를 나눴다. 마주한 민재가 내 손을 잡고 펑펑 울었다. 장례식 후, 어쩌다 보니 그와의 관계가 흐트러졌다. 공적 만남은 사적으로 변했고 거리는 순식간에 한 뼘 정도로 좁혀졌다. 한 열 번쯤 만났을 때 그가 적극적으로 다가왔다.

아파트 현관 앞 놀이터였다. 그때도 손이 시작이었다. 손을 잡고, 그 손을 놓지 않고 포옹을 하더니 입맞춤을 시도했다. 온몸에 열기가 올라오는데, 욕망이 꿈틀거리는데, 그럼에도 난 그의 대시가 기쁘지 않았다. 불편했고 몹시 어색했다. 그의 손이 내 가슴을 더듬자 결국 참지 못하고 그를 밀어냈다. 난 충분히 외롭고 헛헛했고, 그가 절대 싫지 않았지만, 그렇다고 해서 결코 불륜의 주인공이 되고 싶진 않았다. 아무리 별거 중이라고 해도 민재는 분명히 유부남이었다.

내 거부에 그는 무척 실망했다. 낙담했던 그 표정을 지금도 잊을 수가 없다. 민재는 더 이상 날 찾아오지 못했다. 그리고 또 4년이 흐른 뒤인 3년 전쯤, 솔직히 민재의 손길이 가끔 그리워질 때쯤 오랜 소송 끝에 마침내 이혼에 성공하고 그가 돌아왔다.

민재와의 재회. 감회가 남달랐다. 민재와 나 사이에 이젠 거칠 것이 없었다. 솔직히 기뻤다. 하지만 여전히 난 그의 손길에, 포옹에, 입맞춤에 쉽게 적응할 수 없었다.

뭘까? 도대체 뭐가 문제일까?

내 우측에 섰던 지은이 날 툭 치며 그렇게 좋으냐면서 피식 웃었다. 그렇다고, 그렇게 좋다고 하며 똑같은 미소로 답해주었다.

"하나, 둘, 셋 하면 모두 치즈, 하는 것 아시죠?"

만월관 직원이 카메라를 들었다.

휴대폰이 울렸다. 내 벨소리였다.

"아, 뭐야, 엄마?"

가족들이 웃음을 터뜨렸다. 민재가 손을 놓지 않아 왼손으로 전화기를 들여다봤다. 명원이었다. 급히 통화 버튼을 눌렀다.

—너 왜 안 와? 무슨 일이야?

—승희야, 놀라지 말고 들어. 믹스 커피 말이야.

—누구?

—오동수가 지금 너한테 가고 있어.

—뭐라고?

—오동수 말이야, 오동수.

오동수가 누구지? 아, 화물 트럭 그 오동수! 기억이 났다. 그런데 그 사람이 왜?

민재가 걱정스러운 표정으로 날 쳐다봤다.

—명원아, 내가 지금 좀 그래. 금방 다시 전화할게.

전화를 끊고 다시 민재의 손을 잡았다.

"자, 다시 갑니다. 하나, 둘, 셋 하면 모두 치즈, 하는 것 아시죠?"

만월관 직원이 다시 카메라를 들었다.

난 왜 명원의 전화를 그렇게 끊어버렸을까? 놀라서였다.

도대체 왜 그 오 씨가 나한테 오고 있단 말인가? 명원의 다급한 목소리. 불길함. 뭔가가 깨지는 느낌, 행복이 사라지는 기분. 이유를 알 수 없는 불안과 두려움.

난 카메라를 보며 활짝 웃었다.

"어?"

옆의 지은이 짧게 탄성을 질렀다. 왜 그러나 싶어 지은의 시선을 따라갔다. 멀리, 만월관 입구에서 정원으로 걸어오는 한 사내가 보였다.

"내가 잘못 본 거 맞지?"

"말도 안 돼!"

지은과 상우와 은영이 웅성거렸다. 우리를 향해 성큼성큼 걸어오는 남자.

어깨를 조금 앞으로 숙이고 두 팔을 흔들며 큰 걸음으로 다가오는 사내. 조금 건달기가 보이는 휘청대는 걸음새. 하얗게 센 머리, 지저분한 턱수염, 남루한 옷차림.

사내는 오 씨가 아니었다. 그가 날 보더니 치아를 다 드러내며 보랏빛 국화처럼 환한 웃음을 보여주었다. 찬찬히 살펴보니 어디선가 본 인물이었다. 생각이 났다. 화물 트럭 사무실 입구에서 아주 잠깐 마주쳤던. 그런데 저 사람이 왜?

연한 바람을 타고 달달한 믹스 커피 향이 날아왔다. 확실히 그 냄새였다. 나도 모르게 민재의 손을 놓았다.

"아유, 이 화상 이거."

칼칼한. 하지만 예전보다 훨씬 굵어진. 분명히 놈이 아닌데? 놈의 눈을 살폈다. 약간 올라간 눈매. 강렬하면서도 늘 슬퍼 보이는 눈빛.

한순간 하늘이 한 바퀴 빙 돌았다. 귀에 이명이 일었다. 일단 도망쳐야 한다고, 무조건 이 자리를 피해야 한다고 생각했는데 다리에 힘이 풀려 꼼짝할 수 없었다.

맙소사!

예전과는 많이 달라졌지만 사내는 분명히 서준표, 바로 그놈이었다.

콩팥

만약 놈이 돌아온다면? 절대 그럴 리는 없겠지만 혹시 놈이 기적처럼 돌아온다면?

고백건대 난 이 엉뚱한 상상을 한두 번 한 게 아니었다. 공원에서 그네를 타면서, 침대에 누워 반쯤 잠든 상태로, TV를 틀어놓고 멍 때리면서, 할 일 없이 거리를 걸으며, 심지어 친구들과 수다를 떨거나 손자 손녀의 재롱을 보면서도 그야말로 수시로 난 이 공상을, 이 망상을, 이 말도 안 되는 허상을 남몰래 즐기곤 했다.

놈이 돌아온다면, 정말 그런 일이 일어난다면 난 놈이 가을비처럼 조용하게, 쓸쓸하게, 간결하면서도 충분히 품격 있게, 시끄럽지 않으면서도 만감이 교차하게, 말할 수 없이 애잔하고 더할 수 없이 먹먹하게, 그렇게 돌아올 것이라 굳게 믿었다.

수없이 많은 상상 속에서 놈은 매번 다른 장소, 다른 시간에 나타났지만 내게 다가오는 모습만은 늘 가느다란 빗줄기처럼 그렇게 소리 소문 없이 가만히 내려와 큰 덩치지만 의외로 수줍은 모습으로 내 앞에 서서 아주 작은 미소만 살짝 보이는, 나름 꽤 멋진 장면이었다.

하지만 실제는 상상과 같지 않았다. 어쩜 이리도 완연하게 다른지. 놈은 화창한 날씨에 불어닥친 한여름 폭풍우처럼, 그렇게 시끄럽고 떠들썩하고 요란하고 거세게 성큼 달려와 날 보며 아무렇지도 않은 듯 껄껄 웃어댔다.

놈이 너무 바짝 다가서서 나도 모르게 상체를 뒤로 젖혀 놈과의 거리를 조금 벌렸다. 하지만 결코 뒷걸음치진 않았다. 민재가 다시 손을 잡으려 했지만 난 그의 손길을 피해버렸다. 민재의 손길이 맥없이 떨어졌다.

나만 그런 게 아니었다. 놈도 그랬다. 막상 웃으며 다가와선 자기도 좀 그랬는지 어색한 미소를 지으며 바위처럼 우뚝 서 있을 뿐이었다. 지은도, 상우도, 장 서방도, 미주도, 오빠도, 은영도, 사라와 요한마저도 모두 약속이라도 한 듯 일제히 그를 향한 채 얼어붙어버렸다. 만월관 직원도 카메라를 내리곤 여기저기 눈치를 살폈다.

적막은 꽤 길게 이어졌다. 누구도 선뜻 먼저 입을 떼지 못했다. 놈이 침을 크게 한 번 삼키더니 불편하고 묘한 공기를 깼다.

"그래, 궁댕이뼈는 다 붙었냐?"

놈은 내게 손을 쓱 뻗어 오른손으로 내 앞머리를 흩뜨렸다. 신혼 때 자주 하던 짓거리였다. 참으로 놈다운, 무례한, 뜬금없는, 그리고 거침없는.

난 발끈했다. 어떻게 이럴 수 있는지. 며칠 여행에서 돌아온 게 아니지 않은가? 한 달 여정의 장기 출장을 다녀온 게, 몇 년 해외 생활을 하다 귀국한 게 아니지 않은가? 죽었던 인간이, 사망해서 뼛가루까지 뿌린 놈이 꼭 10년 만에 살아 있는 모습으로 불쑥 나타나서 겨우 한다는 짓이 이따위 장난질이라니.

가을비의 품위를 언급하자는 게 아니었다. 비장하다거나, 감동적이다거나, 하다못해 '미워도 다시 한번' 같은 신파는 아니더라도 적어도 이런 중차대한 순간엔 좀 더 진중해야 맞는 게 아닌가? 아무리 제멋대로인 인물이라 하더라도 내가 받을 충격을, 우리가 감내해야 할 놀라움을 조금이라도 배려했다면 앞머리를 흩뜨리고 궁댕이 운운하는 건, 이건 정말 아니지 않은가?

화가 났다. 나만 그런 게 아닌 것 같았다. 민재 발끝이 꿈틀거렸다. 그 작은 움직임에 분노가 듬뿍 묻어 있었다. 민재가 움직이기 전에 내가 먼저 반응했다.

"이게 무슨 돼먹지 않은."

두 팔로 놈을 힘껏 밀어냈다. 놈이 휘청댔다. 서너 걸음 뒤로 밀려 비틀대다가 놈은 간신히 중심을 다시 잡았다. 놈은 깜짝 놀랐다는 얼굴로 날 쳐다보더니 다시 빙긋 웃었다. 그 웃음이 그렇게 미울 수 없었다. 내가 아는 모든 욕을 퍼부어주고 싶었다.

"맞지? 맞는 거지?"

막 욕을 퍼붓기 직전인데 오빠가 나섰다. 오빠 목소리가 몹시 떨렸다.

"네, 접니다, 형님. 꼭 10년 만이네요."

"아빠? 정말 아빠가요?"

상우 목소리였다. 놈의 눈길이 자연스럽게 지은과 상우를 향했다. 놈의 눈에 금세 눈물이 고였다. 놈이 천천히 지은과 상우 쪽으로 발걸음을 옮겼다. 이번엔 제법 진지한 걸음이었다. 지은은 한 걸음 물러났고 상우는 한 걸음 놈에게 다가섰다.

"아들아!"

"아빠!"

놈과 상우가 서로에게 달려가 격하게 포옹을 했다. 이윽고 눈물바다. 잠깐 망설이던 지은도 빨개진 눈으로 놈에게 뛰어갔다. 놈이 이번엔 지은을 부둥켜안고 오열했다. 비로소 공기가, 탁했던 공기가, 숨 막히던 공기가 제대로 맑아지는 게 느껴졌다. 놈의 선택은 '누가 이 사람을 모르시나요?'였다.

제 엄마가 울자 사라와 요한도 울음을 터뜨렸다. 은영이 재빨리 나서서 사라와 요한의 손을 잡고 만월관 안 어린이 놀이 시설로 향했다.

눈치를 살피던 미주가 우리 모두를 정원 동편 아름드리나무 밑, 간이 테이블로 이끌었다. 놈과 지은, 상우는 걸음을 옮기면서도 거듭 포옹을 하며 눈물을 흘렸다. 테이블에 자리를 잡자 카메라를 든 만월관 직원이 슬며시 다가왔다. 미주가 그에게 커피와 음료를 주문했다. 비로소 눈물을 멈추고 진정한 지은이 옆에 앉은 장 서방 손을 한 번 잡더니 놈에게 질문은 던졌다.

"도대체 어떻게 된 거예요?"

우리 모두는 일제히 놈을 바라봤다. 다들 똑같은 마음이었다. 도대체 어떻게 된 일인가? 놈의 눈빛이 흔들렸다.

"천천히, 천천히 얘기하자."

"처음 인사드립니다. 장진호입니다. 지은 씨 남편입니다."

장 서방이 일어나 놈에게 인사를 했다. 놈은 고개만 까닥했을 뿐 별다른 움직임을 보이지 않았다. 어색해진 장 서방이 자리에 앉았다. 이번엔 미주가 슬쩍 민재 눈치를 살피곤 엉덩이를 반쯤 들었다.

"홍미주 양? 정말 반가워요."

놈이 환한 표정으로 미주에게 손을 흔들었다. 나도 모르게 고개를 갸웃거렸다. 미주를 어떻게 알지? 놈이 민재를 쳐다봤다. 민재는 놈의 눈길을 피하지 않았다.

"거기는……?"

"최민재라고 합니다. 다음 주 토요일에 승희 씨와……."

"아, 최민재 씨, 얘기 들었어요. 우리 가족을 많이 도와줬다고."

뭘 들었단 말인가? 누구에게서 들었단 소린가? 무엇을 어디까지 알고 있단 얘긴가? 궁금했지만, 당장 답을 듣고 싶었지만 더 궁금한 게 한두 가지가 아니었다. 도대체 어쩌다가 한국도 아니고 머나먼 중국 땅에서 인신매매 조직과 얽혀 그런 사고를 당했는지, 그리고 그 화재에서 어떻게 살아남았는지, 살아남았는데 왜 사망한 것으로 처리되었는지, 오빠와 상우가 가져온 뼛가루는 누구의 것인지, 그리고 무엇보다도 궁금한 것은 그렇게 살아남았는데 대체 어디서 무슨 짓거리를 하다가 무려 10년이 지나고 나서야 우리 앞에 나타났는지.

오빠도 나와 같은 마음이었다. 오빠가 기관총을 쏘듯 내가 궁금해하는 질문들을 놈에게 퍼부었다. 때마침 커피가 도착했다.

숭늉을 마시듯 후루룩 소리를 내며 뜨거운 커피를 들이켠 놈이 크게 한숨을 한 번 내쉬더니 느릿느릿 말문을 열었다.

놈에 따르면 지금으로부터 10년 전, 가정과 공장을 살리기 위해 놈은 반드시 미국에 블랭크 캠 샘플을 보내야 했고, 그래서 철판 대리점 외상값 2천을 마련하려고 각고의 노력을 했으나 마땅한 방도를 찾지 못했고, 갖은 궁리 끝에 결국 자신의 콩팥을 팔기로 결심했다고 했다.

기가 막혔다. 너무 기막혀서 벌린 입을 다물지 못했다. 놈이 원래 좀 멍청하단 걸 모르는 바는 아니었지만 설마 이 정도로 한심한 인간인 줄은 미처 짐작도 하지 못했다. 나이 쉰을 넘기자마자 혈압약에, 당뇨약에, 고지혈증약까지 달고 살던, 이른바 걸어 다니는 종합병원이었던 주제에 도대체 뭘 팔겠다고?

속이 상했다. 오래전 얘기임에도 눈가가 붉어지면서 마음이 아파왔다.

안 돼.

양 주먹을 꽉 쥐며 자꾸만 말랑해지는 마음을 다잡았다.

이제 내 남자는 최민재였다. 서준표는 그저 과거의 남자일 뿐이었다.

그런가? 이게 맞는 것인가?

머리가 복잡해지자 양 주먹이 느슨해졌다. 다시 주먹을 꽉 쥐었다.

흔들리면 안 돼. 이럴 때일수록 감정을 꽉 잡아야 해.

정신없이 이런저런 생각을 하다가 교통사고 때 날 구한 게 정말 놈이었구나, 깨닫고는 나도 모르게 '악' 소리를 지르고 말았다.

놈과 민재, 그리고 가족들이 놀란 표정으로 날 쳐다봤다. 잠시 고개를 숙이고 표정 관리를 한 후 아무렇지도 않은 듯 새침한 얼굴로 먼 하늘을 바라보는 척했다.

놈이 다시 10년 전 얘기를 이어갔다.

놈은 콩팥 밀거래마저도 사기를 당해 돈 한 푼 받지 못하고 마취를 당한 채 작은 배 밑바닥에 실려 중국으로 끌려갔고, 거기서 온갖 장기에 눈알까지 떼어내는 무자비한 난도질을 당하기 직전, 불행 중 다행으로 그 조직이 공안에게 적발되는 바람에 급히 다른 노동력 착취 전문 조직에게 팔려 가 황량한 중국 북부 지역의 한 돌산에서 돌을 깨는 일을 했다고 했다.

남몰래 한 손으로 가슴을 쓸어내렸다. 천운이었다. 불행 중 다행이라고밖에 달리 할 말이 없었다. 모든 장기를 뺏긴 채 비참한 시체가 되어 거리에 던져질 운명에서 귀중한 생명을 건졌으니. 이 부분에서 지은과 상우가 눈물을 터뜨렸다. 놈이 지은과 상우에게 이렇게 잘 커줘서 고맙다고 하더니 또 눈시울을 붉혔다. 잠시 또 '누가 이 사람을 모르시나요?'가 진행되었다.

갑자기 땅이 낮아진 기분이었다. 만월관이 자랑하는 정원이 그럴 리는 없었지만 실제로 조금 가라앉은 듯했다.

눈가가 뻑뻑해졌다. 눈을 깜빡이며 손등으로 문지르다가 장기가 텅 빈 놈의 시체를 상상하곤 또 '악' 소리를 내고 말았다.

대체 왜 이러는 걸까? 놈도 민재도 가족도 이번엔 아무도 크게 신경 쓰지 않아서 그나마 다행이었다. 헛기침 몇 번을 하곤 난 다시 새침해졌다.

명원에게 문자를 보냈다. 놈이 정말로 나타났다고 하자 명원은 한동안 답이 없었다. 도대체 명원은 놈이 온다는 걸 어떻게 알았을까? 명원과 함께 본 오 씨는 누구였을까? 놈은 그때 왜 자리를 피했을까?

잠시 후 명원의 답장이 왔다. 자기도 불과 몇 분 전 놈의 전화를 받았다면서 지금 흥신소를 통해 확인 중이라며 어떻게 이런 일이 있을 수 있냐고 했다.

— 그러면 10년 전 그 뼛가루는 뭐래?

그 순간 옥정 화물 사무실에서 덜덜 떨리던 명원의 손이 떠올랐다.

정말 불과 몇 분 전에 알았을까?

명원에게 콩팥과 장기 밀매 사기와 인신매매 이야기를 간략하게 알려주었다. 명원은 제일 먼저 민재의 반응을 물었다.

슬쩍 옆을 봤다. 민재는 고요했다. 아니 고요하진 않았다. 민재는 심하게 왼쪽 다리를 떨었다. 처음 보는 모습이었다. 불같은 시선은 놈에게 고정되어 있었다.

비로소 생각이 났다. 다음 주 우리 결혼은 어떻게 되는 거지?

"그래서 어떻게 되었는데요?"

지은 목소리가 몹시 떨렸다. 딸도 나처럼 감정이 널뛰는 것 같았다.

"나 살아온 얘긴 천천히 하고 우선 제일 급한 게 있어."

놈이 날 쳐다봤다. 내가 힘껏 밀어낸 후 줄곧 내 눈빛을 피하다가 놈은 처음으로 내게 시선을 던졌다. 이번엔 내가 놈의 눈을 피했다.

"내 신분을 되찾고 싶은데 말이야."

무슨 소리일까? 서서히, 어떤 면에선 급격히 공기 흐름이 바뀌어갔다. 어느새 신파는 사라졌고 놈을 처음 봤을 때의 그 의문이, 궁금증이, 불안이 다시 밀려왔다.

"무슨 신분요, 아빠?"

대표로 지은이 물었다.

"서준표, 나 말이야."

놈이 다시 나를 빤히 쳐다봤다. 이번엔 피하지 않으려 했으나 워낙 강렬한 시선이라 다시 눈길을 돌렸다.

"내가 어찌하다 보니 현재 오동수란 인물이 되어 있거든. 이제 내 이름을, 내 자리를 되찾아야겠다고."

놈이 다시 서준표가 된다면? 놈은 다시 지은과 상우의 아빠가 되고 장 서방의 장인, 미주의 미래 시아버지가 되는 것이다. 그리고 사라와 요한의 할아버지가 되기도 한다. 놈은 또한 오빠의 매제가 되고 은영에겐…… 모르겠다. 전에는 고모부라고 불렀는데.

이런 건 중요한 게 아니었다. 중요한 건 놈이 다시 내 남편이 된다는 것. 그럼 민재는? 심장이 뛰기 시작했다. 쿵쿵 심장 소리가 크게 울렸다.

다시 민재를 돌아봤다. 민재가 자리에서 벌떡 일어났다. 얼굴이 흙빛이었다. 난 당황했고 주위를 살폈다. 아무도 민재를 보고 있지 않았다. 지은도 상우도 장 서방도 미주도, 그리고 오빠도 은영도, 모두 하나같이 각자의 폰을 들여다보며 열심히 문자를 찍고 있었다. 문자 알림이 울렸다. 오빠였다.

― 그럼 보험금은?

보험? 무슨 보험? 아! 생명보험금. 그런데 그게 왜? 설마! 놈이 살아 돌아왔으니 보험사에 5억을 돌려줘야 하는 건가? 다시 주변을 살폈다. 다들 심각한 표정이었다. 아마도 보험 때문에 열심히 검색을 하며 의견을 교환하는 것 같았다.

슬쩍 놈을 봤다. 놈은 느긋한 얼굴로 커피를 마시며 미주를 보고 물었다.

"이런 고급 식당엔 달달한 믹스 커피는 없겠지?"

미주는 검색을 하느라 놈의 말을 듣지 못한 듯했다. 아니, 듣고도 모른 척하는 것 같았다. 초록 구름이 사라지고 하늘은 암회색 빛으로 물들었다. 정원 서편에서 서서히 묘한 냉기가 밀려왔다. 그리고 검색을 마친 가족들이 하나둘 얼굴을 들고 차갑게 굳은 표정으로 놈을 쏘아보기 시작했다.

그네

"돈 때문이 아니야, 엄마."

아직 가을이었지만 초겨울 아침처럼 대지에선 한기가 피어올랐다. 지은의 목소리는 날씨처럼 낮고 건조했으며 어둡고 차가웠다. 딸은 아니라고 했지만 내 생각엔 돈 때문이 컸다. 어쩌면 그게 전부일지도 몰랐다.

다닥다닥 붙은 연립주택 사이, 어둡고 축축한 골목을 두어 번 돌아가면 야트막한 오르막이 끝나는 지점에서 갑자기 햇살을 가득 머금은 마름모꼴의 작은 공간, 달랑 그네 두 대와 미끄럼틀 하나가 놓인 나이 먹은 놀이터가 나타난다.

누구에게도 공개하지 않은 내 아지트였는데 오늘 처음 딸에게 알려주었다. 뜻밖에도 지은은 놀라지 않았다. 딸은 내 아지트를 이미 알고 있었다고 했다.

어느 날 아침, 아이들을 어린이집 노란 버스에 태우고 돌아서 는데 어딘가로 걸어가는 내 뒷모습을 봤고 별다른 생각 없이 따라왔다가 내 아지트를 알게 되었지만 엄마만의 공간임을 직감하고 모른 척하고 있었다고 했다. 딸의 배려가 고맙기도 하고 살짝 속상하기도 했다.

"보험금은 솔직히 물어주면 그만이지 뭐. 하지만 엄마 결혼은 어떡할 거야? 민재 아저씨 입장에선 이거야말로 마른하늘에 날벼락 아니겠어?"

지은과 나란히 앉아 그네를 탔다. 내가 밀면 딸은 끌었고 내가 끌면 딸은 또 밀었다. 우린 엇갈리며 흔들림에 몸을 맡겼다.

민재와 나의 결혼은 무기한 연기되었다. 민재는 놈의 귀환과 상관없이 밀어붙이려고 했지만 누군가에게서, 아마도 은영에게 서 놈이 살아 돌아왔다는 소식을 들은 민재 아들 부부가 격렬하게 반대를 했고 늘 그에게 호의적이었던 우리 가족도 이번엔 다들 모른 척해서 어쩔 수 없이 뜻을 꺾어야만 했다.

지은 부부나 상우 커플, 오빠 내외까지 이번엔 다들 민재 마음까지 헤아릴 여유가 없어 보였다. 물론 보험금 때문이었다.

따지고 보면 놈의 요구는 정당했다. 무지막지한 범죄에 의해 일종의 희생을 치른 격이었으니 이런 상황에서 솔직히 놈에게 어떤 책임을 따질 수는 없는 노릇이었다. 놈의 신원을 복원하고 구상권인지 뭔지 하는 소송이 들어오면 군말 없이 보험금을 물어주는 게 정답으로 보였다. 그 돈을 받은 게 나였으니 내가 책임지는 게 맞았고 비록 5억이 엄청난 거액이라고는 하지만 공장 부지를 팔면 별 어려움 없이 배상할 수 있는 돈이었다.

문제는 이런 일이 생길 줄 꿈에도 모르고 가족에게 그 돈을 상속해주기로 이미 약속을 했다는 것이었다.

처음엔 세금을 워낙 많이 내야 해서 장 서방 추천대로 무슨 법인을 만들까 고민도 해봤는데 그런 모든 게 귀찮고 복잡하기만 해서 태어나 처음으로 제대로 한번 애국한다는 마음으로 깨끗하게 세금을 다 내고 이 기회에 상속까지 말끔하게 정리하기로 마음을 정했다. 땅이 팔리면 오빠와 지은과 상우에게 골고루 나눠주고 공장은 여주에 미리 보아둔 자리로 옮겨서 그동안 고생한 공장장에게 넘겨주기로 결정한 뒤 각자에게 통보를 했다.

돈의 위력. 다들 예상보다 훨씬 더 많이 기뻐하는 게 느껴져서 참 뿌듯한 기분이었다. 마치 내가 참 잘 살아온 듯한, 그런 만족.

양도세, 상속세, 공장 이전 비용, 기타 매각과 상속 절차에 필요한 비용을 제외한 금액을 넷으로 나눠보니 그래도 각자에게 4억 정도의 거금이 떨어졌다.

오빠는 망설임 끝에 은영의 오랜 소원이던 뉴질랜드행을 택했다. 조카 내외가 살고 있는 오클랜드에서 딱 그 금액에 맞는 슈퍼마켓을 열기로 했다. 그동안 차갑다 못해 꽁꽁 얼어붙었던 둘의 관계가 아주 조금은 따듯해졌다면서 은영은 연신 울먹이며 고맙다는 소리를 되풀이했다.

장 서방과 지은은 그 돈에 대출을 조금 더 보태서 양주 보호센터 땅과 건물을 아예 사들이기로 하곤 교회에 미리 100만 원의 감사헌금을 냈다고 했다. 속이 쓰렸다. 상속은 내가 해줬는데 감사는 왜 교회에 하는 걸까?

상우와 미주도 그 돈에 대출을 조금 보태서 노원 먹거리 골목에 만둣집을 차리기로 했다. 모르긴 몰라도 그 만둣집에 미주 식구들이 다 달라붙을 계획인 것 같았다. 역시 속이 좀 쓰렸지만 그럼에도 난 그 만둣집이 제발 대박 나길 바랐다.

난 포천에 노후 대비용으로 조그만 상가 건물 하나를 사들이기로 했다. 부동산에 밝은 장 서방이 알아본 것이니 절대 손해 보지 않을 투자라고 굳게 믿었다.

우린 이렇게 다 각자의 계획이 있었다. 그래서 공장 땅을 판다 해도 사실 보험금 5억을 갚을 여윳돈은 한 푼도 없는 셈이었다.

만약 나 혼자 부담해야 한다면 포천 상가를 포기하고 내 집을 담보로 대출까지 받아야 했는데 지은과 상우는 그건 절대 안 된다면서 극구 반대를 했다. 딸과 아들은 왜 엄마 혼자 독박을 쓰느냐며 목소리를 높였는데 놈의 신분 복원에 독박 운운하는 게 조금 거슬렸지만 그래도 최소한의 양심은 있어 보여서 약간 위로를 받은 기분이었다.

가족들이 서로 눈치만 보면서 꾸물대자 보다 못한 민재가 나섰다. 자기가 다 물어주겠다는 얘기였다. 민재가 아무리 돈이 많고 나를 위해 쓰는 걸 전혀 아까워하지 않는다고 해도 이건 내 최소한의 양심이 허락하지 않았다. 게다가 민재는 놈의 신원 회복 후 곧바로 이혼한다는 조건을 걸었는데 과연 놈이 순순히 그러겠다고 할지는 알 수 없었다. 무엇보다도 이건 우리 집안일이었다. 민재는 분명히 제삼자였다.

시린 바람 한 줌이 뒷목을 스쳤다. 목과 어깨에 살짝 소름이 돋았다. 겨울이 가까워진 게 확실했다. 하늘을 쳐다봤다. 흐린 하늘에 갈색 구름이 번지고 있었다. 골목에서 누런 강아지 한 마리가 튀어나와 꼬리를 흔들면서 놀이터를 한 바퀴 돌더니 이내 다른 골목으로 자취를 감췄다. 잠시 후 누렁이와 비슷한 노인이 놀이터 입구에서 잠깐 지은과 날 물끄러미 쳐다보더니 천천히 다가와 그네를 한 바퀴 돌았다. 지은이 노인을 쳐다보며 눈을 치뜨니 금세 걸음을 돌리고 골목으로 사라졌다.

"돈이야 뭐, 우리 돈 1억씩 갹출하고 엄마 집 전세 주면 해결할 수 있다고 생각해."

우리 돈이라. 아직 공장을 팔지도 않았는데 우리 돈이라.

"하지만 말이야, 아빠가 서준표로 복귀한다는 건 다시 엄마 남편이 된다는 뜻인데 어떻게 민재 아저씨랑 엄마가 함께 살 수 있냐고. 아빠가 이혼해줄 리 없어. 그 성격에 절대 그럴 리 없다고."

맞는 얘기였다. 내가 별말이 없자 지은의 목소리가 조금 높아졌다.

"우린 엄마 입장만 생각할 거야. 우리에겐 엄마가 제일 소중하거든. 외삼촌, 외숙모, 사라 아빠, 상우, 미주랑 모두 함께 의논하고 또 의논해봤어. 그리고 최종적으로 이렇게 결론을 내렸어."

지은이 크게 침을 삼켰다. 난 벌써부터 서글퍼졌다. 정말 내 입장만 생각했을까? 정말 가족들에게 내가 제일 소중한 존재일까? 무슨 양심이나 정의를 얘기하자는 게 아니었다. 문제는 관계의 거리였다.

딸은 내 아지트를 알고 있었다. 그런데 모른 척했다. 딸과 크게 다투고 혼자 여길 찾았을 때도 딸은 내가 여기 있는 걸 빤히 알고 있으면서 끝내 나타나지 않았단 얘기였다. 명원은 오동수를 찾아냈는데 서준표가 아니라고 했다. 명원은 끝까지 몰랐다고 했다. 그럴 리가 없었다. 덜덜 떨리던 손이 아니란 확실한 증거였다. 오빠와 상우는 놈의 시체를 확인하지 못했다. 그러면서 중국 당국이 내준 뼛가루를 가져와 놈의 고향 바다에 뿌리고 입을 닫았다. 날 위해서 그랬다고 해도 내 남편 문제인데 시체를 찾지 못했단 걸 숨긴 건 말도 안 되는 얘기였다.

가족과 오빠, 명원은 가장 가까운 사이라고 굳게 믿었다. 그런데 그게 딱 남보단 조금 가까운 것이었다. 이제 와 곱씹어보니 세상에서 난 철저하게 혼자였다.

"우린 아빠한테 신원 회복을 포기하라고 부탁할 거야. 아니, 부탁이 아니라 통보할 거야. 지난 10년, 엄마가 어떻게 살았는데 이제 와서 엄마 남편 자리를 되찾겠다고? 너무 뻔뻔한 거 아니야? 아빠는 그럴 자격이 없다고 생각해. 다시 얘기하지만 우린 엄마의 행복이 제일 중요해. 엄마가 그 생각만 했으면 좋겠어."

슬쩍 지은의 어깨를 봤다. 눈에 보이진 않지만 지은은 어깨에 큰 배낭을 메고 있었다. 대학 때부터 짊어진 딸의 짐이었다. 고교 때까지 딸 어깨는 가벼웠다. 너무 가벼워서 오히려 문제였다. 남들은 고3의 무게 때문에 쩔쩔매는데 딸은 늘 깔깔대고 낄낄대며 가볍게 세상천지를 날아다녔다. 초등학교 산수보단 고등 수학을 가르치고 싶다고 우겨서 지은은 제법 괜찮은 대학 사범대 수학교육과에 진학했다. 딸은 그곳에서 새 친구들을 만났다. 주로 강남이나 분당에 사는, 지은처럼 밝고 깔깔대는 가벼운 무리였다. 처음엔 신이 나서 그들과 어울렸지만 딸은 곧 그들에게서 떨어져 나와야 했다. 그때부터 지은은 웃음을 잃고 어두워졌으며 어깨에 커다란 배낭을 메고 다녔다.

이젠 내려놓을 만도 했는데 지은은 배낭 색깔만 바꿨을 뿐 여전히 그 버거운 무게를 어깨에 지고 다녔다. 지은의 배낭을 보면 늘 마음이 아팠다.

"이젠 엄마가 결심을 해야 해. 아무리 우리가 나선다고 해도 결국 엄마가 아빠한테 엄마 마음을 밝혀야 해. 민재 아저씨와 살고 싶다고."

딸은 초등학교 5학년 때 초경을 했다. 놈은 딸의 변화에 크게 당황했다.

아니 열두 살밖에 안 된 애가 무슨 월경이야. 이거 병원에 가봐야 하는 거 아니야?

목소리 높이지 말라고, 요즘엔 다들 그 나이에 어른이 된다고, 다른 집 아빠들은 케이크도 사 와서 축하해준다고 하자 놈은 눈만 껌뻑거렸다. 잠시 후 놈은 오빠에게 전화를 걸어 큰 목소리로 떠들어댔다.

형님, 우리 지은이가 글쎄, 벌써 멘스를 한답니다, 멘스를. 어른이 됐어요. 요즘은 이런 거 축하해준다고 하네요. 오세요. 오셔서 파티합시다.

경악한 지은이 울음을 터뜨리며 "아빠가 너무 밉다"고 난리를 부려 달래느라 생고생을 했던 기억. 놈은 그 와중에도 도대체 자기가 뭘 잘못했느냐며 투덜대기만 했다.

지은이 고등학생이 되었는데도 놈은 자주 지은을 덥석덥석 껴안았다. 참다 참다 지은이 놈에게 발끈했다. 제발 좀 아무 때나 그렇게 껴안지 말라며 딸이 대들자 또 크게 당황했던 놈이 곧 얼굴을 붉히더니 목소리를 높였다.

넌 내 피야. 내가 네 아빠라고. 너 어릴 때 목욕시켜주고 똥 닦아준 게 나라고.

요즘 대체 어떤 아빠가 여고생 딸과 그렇게 아무 때나 포옹을 하냐고, 이젠 똥 닦아주던 아기가 아니라고 아무리 설명을 해도 놈은 씩씩대며 서운함을 풀지 못했다. 그리고 딸은 아마 그때쯤 인가, 놈에게 마음을 닫은 것 같았다.

"아빠가 갑자기 자기 자리를 찾겠다는 거, 솔직히 난 순수한 의도라고 보지 않아. 생각해봐, 10년이야, 10년. 그게 얼마나 긴 세월이야? 그동안 오동순가 뭔가로 살다가 느닷없이 나타나서 다시 서준표가 되겠다? 왜? 내 생각엔 공장 땅이 팔린단 걸 알게 된 거야. 10년을 철저하게 남으로 살다가 우리가 돈 좀 만지게 되었다니까 이제 자기도 등 따시고 배부르게 살겠다는 거 아니겠어? 난 그거라고 믿어."

그렇다고 해도, 그 정도는 아니겠지만 혹시 그거라도 해도, 아무리 못나고 뻔뻔한 아빠라 하더라도, 딸에게 상처를 많이 줬다고 해도, 죽었다가 다시 살아나서 무려 10년 만에 돌아왔는데 어떻게 이렇게 돈만 따질 수 있는 걸까?

다시 그네 줄을 잡고 발을 굴렀다. 바람이 살살 목을 스쳤다. 멀리 보이는 아파트가 눈높이에 따라 오르내렸다. 지은도 발을 굴렀다. 내 그네와 지은의 그네가 이번에는 나란히 오르내렸다.

"넌 아빠가 아직도 그렇게 미워?"

"무슨 소리야? 아빠가 왜 미워?"

"그런데 왜 궁금해하지 않아?"

"뭘?"

"도대체 왜 10년 만에 나타났는지 말이야."

지은이 그네를 멈추고 날 빤히 쳐다봤다.

"엄마, ……혹시 아빠랑 다시 합치고 싶어? 그건 아니지?"

"야, 웃기지 마. 아니야…… 정말 아니야. 다만 난 알고 싶은 거야. 멀쩡히 살아 있으면서 왜 10년씩이나 찾아오지 않았는지. 보험금이나 내 결혼 문제보다도 그걸 아는 게 훨씬 더 중요하다고."

지은은 계속 날 빤히 쳐다봤다. 난 정말 그게 궁금했다. 도대체 그동안 어디서 무엇을 하다가 이제야 나타났는지. 그렇게 가족이라면 끔찍하던 놈이, 성질 급하기론 자타공인 국대급인 인간이 어떻게 그 오랜 세월을 꾹꾹 참으며 멀리 떨어져서 우리를 훔쳐보기만 할 수 있었는지. 놈의 신원 회복이니, 5억 보험금이니, 민재와의 결혼이니, 하는 건 다 그다음 문제였다.

알고 보니 놈은 내 집에서 딱 10킬로미터 떨어진 의정부 구시가지 고시원에 살고 있었다. 그렇게 가까이 살면서, 남양주 산길에서 사고가 났을 때 누구보다 먼저 달려올 만큼 내 주변을 빙빙 돌고 있었으면서 대체 왜 놈은 무려 10년씩이나 내게, 우리에게 모습을 드러내지 않았던 걸까?

다시 놈을 만나야만 했다. 만나서 뭐라고 변명을 늘어놓는지 들어야만 했다. 지은과 상우는 몰라도 내겐 무엇보다 그게 우선이었다.

양장피

주말 오후 1시, 의정부 구시가지 중식당, 신동관 2층 스위트룸.
경기 북부에 이름은 제법 알려졌으나 오랜 기간 관리엔 무심했
는지 내부 시설은 구시가지 거리만큼이나 아주 낡았다. 낡았지만
눈에 거슬릴 만큼 지저분하진 않아서 그나마 다행이었다.

이곳 예약은 놈이 했다고 했다. 굳이 그러지 않아도 된다고 했
는데도 꼭 자신이 밥을 사겠다고 고집을 부려서 한 푼이라도 부
담을 줄여주기 위해 오빠 부부는 빠지고 놈과 나, 지은 부부와 사
라, 요한, 상우 커플, 이른바 직계만 모이게 되었다.

회사에 속한 화물 차량을 몰며 최저 시급 비슷한 월급으로 근
근이 연명하는 주제라고 들었는데 놈은 호기롭게 인당 5만 원 하
는 런치 세트를 주문했다. 3만 원짜리 어린이 세트도 있어서 그나

마 다행이었다.

음식은 생각보다는 먹을 만했다. 냉채와 유산슬 다음으로 양장피가 나왔다. 놈이 갑자기 식탁 가운데 둥근 판을 휙 돌려 양장피 그릇을 내 앞으로 보냈다. 어이가 없어서 쳐다보자 놈이 히쭉 웃었다.

"우리 승희, 양장피 많이 먹어. 어? 많이 먹어."

'뭐, 우리 승희?'

나도 모르게 헛웃음이 터져 나왔다. 이런 오글거리는 표현은 죽어도 못 하는 인간이었는데. 지난 10년, 놈은 확실히 꽤 변한 느낌이었다. 느물거리고 히죽대고. 전엔 전반적으로 꽉 막힌 편이었는데 뭔가 풀어지고 느슨해진 느낌. 그리고 분명히 느껴지는 별 이유 없는 당당함과 자신감.

놈의 변화가 편하진 않았지만 어쨌든 궁금하긴 했다. 대체 무엇이 놈을 '본 투 비 꼰대'에서 이런 '능글남'으로 바뀌게 했을까?

그게 뭐든 상관없었다. 놈이 그동안 어디서 무슨 신무기를 장착했든 내게 놈은 그저 꼰대 오브 더 마초, 그 이상도 이하도 아니었다.

허리를 꼿꼿이 세우고 천천히 양장피를 씹었다. 양장피는 그냥 양장피일 뿐. 지금 내게 중요한 건 그 어떤 순간에도 놈에 대한 경계를 늦추지 말아야 한다는 것.

식사하는 내내 놈은 뭐가 그리도 좋은지 싱글대고 또 벙글댔다. 들떠서 어쩔 줄 모르는 놈과 달리 가족들은 대체로 차분했고 냉랭했다. 저희 부모 분위기 때문인지 사라와 요한도 평소와 달리 얌전히 식사만 하며 슬쩍슬쩍 놈을 살폈다. 놈은 여러 차례 사라와 요한에게 다가가려 했으나 지은이 강렬한 눈빛으로 방어벽을 치자 그저 "내가 니들 할애비야, 할애비" 소리만 하며 껄껄 웃어댔다.

지은이 놈에게 불쑥 질문을 던졌다.

"화물은 주로 어떤 걸 취급해요?"

난 지은을 빤히 쳐다봤다.

'그런 걸 왜 물어보는 거지?'

놈도 왜 이런 걸 물어보나 하는 표정으로 지은을 보다가 차를 마셨다.

"주로 판지야."

"판지가 뭐예요?"

"골판지 말이다, 골판지. 일주일에 3일 정도 정기적으로 제지 회사 골판지를 배달하고 다른 날엔 일이 있을 때도 있고 없을 때도 있고 그래."

"그게 벌이가 돼요?"

지은은 아마도 놈의 경제 상태를 확인하고 싶은 모양이었다.

"먹고사는 데는 아무 지장 없어."

한심함. 나이 예순다섯에 그날 벌어 그날 먹고사는 인생.

이렇게 쓰디쓴 양장피는 태어나 처음이었다. 먹다 남긴 것도 처음인 것 같았다.

불편함 속에서도 다들 대충 식사를 마쳤다. 테이블에 음식이 남아 있었지만 시간상 미니 짜장면과 짬뽕이 나올 타이밍이었다. 지은이 점원을 불러 면과 후식은 나중에 달라고 했다. 끊임없이 혼자 떠들어대던 놈이 입을 다물고 지은을 쳐다봤다.

어색한 정적. 지은이 눈짓을 하자 장 서방이 벌떡 일어나 내게 꾸벅 고개를 숙이곤 사라와 요한을 데리고 밖으로 나갔다. 미주 도 냉큼 일어나 자리를 떴다. 장 서방은 길 건너편 아이스크림 가 게에서 아이들과 함께 대기하고 미주는 1층 홀에서 상우와 문자 를 하며 오빠 부부, 장 서방 등 사이에서 연락책 역할을 맡을 예정 이었다. 모든 게 각본대로였다.

"드릴 말씀이 있어요."

놈이 어깨를 세우고 눈을 깜빡였다.

"아빠가 이렇게 살아 돌아와서 우린 너무 기뻐요. 주님께서 주 신 선물이 분명해요. 이렇게 돌아와줘서 너무 고마워요, 아빠."

놈이 입술만 살짝 움직여 미소 지었다. 묘한 웃음이었다.

"정말 그러냐?"

고맙다고 하며 감격해야 할 타이밍에 놈은 예상과 다른 반응을 했다. 지은은 아주 잠깐 멈칫했다가 다시 평정심을 찾은 듯 차분 하게 놈에게 대꾸를 해주었다.

"그럼요, 사라 아빠와 저는 매일 새벽 감사기도를 드리고 있어요."

"그런데?"

"네?"

"할 얘기가 있는 거 아니냐? 그게 뭐든 아빠는 다 이해한다. 충분히 이해해. 그러니까 편하게 용건을 얘기해. 괜찮아."

각본에 따르면 놈은 잠자코 지은의 긴 얘기를 들어야 했다. 기쁘단 소리에 울컥해야 했고 고맙다는 얘기에 눈물을 흘려야 했다. 그런데 놈은 의외로 덤덤했다. 각본을 다 알고 있다는 표정을 지었고 빨리 본론으로 들어가라고 채근하는 것 같았다.

지은은 쉽게 다음 얘기를 잇지 못했다. 상우는 고개를 숙이고 열심히 문자만 찍고 있었다. 난 천천히 차를 마셨다.

60년을 살아보고 나서야 비로소 알게 된 것. 인생은 결코 각본대로 움직이지 않는다. 그래서 사는 게 재미있는 것이다. 지은이 침묵하자 놈이 먼저 질문을 던졌다.

"내가 살아서 돌아온 게, 다시 서준표가 되겠다는 게 혹시 너희들에게 무슨 문제가 되는 거냐?"

"그게 아니라…… 엄마한테 문제가 돼요."

"엄마한테? 무슨 문제?"

"엄마는 곧 결혼을 해요……. 법적으론 아니지만 실제론 그래요."

놈이 날 쳐다봤다. 난 시선을 피했다. 뭘 잘못한 게 아니었는데도, 전혀 그래야 할 이유가 없었는데도 난 놈을 똑바로 마주할 수 없었다.

"최민재와 말이냐?"

"네."

"……그렇구나."

지은과 상우가 눈짓을 교환했다. 예상치 못한 놈의 반응 때문에 초반엔 다소 뒤틀린 감이 없지 않았지만 오히려 그렇기에 그들이 정성스럽게 준비한 각본의 절정, 바로 그 부분으로 곧장 달려갈 태세인 것 같았다.

60년을 살아보고 나서야 또 알게 된 것. 인생은 절대 원하는 방향으로 흐르지 않는다. 그래서 사는 게 힘겨운 것이다. 어느새 난 아이들이 준비한 각본이 엉망이 되기를 바라고 있었다. 내가 왜 이러는지 이해하기 힘들었다. 다만 놈의 마지막 말이 끝없이 귓가를 맴돌았다.

……그렇구나.

통증. 가슴에 통증이 일었다. 바늘로 쿡쿡 쑤시는 것 같은. 고통은 빠르게 번져나갔다. 아픔을 참기 위해 손가락으로 가슴을 꾹꾹 눌러야 했다.

잠시 숨을 고른 지은이 놈에게 한 번 더 비수를 날렸다.

"아빠 입장에선 받아들이기 쉽지 않겠지만 이건 솔직히 아빠 때문에 벌어진 일이에요. 10년의 부재 말이에요. 그 긴 세월 동안 엄마는 정말 힘들었어요. 그러다가 민재 아저씨를 만났고 그분과 사랑하는 사이가 된 거예요."

"나 때문이라고?"

"네, 인정하셔야 해요."

놈이 입을 닫았다. 곁눈으로 보니 놈은 시선을 깔고 손으로 찻잔을 돌리고 있었다. 화를 참아야 할 때, 또는 눈물을 참아야 할 때, 그런 순간에 나오는 놈의 버릇이었다.

그러나 지은의 주장은 어느 정도 타당했다. 놈이 조금만 더 일찍 돌아왔다면, 1년만 빨리 돌아왔다면, 아니 6개월, 석 달만 일찍 돌아왔었다면.

'뭐야? 내가 지금 무슨 생각을 하는 거야?'

이를 앙다물었다. 난 아이들 편도 아니었지만 그렇다고 놈의 편은 더욱더 아니었다. 정신을 바짝 차려야 했다. 지금 이 순간 가장 피해야 할 것. 괜한 추억에 빠지는 것, 놈의 도발에 반응하는 것, 그리고 놈을 불쌍히 여기는 것.

"아빠가 서준표가 아니라 오동수라고 해도 저와 상우 아빠인 건 변하지 않아요. 우린 아빠를 잘 모시고 싶어요. 우선 급한 대로 여주에 아빠가 계실 곳을 알아봤어요. 돈 걱정은 마세요. 저희가 다 알아서 할게요. 아빠 공장이 곧 그곳으로 이전할 거예요. 원래 엄마는 공장장 변 씨 아저씨한테 회사를 넘겨주려고 했는데,

아빠 소식을 듣고는 고맙게도 변 씨 아저씨가 아빠를 공동대표로 모시고 함께 일하고 싶대요."

지은 부부가 5천을, 상우가 3천을, 그리고 오빠가 2천을 급히 마련했다고 했다. 1억을 맞춰 공장이 이전할 동네에 깨끗한 원룸 전세를 계약하기로 했다면서 그들은 그것으로 놈을 회유할 작전을 세운 것이었다. 민재 돈이 섞이지 않은 게 그나마 다행이었다. 그들은 아마도 한 달에 한 번 정도 돌아가면서 놈을 방문해 의무적인 교류를 할 생각인 것 같았다. 치매를 앓거나 거동이 자유롭지 않은 부모가 사는 요양원을 의무적으로 방문하듯 말이다.

놈은 계속 시선을 내리고 손으로 찻잔만 돌렸다. 지은과 상우는 놈의 침묵에 승기를 잡았다고 느꼈는지 약간 목소리를 높이며 "이제라도 그동안 못한 자식 노릇을 하고 싶다"는 둥, "쉽지는 않겠지만 엄마의 새 출발을 축하해줬으면 좋겠다"는 둥, 이런저런 별 의미 없는 얘기를 늘어놓았다. 상우는 눈부신 속도로 폰 문자를 찍어댔다.

지우정공의 대표가 된 후 난 참 많은 인간을 만나야 했다. 동종업계 사람들, 원부자재 사장들, 물류업체 사람들, 군청 직원, 세무서 직원 등등. 그들은 하나같이 내게서 뭔가를 뜯어가려 했고 난 그 뭔가를 지켜야 했다. 그들 중 특별히 욕심이 많은 인간들이 있었다. 그들의 특징은 말이 많다는 것이었다. 난 그들의 말에 서서히 지쳐갔다. 해결해야 할 게 태산이었는데 모든 게 혼란스러웠다.

어디서부터 어떻게 손을 대야 할지. 회복이 힘들었던 무력감.
겉보기완 다르게 꽤 진지한 문학소녀였던 명원이 그때 내게 충고
랍시고 들려준 얘기.

'헤밍웨이란 미국 소설가가 있어. 『노인과 바다』 알지? 누가 그
양반에게 여섯 단어로 소설을 쓸 수 있냐고 물어봤대. 웃기는 소
리였지. 소설이란 게 아무리 후진 글이라 해도 일단 기승전결이
란 게 있어야 하는 건데 어떻게 딱 여섯 단어로 쓸 수 있냐고. 그
런데 헤밍웨이가 정말 딱 여섯 단어로 소설을 쓴 거야.

For sale. Baby shoes. Never worn.

우리말로 하면 판매함, 아기 신발. 사용한 적 없음. 느낌이 팍
오지 않아? 그래, 맞아, 아기가 태어나자마자 죽은 거야. 이런 게
바로 이 언니가 늘 말씀하시던 페이소스야, 페이소스. 무슨 말씀
이냐 하면 말이야, 원래 썰이란 게 아무리 더럽게 많이 떠들어대
도 결국 그 본질은 몇 개의 단어로 다 정리가 된다는 것, 바로 이
말씀이지. 널 괴롭히는 노땅 새끼들이 줄줄이 떠들어대는 거, 거
기에 휘말리지 마. 본질에만 집중해. 그러면 그것들 개소리는 다
몇 단어로 정리될 거야. 빤하지 않아? 가격 좀 깎아줘. 뒷돈 좀 챙
겨줘. 연애 좀 해줘. 결국 그게 다야.'

사실 딸이 떠들어댄 얘기도 본질은 이게 다였다.

아빠, 우리가 1억 줄 테니 먹고 떨어지세요.

놈이 찻잔을 식탁에 내려놨다. 살짝 놓은 것 같았는데 딱 소리가 제법 크게 들렸다. 지은과 상우가 놈을 쳐다봤다. 나도 슬쩍 놈을 살폈다. 놈이 고개를 들었다. 묘한 표정. 웃는 것 같기도 하고 우는 것 같기도 한, 만감이 교차되는 듯 보이기도 하고 살짝 들떠 보이기도 한, 도무지 알 수 없는 눈빛.

"돈 걱정을 하지 말라 하니 참 고맙고 대견하구나. 우리 지은이, 상우가 다 컸어. 아주 잘 컸어. 돌이켜보면 난 늘 돈에 짓눌려 지내온 거 같아. 너희랑 같이 살 때도, 지난 10년 혼자 지낼 때도 말이야."

이럴 리가 없는데, 내가 아는 놈은 이렇게 쉽게 1억만 먹고 떨어질 놈이 절대 아닌데. 그런데 놈의 반격이 너무 심심했다. 결국 아이들 각본대로 가는 것인가, 했는데 순간 놈의 눈빛이 번뜩였다. 텅 빈 공간에 보랏빛 섬광이 스쳐 지나갔다. 계속 보고 있지 않으면 놓치고야 말았을 아주 짧은 찰나의 변화.

짜릿함! 등에 소름이 돋았다.

안 돼, 윤승희!

난 이미 놈의 편을 들어버렸다. 내가 왜 이 상황에서 놈을 응원하는지 도대체 이해되지 않았지만 어쨌든 난 그 보랏빛 눈빛에 굉장히 짜릿했고 놈의 반격이 궁금해져서 앞에 놓인 찻잔을 들고 손가락으로 빙빙 돌리기 시작했다.

"그런데 말이다."

놈의 눈빛에 찔끔한 지은은 상체를 조금 뒤로 물렸고 상우는 폰을 내려놓고 다리를 떨기 시작했다.

"너희들이 이렇게 잘 큰 것은, 잘 먹고 잘 살게 된 것은 사실 내 사망보험금 덕분이지 않았을까?"

그것이었나? 겨우 그 얘기를 하려고…… 실망, 대실망이었다. 놈은 그들의 각본에서 벗어나지 못했다.

"회사도 그래. 내가 개발한 블랭크 캠으로 성장했잖아."

지은이 놈에게 부드러운 미소를 보여주었다. 승리의 미소였다.

각본을 짤 때 이번에도 미주의 공이 컸다고 들었다. 미주는 이 문제의 해결은 놈의 몸값에 달렸다고 주장했다. 신원을 회복하고 보험금을 물어줘봤자 사실 놈에게 돌아갈 건 한 푼도 없었다. 신원 회복을 포기하면 지금의 지독한 가난에서 벗어날 수 있다는 희망을 준다면 놈이 덥석 미끼를 물것이란 게 미주의 생각이었다. 그리고 놈이 결국 그들의 각본대로 자기 몸값이나 좀 올려보겠다고 그렇게 강렬하고 예리한 눈빛을 쏘아댄 것이었다.

"인정해요. 다 아빠 덕이었죠. 그래서 앞으로 정말 아빠에게 잘할 생각이에요."

완벽한 승자의 목소리. 점점 맑아지고 가벼워지는 환희의 노래였다.

미주는 만약 놈이 미끼를 물면 절대 1억 이상은 구체적인 금액을 제시하지 말자고 했다. 놈의 속을 태우려는 작전이었다. 결국 놈은 미주가 준비한 미끼를 물고 몇 푼 좀 더 받아보겠다고 허우적대는 꼴이었다.

"알겠다. 그럼 신원 회복은 포기해야겠구나."

지은과 상우의 눈빛이 번뜩였다. 딸과 아들은 서로 눈짓을 교환하곤 약속이나 한 듯 동시에 허리를 폈다. 난 조용히 찻잔을 내려놓았다. 게임은 끝났다.

예상보다 슬프진 않았다. 다만 피로가, 급격하게 온몸이 늘어지면서 졸음이 밀려왔다. 난 어서 이 자리에서 벗어나고 싶었다.

"감사합니다. 정말 감사해요, 아빠. 사실 법적으로 누구든 아빠가 우리 아빠인 건 변하지 않잖아요."

"그야, 그렇지. ……그런데 여주에 마련한단 집은…… 혹시 월세냐?"

"아니요, 전세예요."

"얼만데?"

"1억쯤 돼요."

"그렇게나 비싼? 내 형편에 그런 좋은 집이 필요한 게 아닌데……."

"무슨 말씀이세요. 더 좋은 집을 마련 못 하는 게 죄송할 뿐이에요."

차근차근 마음을 정리했다. 놈은 서준표가 아니었다. 내 남편이 아니었다. 10년 전 사라진 그놈이 아니었다. 놈은 그저 이름도 촌스러운 오동수일 뿐이었다.

나머지 몸값 흥정은 아이들이면 충분했다. 천천히 가방을 챙겼다. 손이 떨려 정리가 쉽지 않았다. 속에서 뭔가가 확 올라왔다. 절대 울지 않겠다고, 절대, 절대 놈 앞에서 눈물을 보이지 않겠다고 다짐하며 어금니를 악물었다.

"도대체 언제 돌아오신 건가요?"

상우가 한결 편안해진 표정으로 놈에게 물었다.

"……7년 전이야."

"아니, 그럼 왜 7년 동안이나 우릴 찾지 않으셨어요?"

난 궁금하지 않았다. 7년이면 어떻고 8년이면 어떻단 건가?

"그냥……그렇게 됐어."

"어떻게 그럴 수가 있어요? 그럴 순 없는 거지요."

상우 목소리에 분노가 가득했다. 지은도 주먹을 꽉 쥐는 게 보였다. 난 여전히 아무렇지도 않았지만 놈이 뭐라고 변명을 늘어놓을까 살짝 궁금해서 곁눈으로 놈을 살폈다. 놈의 눈썹이 가늘게 떨렸다.

"사실은…… 사망보험금 때문이었어. 당장 내 자리로 복귀하고 싶었지만 내가 나타나서 너희들에게 다시 가난의 굴레를 씌울수는 없었다. 도저히 그럴 수가 없었어. 그래서 오동수로 살기로 했던 거야."

한순간 지은과 상우가 얼어붙었다. 난 여전히 그냥 그랬다.

그래서 뭐? 가장으로서 당연한 거 아니야?

그 상황에서 어떻게 가족들에게 다시 원점으로 돌아가서 그 지긋지긋한 빚의 무게를 다시 짊어지라고 할 수 있냐고. 나라도 그렇게 했을 것 같았다.

놈이 다시 찻잔을 들고 빙빙 돌리기 시작했다.

"남몰래 나타날까, 참 많이 망설였다. 특히 네 엄마, 이 화상이 공장 일로 쩔쩔맬 때는 짠 하고 나타나서 도와주고 싶은 유혹을 참기 힘들었다. 하지만 몰래 너희들과 교류하다 보면 결국엔 남에게 들킬 것 같았다. 괜히 보험 조사원이 가끔 너희들 주위를 맴도는 것 같기도 했고. 그래서 멀리서 너희들 보는 걸로 만족하며 살았다."

믿을 수 없었다. 절대 믿을 수 없는 얘기였다.

철판 도매상 황 사장 놈이 툭하면 내 손을 잡고 노골적으로 지분댔을 때, 오퍼상 백 사장 놈이 환율을 가지고 가격 장난질을 쳤을 때, 등짝에 온통 뱀 문신을 한 젊은 놈이 한 달 내내 일자리를 주든지 아니면 사업 자금을 빌려달라며 공장 바닥에 누워 생난리를 부렸을 때, 그걸 알면서도 나타나지 않았다고? 그 성질에 그걸 멀리서 지켜보기만 했다고? 놈은 결코 그렇게 오랜 기간 인내할 인간이 아니었다. 처음엔 보험금 때문에 숨었다고 해도 지난 7년을 버텼다는 건 새빨간 거짓말이 분명했다.

"처음엔 굉장히 힘들었지만 나중엔 뭐, 그럭저럭 견딜 만했어.

너희들이 행복해하니 잘한 선택이라고 굳게 믿었지. 얼마 전에 공장 땅값이 크게 올랐단 소리를 들었다. 이젠 보험금을 물어줘도 너희들 사는 데 별 지장은 없겠다, 싶어서 돌아온 거야."

유심히 놈을 살폈다. 콧구멍이 살짝 벌렁거렸다. 거짓말을 해야만 할 때 나오는 놈의 버릇이었다.

땅값이 올라 팔기로 한 건 몇 달 전이었다. 놈의 말이 다 사실이라고 해도, 그렇다면 지난 수개월 동안엔 왜 나타나지 않고 주위를 빙빙 돌기만 했단 말인가? 무엇보다도 차 사고가 났을 땐 왜 도망쳤단 말인가? 화물 트럭 사무실 앞에서 마주쳤을 땐 왜 모른 척하며 피했단 말인가? 다른 이유가 있었다. 분명히 다른 무엇이 있어서 나타나지 않았던 것이다.

"이젠 내 자리를 찾아도 되겠구나, 했어. 그런데 우리 승희가 다른 남자한테 간다는 거네. 인생이란 게 참 아이러니야."

놈이 씩 웃으며 차를 마셨다. 지은과 상우는 계속 얼어붙어 있었다. 아이들 반응은 이해가 됐다. 오직 보험금, 보험금 물어줄 생각만 하다가 제 아빠가 자신들을 위해 무려 7년 동안이나 떨어져 있었단 거짓말에 충격을 받은 모양이었다.

놈이 왜 이 순간에 이런 뻥을 치는지 도무지 알 길이 없었지만 난 놈의 말을 믿지 않았기에 여전히 아무렇지도 않았다.

무엇이었을까? 무엇이 놈을 꽁꽁 숨게 만들었을까?

처음 든 생각은 여자 문제였다. 지난 7년, 놈에게 여자가 있었다. 그렇다면 가족과 날 외면할 수 있을 것 같았다. 하지만 놈은 과거에 단 한 번도 바람을 피운 적이 없었다. 작은 공장도 사업이 랍시고 어쩔 수 없는 접대 자리에서 직업여성이 함께하는 지저분한 술자리에 몇 번 어울린 적은 있었지만, 놈은 나 말고 다른 여성에게 함부로 곁을 내주는 인간이 아니었다. 물론 이상한 것들이 놈에게 노골적으로 들이댄 적은 몇 번 있었다. 그러나 놈은 그런 것에 흔들리지 않았다. 기억을 스치고 지나가는 여자가 하나 있긴 있었다. 도강숙, 다신 떠올리고 싶지 않은 이름이었다.

그다음 생각은 건강 문제였다. 머나먼 타국 땅에서 힘든 일을 겪었으니 몸이 상했을 확률이 높았다. 말 못 할 병에 걸려 날 찾지 못한 거라면? 충분히 이유가 될 수 있었다. 그러나 그러기엔 놈은 현재 좀 지저분하긴 해도 너무 건강해 보였다. 먹기도 어찌나 잘 먹는지.

마지막으로 떠오른 건 돈 문제였다. 빈손으로 돌아왔으니 먹고 살기 위해 당장 돈이 필요했을 테고, 고시원 보증금도 있어야 했을 것이고, 신분을 숨겨야 하니 신용이 없었을 테고, 결국 사채밖에 돈을 구할 방법이 없었을 것이고, 그래서 빚을 크게 졌나? 그래서 1억이라도 먹고 떨어지겠단 것 아닌가?

이건 확실히 아닌 것 같았다. 돈에 쪼들렸다면 어떤 식으로든 내게 연락해 도움을 받으면 되는 일이었다.

이것도 아니고 저것도 아니라면? 도대체 왜?

"그리고 말이다. 오해하지 말고 들어줬으면 한다. ……난 너희들 돈 필요 없다. 고맙지만 여주 전셋집은 거절하겠어."

나도 모르게 눈을 동그랗게 뜨고 놈을 똑바로 쳐다봤다. 놈이 살짝 미소를 보이며 내게 윙크를 했다.

1억 먹고 떨어지겠단 게 아니라고? 그럼 도대체 놈이 원하는 건 뭐지?

지은과 상우도 눈에 띄게 움찔했다. 나만큼 놀란 모양이었다. 아이들 각본은 이미 엉망이 되어버렸다.

"공장은 변 부장 주는 게 맞아. 그 친구 참 고생 많이 했잖아. 거기 붙어먹고 싶은 생각은 꿈에도 없다. 대신 말이다."

상우가 다시 폰을 들고 열심히 문자를 찍어댔다. 지은은 멍한 표정으로 놈과 날 번갈아 쳐다봤다. 놈이 상체를 내 쪽으로 돌리고 노골적으로 날 쳐다봤다. 물러설 이유가 없었다. 피할 까닭이 없었다. 나도 허리를 돌려 놈을 향했다.

'뭐냐, 서준표? 대체 뭘 원하는 거냐?'

놈의 눈. 깊은 눈. 예전엔 그 깊은 눈 안에서 가을비가 내렸고 보랏빛 국화가 피었으며 노을이 졌고 첫눈이 내리기도 했다. 갑자기 재첩이, 새벽녘 부산 동래의 그 시원하고 뜨끈한 재첩이 먹고 싶었다.

"승희야, 너한테 부탁이 있다."

'부탁? 무슨 부탁?'

"두 달, 아니 한 달. 내게 딱 한 달만 시간을 줘. 나랑 한 달만 같이 있어줘. 그다음엔 다른 남자에게 가든지 말든지 니 마음대로 해."

같이 있어달란 뜻이 정확히 뭘까? 설마 한집에서 살겠다는 얘긴 아니겠지?

"어떤 이유였든 내가 내 자리를 비워서 생긴 일이니 이건 내 책임인 게 맞다. 인정해. 하지만 그건 남편으로서, 가장으로서 인정하는 것이고 그 전에 너하고 난 연인이었잖아. 사랑하는 사람으로서 기회를 달라는 거야. 나랑 한 달만, 딱 30일만…….."

놈도 나름대로 자기 각본을 짜 온 것 같았다. 처음부터 아이들은 놈의 상대가 아니었다. 이건 순전히 놈과 나의 문제였다. 조건을 명확히 해야만 했다. 좀 더 구체적이고 세부적인 내용을 알아야 했다.

"내 집에 들어오겠다는 건 아니겠지? 그렇게 뻔뻔하진 않잖아?"

"나야 그러고 싶은 마음이 굴뚝같지만 니 성격에 그게 되겠냐? 난 그냥 이 동네 고시원에 살 거야. 비좁긴 하지만 그럭저럭 지낼 만해."

"같이 있자는 게 무슨 뜻이야? 자세하게 얘기해봐."

"나랑 만나서 영화도 보고 밥도 먹고, 그냥 그러자는 거야. 그래야 나도 덜 억울하지 않겠어? 1년을 하루로 잡고 한 열 번? 그래, 딱 열 번만."

만약 놈의 변화에 흔들렸거나 추억에 빠져 헤맸거나 놈에게 측은지심이 발동했다면 나도 꼬박 속아 넘어갈 뻔했다. 그만큼 놈의 수작은 어느 정도 감동적이었다. 하지만 난 다행히도 정신을 꼿꼿이 세우고 있었다.

비로소 놈의 속이 훤히 드러났다. 7년 동안 그렇게 날 내팽개치고 떨어져 지내던 놈이, 뒤에서 미행이나 하면서 흑기사 놀이나 하던 놈이 갑자기 모습을 드러내더니 딱 열 번만 만나달라고? 그러면 깨끗이 놓아주겠다고?

놈은 절대 날 놓아줄 생각이 아닌 게 분명했다. 그럼 무엇인가? 딱 열 번이면 확실하게 다시 내 마음을 잡을 자신이 있다는 거? 와! 웃겨!

인정한다. 젊은 시절, 놈은 불같은 사내였다. 철없던 시절엔 그 활활 타오르는 불길이 멋있어 보여서 나도 모르게 뛰어들어버렸다. 하지만 이젠 아니었다. 난 이젠 환갑 나이고 산전수전 다 겪은 어른이었다. 놈이 또 불을 지른다고 넘어갈 바보가 아니다. 난 놈에게 그걸 보여주고 싶었다.

문자 알림이 울렸다. 슬쩍 보니 명원이었다.

— 아무래도 얘기를 해야 할 것 같아서. 실은 서준표가 네 앞에 나타나기 이틀 전에 내게 연락이 왔었어. 얼마나 놀랐는지 몰라. 너한테 얘기 안 한 건 미안한데 널 위해서 알리지 않았던 거야. 믿

어쳤으면 좋겠다. 아무튼 서준표가 이것저것 묻더라고. 이미 민재 씨와 결혼한다는 것도 알고 있고, 너희 가족에 대해 참 많은 것을 알고 있어서 나도 편하게 얘기해줬어. 그런데 다시 곰곰이 생각해보니 공장 땅이 팔린 건 몰랐던 모양이야, 그 얘기를 할 때 눈빛을 번뜩였던 것 같아.

전화기를 닫고 눈을 감았다.

그랬구나. 교통사고 때나 사무실에서 마주쳤을 땐 공장 인근에 전철이 들어온단 소식을 듣지 못했었구나. 눈을 감고 속으로 노래를 불렀다.

노란 우산, 빨간 우산, 찢어진 우산.

아주 잠깐 망설였다. 따지고 보면 놈이 산 땅이었다. 놈의 공장이었다. 놈의 재산이 아니라고 하기는 좀 그랬다.

지난 10년, 우리가 매일매일 조금씩 안락해질 동안 놈은 죽어라고 생고생만 했으니 어쩌면 놈에게 우선권이 있다고 해도 무리한 주장은 아니었다.

그러나 그 방법은, 자기 권리를 찾겠다고 마련한 방식은, 대체 얼마나 원하는지는 몰라도 툭 터놓고 나하고 상의하는 대신 재첩이나 사주면서 내 마음을 빼앗은 후 자기 마음대로 수작을 부리며 욕심을 채우겠단 속셈은 절대 용납할 수 없는 일이었다.

적의가, 견딜 수 없는 적의가 타올랐다.

나쁜 놈!

무려 7년이나 두려움과 외로움에 떠는 날 내버려두고 주위를 뱅뱅 돌기만 했다는 것도, 대체 왜 그랬는지 그 진짜 이유를 숨기는 것도 무지하게 화가 났지만 결국 공장 땅 판 돈 때문에 다시 나타났다는 것에, 그 돈을 먹겠단 욕심에 온갖 궁리를 했다는 것에, 무엇보다도 그 방법으로 날 선택했다는 것에, 지금도 딱 열 번 데이트면 내 마음을 뺏을 수 있단 그 터무니없는 자신감에, 여전히 날 우습게 보는 그 거만한 시선에 도저히 참을 수 없는 분노가 치밀어 올랐다.

'좋아, 한번 붙어보자고.'

뭔가 불안함을 느꼈는지 지은이 "엄마" 하며 말을 끊으려 했지만 난 무시해버렸다. 상우는 여기저기 문자를 찍어대느라 정신이 없었다.

"이거 녹취하자."

난 천천히 폰으로 녹취를 시작했다.

"윤승희와 서준표는, 아니 오동수는 오늘부터 한 달 동안 딱 열 번을 만난다."

"고맙다, 승희야."

"그러곤 깨끗이 끝내는 거야."

"알았어."

"대신 내가 원하지 않는데 엉큼한 짓거리 하면 그 자리에서 곧바로 아웃이야."

"허허 참, 그럴 생각 전혀 없거든. 별……."

"앞머리 흩뜨리는 거, 엉덩이 툭툭 치는 것도 하지 마. 기분 나빠."

"좋아했잖아?"

"야, 서준표, 아니 오동수. 잘 들어, 지난 60년 동안 단 한 번도 좋아한 적 없어."

"……알았어."

"내가 만나고 싶은 시간에 만나서 내가 먹고 싶은 거 먹을 거야."

"좋아."

"예전처럼 섬에 가서 배 끊어졌다고 개수작 부릴 거면 아예 지금 집어치워."

"그땐 정말 배가 끊어져서……."

"그딴 식으로 나올 거면 여기서 그냥 쫑 내는 거고."

"야!"

"왜?"

놈이 버럭 소리를 질러서 나도 곧바로 목소리 높이며 응수해주고는 놈을 쏘아봤다. 놈이 먼저 눈길을 피했다.

"알았다, 알았어, 아무튼 이 화상, 이거."

"이거 뭐?"

놈이 날 보며 빙긋 웃었다. 연애할 때 바로 그 미소였다.

딱 보랏빛 국화가 생각나는. 보랏빛 국화 꽃말은 사랑의 승리였다.

하지만 난 이번엔 저 웃음에 넘어갈 생각이 전혀 없었다. 한 달간 놈이 무슨 작당을 하고 어떤 수작을 부리든 절대 흔들리지 않으며 놈이 무려 7년이나 내게 모습을 드러내지 않은 진짜 이유를 알아내곤 공장 판 대금을 노리는 놈의 더러운 야욕을 완벽하게 무력화시킨 후 깔끔하게 민재에게 돌아갈 작정이었다. 그게 지은과 상우가 바라는 순리였고 착한 민재에 대한 도리였다. 그저 일주일에 두어 번? 총 열 번만 고생하면 끝나는 일이었다.

녹취가 끝났다. 녹음 내용을 놈과 지은과 상우 폰에 전송해줬다. 지은과 상우는 멍한 표정으로 놈과 나를 번갈아 쳐다봤다. 상우가 울상을 지었다.

"엄마, 이러면 안 될 것 같은데……."

놈은 그제야 지은과 상우에게 시선을 돌리곤 만약 이 제안에 반대한다면 자신은 곧장 신원 회복 신청을 하겠다면서 대놓고 협박을 하고서 만족한 표정으로 직원을 불러 제 맘대로 미니 짜장과 짬뽕을 주문했다.

상우 표정은 일그러졌고 지은은 고개를 숙이고 입술을 깨물었다. 놈은 계속 히죽댔고 난 찻잔을 빙빙 돌리며 놈에 대한 전의를 숨겨야 했다. 모두 각자의 각본을 준비했지만 종국엔 즉석에서 써 내려간 내 애드립이 채택되었다.

뭔가 뿌듯했다. 어깨를 세우고 허리를 꼿꼿이 폈다. 금세 미니 짜장이 나왔다. 짜장을 비비며 놈에게 마지막 일격을 가했다.

"난 민재 씨도 계속 만날 거야."

"야!"

놈이 버럭 소리를 지르며 벌떡 일어났다.

"싫으면 그만둬. 난 아쉬울 거 없어."

놈은 일어선 채 손을 부르르 떨었고 난 그 앞에서 맛있게 짜장을 먹었다.

그런데 민재는 이 상황을 받아들일까? 모를 일이었다. 민재가 절대 받아들이지 못하겠다고 한다면? 그래도 할 수 없었다. 돌이키기엔 이미 너무 멀리 나가버렸다.

한동안 씩씩대던 놈이 갑자기 둥근 판을 휙 돌려 다 식은 양장 피 그릇을 또 내 앞으로 보냈다. 놈을 보며 뭐 하자는 거냐고 눈빛으로 물었다.

"먹으라고. 예전에 너 이거라면 아주 환장했잖아?"

두꺼비

"참 서준표 답다."

"뭐가?"

"나 같으면 자기 돈 내놓으라는 소리부터 할 텐데 말이야."

"그거나 이거나."

"다르지. 내 생각엔 일타이피, 돈도 먹고 너도 포기하지 않겠다
는 거 같은데?"

"내가 넘어가냐? 웃기고 있어."

"아무튼 이 파파할망구 놓고 서준표랑 최민재랑 삼각인 거네.
재미있어."

"내가 왜 파파할망구야?"

"가끔 거울도 좀 봐라."

그런 걸까? 놈은 적어도 15억은 노리고 내게 달려든 것일까? 아니면 30억 다?

오전 11시, 하남 숲속 카페 370. 요즘 이렇게 주소 숫자로 이름을 짓는 카페가 늘어나고 있다. 일종의 유행인 듯. 명원과 마주 앉아 브런치 세트를 시켰다. 빵과 소시지, 겨자 소스를 살짝 뿌린 각종 야채, 계란 반숙 프라이, 감자튀김, 그리고 커피. 맛이 없다곤 할 수 없어도 다른 가게 브런치와 크게 다를 게 없는데 왜 하남 여성들 사이에 소문이 파다하다는 건지 이해할 수 없었다.

"하나를 빼먹었잖아."

"뭘 빼먹어?"

"뷰 말이야, 뷰. 이 집은 뷰가 메인이야."

그러고 보니 경관이 남달랐다. 푸른 나무와 색색의 들풀과 꽃들. 그 하나하나가 여린 아침 햇살에 살살 흔들리는 통유리 창밖 모습은 어디서나 흔히 볼 수 있는 풍경이 아니었다. 한강변 즐비한 카페와 달리 숲속 깊이 자리한 370에 찾아온 아침 풍경은 과연 먹음직했다.

"그나저나……."

명원이 말을 꺼내놓곤 입맛을 다셨다. 명원의 입술을 바라봤다. 명원은 입술이 제일 예뻤다. 주관적이지만 사실이 그랬다. 입술 때문인지 객관적으론 결코 미인이라고 할 수 없음에도 많은 남자가 명원 주위를 맴돌았다.

"최민재 꼬라지가 참 우습게 됐네. 불쌍하다, 그 인간."

한 달간 총 열 번 만나기로 했다는 소리에 민재는 당연히 불같이 화를 냈다. 목소리를 높이고 얼굴을 붉혔다. 온몸을 부르르 떨며 말까지 더듬었다. 처음 보는 모습이었다. 난 민재에게 미안했고 그를 이해했다. 그래서 민재도 날 이해하길 바라며 열심히 설득했다.

이건 그냥 아무것도 아니야. 깨끗하게 헤어지기 위한 의식 같은 거야. 내 마음은 절대 변하지 않아. 제발 날 믿어줘.

하지만 민재는 날 끝까지 이해하지도 믿어주지도 못했다.

안 돼.

날 못 믿는 거야?

안 된다고.

서준표와 깨끗하게 정리하고 민재 씨한테 가려는 거야. 내 마음 모르겠어?

착각하지 마. 서준표는 죽었어.

서준표든 오동수든 그게 무슨 상관이야?

절~대 안 돼.

날 못 믿는구나.

끝까지 고집을 부리겠다면, ……나도 가만있을 수 없어.

민재 씨!

우리 관계를 다시 생각해봐야겠어.

민재뿐이 아니었다. 오빠는 내 결정에 펄쩍 뛰며 결사반대를 했다. 지은과 장 서방, 상우도 도대체 놈과 나를 이해하지 못하겠다면서 고개를 절레절레 흔들었다.

엄마, 이게 말이 된다고 생각해? 아니, 그 나이에 무슨 멜로영화 찍는 거야?

빈정대는 상우에게 발끈해서 내가 빽 소리를 지르자 지은과 상우는 휭하니 자리를 떴다. 오빠는 마지막까지 참으며 날 설득하려 했다.

그놈은 너와 악연이다. 아니 우리 집안하고 악연이야. 처음부터 그랬어. 새 출발을 앞두고 이게 무슨 말도 안 되는 짓이냐? 이 놈 이거 내가 당장 찾아가서…….

하지만 오빠와 지은, 상우는 끝내 놈을 찾아가진 못했다. 놈이 포기한 보험금 때문임이 분명했다. 가족들은 놈이 적선하듯 던져주는 1억이나 그냥 버리는 돈인 보험금 따위엔 아무 관심도 없다는 걸 알지 못했다. 그들은 놈의 대단한 야망을 눈치채지 못했기에 그저 내가 불안했고 그래서 나만 몰아세웠다.

난 침묵으로 맞섰다. 민재와 가족의 극렬한 반대 속에서, 그렇게 아무것도 해결하지 못한 상황에서 놈과의 첫 만남이 내일로 다가왔다.

급할수록 돌아간다고, 난 마음을 가다듬고 하나씩, 하나씩 해결해나가기로 했다. 제일 먼저 명원이었다.

"물어볼 게 있어."

"물어봐."

"그 흥신소 말이야, 진짜 서준표를 찾지 못했던 거야?"

"그랬다니까."

명원은 아무렇지도 않다는 표정으로 커피를 마셨다. 하지만 난 알 수 있었다. 명원은 거짓말엔 젬병인 친구였다. 가늘게 떨리는 명원의 손가락.

40년 전이었다. 은영이 대학 친구라면서 명원을 데리고 나왔다. 꽤 훤칠하단 걸 제외하곤 별 멋도 없고 말도 없는 아이였다. 부끄러움도 깊었고 사람들 눈을 오래 마주하지도 못했다. 한마디로 명원은 어디서든 있는 듯 없는 듯했다.

그런데 명원은 이상하게 제 친구인 은영보단 오히려 친구의 친구인 내 주위를 맴돌았다. 그것 때문에 은영이 꽤 많이 힘들어했다. 은영을 생각해서 조금 거리를 두고 싶었으나 난 처음부터 왠지 명원이 편했다.

명원은 시골 마을 입구를 지키는 커다란 나무 같았다. 수십 년 세월이 흘러도 늘 그 자리에 서 있는 키 큰 느티나무.

난 명원에게 별별 시시콜콜한 사연을 다 털어놓았다. 명원은 약간 멍한 표정으로, 하지만 참 열심히 그 수다를 다 들어주었다.

아빠가 갑자기 돌아가셨을 때도, 가세가 급격히 기울어 졸업을 포기할 때도, 춤을 추면서 침 흘리는 남자들에게 시달릴 때도, 민재 엄마에게 태어나 처음 당해보는 모욕을 겪고 하루 종일 엉엉 울어댈 때도 명원은 언제나 내 옆을 지켜주었다.

놈과 결혼을 하고 삶이 점차 팍팍해지면서 다른 친구들과는 자연스럽게 멀어졌지만, 명원은 수호천사처럼 변함없이 내 곁을 떠나지 않았다.

그리고 그때쯤인가, 명원이 서서히 내게 말문을 열었다. 다른 사람에게 자기 얘기를 하는 건 처음이라고 했다. 주제는 주로 남편의 외도였다.

약 먹고 고통 없이 죽고 싶은데…… 근데 자신이 없어. 정말 하루도 더 살고 싶지 않은데 매일 잠이 들고 또 매일 아침 해가 떠.

제발 헤어져. 명원아, 그런 관계는 사랑이 아니야.

나도 그러고 싶은데 그다음이 또 자신이 없어. 내가 과연 이 세상을 혼자 살아갈 수 있을까? 무서워, 너무 무서워. 나는 왜 이럴까? 난 왜 이렇게 못났을까?

결국 명원도 더 이상은 도저히 참을 수 없는 상황이 찾아왔다.

수많은 고통과 수치, 슬픔과 눈물 끝에 명원은 마침내 빈털터리로 이혼을 했고 월세를 내고 쌀과 반찬을 사기 위해 직업을 구해야 했고 의외로 보험 일을 시작했고 뜻밖에도 그 일에 재능을 보였다.

수입이 늘어날수록 명원은 말이 늘었다. 말이 늘면서 명원은 어느 순간 자신을 센 언니로 탈바꿈했다. 사람들은, 특히 은영은 명원의 변화에 혀를 내둘렀다.

사람 참 무섭다. 변해도 어떻게 저렇게 변할 수 있어?

하지만 아무리 많이 달라졌다고 해도 명원은 언제나 그랬듯이 키 큰 느티나무가 되어 내 곁에 머물렀다.

"나는 니가 날 위한답시고 거짓말을 했다고 생각해."

"아니라니까."

"그러니까 내 말은 그때 그 사무실에서 말이야. 그게 다 너랑 서준표가 짜고 친 고스톱이란 거야."

"아주 소설을 쓰고 있네, 소설을. 내 참 기막혀서."

"앞으론 제발 날 위해서 진실만을 말해줘. 부탁이야."

명원은 눈을 껌뻑이며 날 쳐다봤다. 나도 명원을 빤히 쳐다봤다. 묘한 분위기가 조성되면서 적막이 길어졌다.

명원은 놈을 좋아했다. 놈의 꼴통 짓에 내가 열을 낼 때도 요즘 세상에 놈처럼 가정밖에 모르는 남자가 어디 있냐며 놈의 편을 들어주었다.

명원은 민재를 별로 좋아하지 않았다. 사내치곤 너무 반질반질하다면서 그리 탐탁지 않아 했다. 그런데 왜? 아마도 날 위해 그런 것이었겠지.

결과적으로 명원은 내게 놈의 엉큼한 야욕을 알려줬다. 어떻게 보면 엎치나 메치나, 일 수도 있겠으나 내겐 매우 중요한 일이었다. 난 모든 걸 숨기지 않고 나와 공유할 동지가 필요했다. 그래서 더욱더 명원을 몰아세웠다.

"그게 아니라면 난 더 이상 너랑 이 문제를 함께 풀어갈 이유가 없어."

명원이 약간 멍한 표정으로 날 바라봤다.

"그게 아니라면 당분간 널 만나고 싶지 않아."

갑자기 명원의 눈가가 빨개졌다. 명원이 어깨를 들썩이며 목소리를 높였다.

"난 정말 싫어. 난 정말 니가, 도대체 왜 니가, 아니 왜 민재 같은 부자 훈남을 두고 다시 서준폰지 오동순지 그 꾀재재한 꼰대와 코미디 같은 한 달 열 번 어쩌고저쩌고를 하려고 하는지 도무지 이해 못 하겠어."

"명원아, 난 민재하고 결혼할 거야."

"그렇다면 이건 더 미친 짓이야. 정신 차려, 이 미련한 놈아, 아무리 민재라도 이걸, 이 모욕을 참을 수 있다고 생각해? 아니, 도대체 왜? 이유가 뭐야?"

"난 지금 놈과 게임을 하는 거야."

"그냥 공장 판 거 절반 뚝 떼어줘. 그리고 딱 끝내. 그게 정답이야."

어쩌면 그게 정답인 것 같았으나 사실 힘든 일이었다. 오빠와 지은과 상우에게 돌아갈 금액이 절반으로 확 줄어든다면 각자 원대한 꿈을 꿨던 그들이 그걸 수용할 수 있을까? 그 꿈들을 반으로 줄일 수 있을까?

그리고 사실 더 중요한 게 있었다.

"난 알고 싶어."

"뭘? 뭘? 뭐가 그렇게 궁금한 거야?"

"지난 7년 동안 왜 날 찾지 않았는지."

"그거야 뭐……."

명원이 벌겋게 달아오른 얼굴을 손바닥으로 마구 문지르더니 버럭 소리를 질렀다.

"그게 뭐가 중요해!"

카페 주인이 깜짝 놀라 주방 자리에서 벌떡 일어났다. 손님이 없는 게 다행이었다. 그에게 손짓으로 미안하다는 표시를 했다. 명원은 주위 따윈 전혀 개의치 않았다. 랩이라도 하듯 내게 퍼부어댔다.

"그게 왜? 그 인간이 어디서 뭘 했든 이미 다 끝난 건데 아니, 그게 왜 궁금하단 거야? 그것 때문에, 단지 그것 때문에 그놈 농간에 놀아나주겠단 거야? 야, 윤승희, 넌 그놈한테 화를 내야 해. 반쯤 죽도록 막 패주고 쌍욕을 퍼부어줘야 한다고. 내가 놈을 찾았을 때 기분이 어땠는지 알아? 총이라도 있었으면 콱 쏴버리고 싶었어. 생각해봐. 그게 어떤 이유든 버젓이 살아 있으면서 어떻게 너한테 죽은 척하고 안 나타날 수 있어? 돈 때문이라고? 꼴랑 보험금 5억 때문이라고? 웃기고 있어. 야, 아무리 숨어 지내도 너한텐 연락을 해야지. 적어도 너한텐 알리고, 니 의사를 물어보고 그리고 잠수를 타야지. 지가 뭔데 니 인생까지 지 마음대로 하느냐고. 니가 지난 10년을 어떻게 살았는데? 어? 어떻게 살았어? 내가 다 봤잖아, 승희야. 확 침 뱉어주고 돌아서버려도 시원치 않은데 뭐? 1년을 하루같이 열 번을 만나달라고? 아주 쇼를 해요, 쇼를. 이게 어디서 개수작이야."

"나도 그래. 그걸 참을 수 없어."

"……뭐?"

"나도 너랑 똑같은 심정이라고."

진심이었다. 놈에 대한 분노. 자세히 들여다봤다. 속에서 들끓는 외침이 들렸다.

네가 뭔데 내 인생을 멋대로 결정해?

7년 전 놈은 적어도 내게는 연락을 해야 했다. 잠수를 타기 전에 함께 머리를 맞대고 의논을 해야만 했다. 결코 자기 혼자 정할 문제가 아니었다.

명원이 많이 누그러졌다. 카페 주인이 냉수 한 잔을 가져다주었다.

"그래서 그런 거야. 돈은 어떻게 되어도 상관없어. 절반 줘도 괜찮고. 아니 괜찮진 않아. 다만…… 그보다 먼저 난 놈이 왜 그랬는지 알고 싶은 거야. 그래야 내가 정리가 될 것 같아. 나도 알아. 지금 내가 새 출발을 앞두고 얼마나 엉뚱한 짓을 하는 건지. 최민재는, 어쩌면 그 남자는 날 용서할 수 없을지도 몰라. 어쩌면 이게 끝일 수도 있다고 생각해."

"내 말이 바로 그 말이야. 그런 샌님이 돌아서면 더 독한 거다, 너."

"그래도 할 수 없어. 난 반드시 놈이 왜 그랬는지 알아내고야 말 거야."

명원은 눈을 껌뻑이며 날 쳐다봤다. 나도 명원을 빤히 쳐다봤다. 묘한 분위기가 조성되면서 적막이 길어졌다. 하지만 조금 전과는 확연하게 다른 묘함이었다.

지난 7년, 놈에게 속았다는 것, 놈의 의도대로 살았다는 것, 놈이 숨어서 보고 있는 줄도 모르고 '히히'대고 '헤헤'댔다는 것. 놈 앞에서 최민재와 알콩대고 달콩댔다는 것. 그러다가 또 툭하면 찔찔 짰다는 것.

"민재 씨도, 공장 대금도, 보험금도 다 그다음 문제야. 내겐 놈의 지난 10년이 제일 중요해. 정명원, 부탁이야. 내 편이 되어줘. 내 편이 아무도 없어."

명원의 얼굴이 다시 붉게 타올랐다.

"난 지금……."

"뭐?"

"매우 급하게……."

"그니까 뭐?"

"소주가 필요하다. 이즈백, 두꺼비로."

"……나도."

명원과 난 강렬한 눈빛을 주고받았다. 명원을 얻으니 세상을 얻은 기분이었다.

"그게 뭐든 다시는 너한테 숨기지 않을게."

"고마워."

"미안해, 승희야."

"괜찮아."

"말해봐. 내가 뭘 해주면 되는 거야?"

"사람을 찾아야 해."

키오스크

65세 남과 61세 여의 데이트라.

글쎄, 경복궁이나 창경궁 같은 고궁을 산책하거나, 또는 인사동, 북촌 등 오래된 동네에서 전시회를 돌아보다가 조용한 찻집에서 쌍화차나 대추차를 마신다. 다리가 그렇게 쌩쌩하진 않다면 산책은 생략하고 대신 영화나 뮤지컬, 연극을 관람할 수도 있다. 혹시 건강이 허락된다면 서울 인근에서 가볍게 등산을 하고 산아래 늘어선 주점에서 파전에 막걸리를 마실 수도 있고 취향에 따라 생맥주로 대신할 수도 있다.

물론 주머니가 두둑한 경우, 고급 호텔 뷔페나 인테리어에 잔뜩 돈을 들인 레스토랑에서 폼 나게 와인을 곁들이며 포크와 나이프를 쓸 수도 있고.

하지만 서준표, 아니 서준표보다 훨씬 더 촌스러운 오동수와의 데이트라면?

우선 교외로 드라이브를 가자면서 탈탈거리는 화물 똥차를 끌고 올 수 있다. 이 경우 난 뒤도 안 돌아보고 곧장 귀가할 작정이었다.

지난번처럼 또 양장피를 먹자면서 의정부 낡은 중국집으로 끌고 갈 수도 있다. 그땐 '야, 내가 진짜 양장피에 환장한 줄 알아?'라고 쏘아붙이고 역시 휙 돌아설 것이다.

놈이 꽤 멋을 내면서 기차나 버스를 타고 서울을 벗어나자고 하면 장거리 여행은 몹시 피곤하니까 그냥 가까운 카페나 가자고 하곤 입을 꼭 다물어버릴 생각이었다.

그럴 리는 없겠지만 혹시라도 놈이 놈답지 않게 다른 60대처럼 고궁이나 전시회에 가자거나 영화를 보자고 한다면, 인근 공원이나 산에서 가벼운 산책을 하자고 한다면, 가능성은 희박하지만 만에 하나 고급 식당을 예약했다고 한다면, 난 놈에게 제발 네 주제를 알라고 퍼부어대곤 가까운 카페에서 커피나 마시자고 면박을 줄 터였다.

놈과의 첫 만남 날, 오후 2시, 난 만나자마자 휙 돌아서거나 그게 아니면 가까운 카페에서 딱 커피 한 잔만 마시기로 단단히 마음을 정해놓고 약속한 시간보다 20분 정도 늦게 노원역 사거리 백화점 정문 앞으로 향했다.

놈이 보였다. 놈이 날 보더니 한 팔을 들어 크게 흔들며 반가워
했다.

놈은 말쑥한 짙은 청색 정장 차림이었다. 염색을 했는지 까만
머리가 단정해 보였고 새파란 면도 자국이 몹시 낯설었다. 광은
나지 않았지만 구두도 깨끗한 편이었고 늘 끊어질 듯 덜렁거렸던
혁대는 반짝반짝 빛이 났다. 그리고 제법 거리가 있는데도 놈에
게선 옅은 향이 풍겼다. 달짝지근한 믹스 냄새가 아니었다. 남자
의 향기였다.

"어디 갈 거야?"

나도 모르게 목소리에 힘이 들어갔다. 긴장 탓인 듯했다.

"좀 부드럽게 대화할 순 없을까? 처음부터 아주 찬바람이 쌩쌩
돌아, 무섭다, 너."

느물거림, 서준표답지 않은, 낯선. 난 더 톤을 올렸다.

"어디 갈 거냐고."

제발 똥차 타러 가자고 해라. 아님 양장피 먹자든지. 난 뒷발에
힘을 잔뜩 주고 놈의 대답을 기다리며 어떻게 하면 가장 매몰차
게 돌아설 수 있을지 궁리 중이었다.

"내 차 타고 드라이브도 할 겸 남양주에서 소문난 중국집에서
너 좋아하는 양장피에 연태고량주 한 병 하고 싶었는데……."

옳거니! 이놈, 걸려들었다.

"근데 너, 나랑 밥 먹기 싫어서 2시에 만나자고 한 거잖아."

놈이 발을 뺐다. 65세의 놈은 55세의 놈보다는 제법 똑똑한 편이었다.

솔직히 놈과 함께 밥을 먹고 싶진 않았다.

과거의 기억. 어디서 무엇을 먹든 놈은 식사를 한다기보다는 음식을 그냥 입안에 들이붓는 인간이었다. 아주 뜨거운 국물이라도 놈은 늘 5분 내에 식사를 끝내곤 절반도 먹지 못한 날 빤히 쳐다보곤 했다. 연애할 땐 일찍 부모를 여의고 늘 바쁘게 살아온 놈이 가끔 불쌍해 보일 때도 있었으나 결혼 후엔 상대에 대한 배려라곤 코빼기도 찾아볼 수 없는 놈의 식사 습관이 그렇게 미울 수가 없었다.

"그래서 어쩌자고?"

"바로 길 건너에 젊은 애들 잘 가는 카페가 있어. 가서 커피나 한잔하자."

놈과 나는 길 건너 스타 카페로 향했다. 예상과 다른 행보였지만 그렇다고 당황하진 않았다. 아직 기회는 많이 남아 있었다. 그리고 하필이면 노원역 스타 카페라, 난 회심의 미소를 지었다. 놈은 스스로 제 무덤을 판 것이었다.

놈이 씩씩하게 앞장을 섰다. 안으로 들어서니 넓은 매장 1층에 덩그러니 키오스크 세 대가 놓여 있었다. 거침없던 놈의 발길이 그 앞에서 멈추었다.

자, 자타공인 똥손, 서준표 씨, 이젠 어떻게 할 작정인가요?

슬쩍 놈의 표정을 살폈다. 뜻밖에도 놈은 편안해 보였다.

"뭐 마실래?"

뭐야? 아직도 모르는 거야? 여긴 주문은 다 키오스크로 해야 한다고. 설마 이걸 할 줄 안다는 건 아니겠지? 서준표가? 정말?

"난 카페 모카 마실 거야. 당신은?"

"나, 난 콜드브루."

놈이 환한 미소까지 보여주면서 자연스러운 손짓으로 부드럽게 스크린을 터치했다.

능숙하게 키오스크를 다루는 놈을 보며 비로소 지난 10년의 간격이 실감 났다. 더 이상 놈은 새로운 전자기기만 보면 괜히 짜증을 내고 낑낑대면서 헛힘만 쓰던 그때의 그 꼰대가 아니었다. 이제 보니 놈은 실제로 서준표가 아니라 오동수였다.

커피를 받고 나자 놈은 쟁반을 들고 2층으로 올라갔다. 약 1미터쯤 거리를 두고 놈을 따랐다. 놈의 뒷모습. 거짓말 조금 보태면 몸피가 딱 과거의 절반이었다.

2층 창가에서 놈과 마주했다. 잠시 적막이 흘렀다. 창밖을 보며 카페 모카를 마시던 놈이 슬쩍 날 보며 빙긋 웃었다.

"예쁘다, 오늘."

이런 미친!

바람. 산들바람. 마음속 깊은 곳에서 살랑살랑 바람이 불어댔다. 그리고 곧이어 반감이, 경계심이 치솟아 올랐다.

놈을 위해 화장을 한 게 아니었다. 맹세코 아니었다. 평소보다 정성스럽게 단장한 것은 맞지만 그건 오늘의 결전을 위한 일종의 마음가짐 같은 거였다. 검객이 마지막 승부를 앞두고 검을 가는 그런 숙연한 마음으로 눈매 화장과 머리 손질에 아주 조금 더 공을 들인 것뿐이었다.

적의가, 생각보다 준수한 외모와 깔끔한 태도, 전자기기를 다루는 능란한 솜씨에 조금 희미해졌던 놈에 대한 적의가 한순간 다시 타올랐다.

절대 넘어가선 안 된다는 결의! 난 곧바로 치고 들어갔다.

"솔직히 털어놔봐. 당신, 내 결혼 막으려고 나타난 거지?"

"어?"

"내가 민재 씨와 결혼하는 게 싫어서, 그래서 나타난 거잖아? 아니야?"

놈은 아무 말 없이 날 쳐다보기만 했다.

"미리 말해두는데 헛된 꿈은 꾸지 않는 게 좋을 거야. 당신하고 열 번 만나는 거 다 채우고 나면 난 곧바로 민재 씨랑 결혼할 거야. 그러니까 괜히 쓸데없는 짓은 안 하는 게 좋아."

놈은 뭔가 얘기하려고 입술을 조금 벌렸다가 그냥 벌린 채로 날 쳐다보기만 했다. 조금 전까지 씩씩해 보였던 놈이 약간 달라 보였다. 놈의 눈에 살짝 슬픔이 물들었다.

다소 이른 감이 있었지만 내친김에 마지막 일격을 가했다.

"나, 최민재 그 사람, 많이 사랑해."

난 천천히 콜드브루를 마시며 창가로 시선을 돌렸다.

어떻게 하면 놈을 더 아프게 하고 화나게 할까?

밤새 준비하고 정리한 멘트였다. 목소리도 충분히 건조했다. 난 만족했다. 해야 할 일을 다 끝냈을 때의 나른함.

오후의 노원 거리엔 차량도 밀렸고 사람도 바글댔다. 저 많은 차량과 사람은 다 무슨 용무가 있는 걸까? 서울엔 사람이 참 많단 생각을 하다가 문득 100년 뒤엔 이 거리는 어떻게 변할까, 상상을 했다. 그땐 저 많은 건물이 남아 있을까? 노원은 그때에도 노원일까? 혹시 질병이나 전쟁 등으로 사람들이 모두 사라지진 않을까? 100년까진 아니더라도 10년 후엔? 7년 후엔? 놈과 난 얼마나 많이 변한 걸까?

슬쩍 놈을 봤다. 발끈하거나 축 처질 줄 알았는데, 예전처럼 주먹을 불끈 쥐고 씩씩대거나 아니면 바람 빠진 풍선처럼 구겨질 줄 알았는데 의외로 놈은 그냥 고요할 따름이었다. 대신 놈의 눈에 물기가, 투명한 물기가 고여 있었다.

좀체 눈물을 보이지 않던 인간이었다. 남자는 절대 울지 않는다는 꼰대 특유의 고집이 충만한 인물이었다. 더 이상 참지 못하고 포효하며 울부짖을 때는 가끔 있었지만 저렇게 눈물만 고이는 건 처음 보는 모습이었다.

'나이를 먹더니 여성 호르몬이 많아진 건가?'

놈을 동정할 필요는 없었다. 그래서 뭐? 이 정도 펀치에 그렇게 슬퍼? 지난 10년, 아무리 봐줘도 네가 돌아온 후 7년이야, 7년. 그 세월을 내가 어떻게 살았는데?

난 계속 밀어붙였다.

"당신한테 미안하진 않아. 그냥 우리 삶이, 운명이 이렇게 된 거라고 난 생각해. 그러니까 당신도 그냥 받아들였으면 좋겠어."

"미안은 무슨. 다 내 탓인데 뭐. 그래, 그렇지. 그런 거야. 알아."

놈은 허둥댔다. 목소리가 떨리진 않았지만 대신 놈의 손끝이 몹시 떨렸다. 예상대로였다. 그러곤 침묵이 이어졌다. 놈이나 나나 더 이상 할 말이 없었다. 놈과 나는 길게 이어지는 침묵을 바라보기만 했다. 얼마나 지났을까? 10분? 20분? 어쩌면 더 짧을 수도 있고 어쩌면 더 길 수도 있는 시간. 슬쩍 폰으로 시간을 확인했다. 맙소사, 단지 1분이 지났을 뿐이었다.

이윽고 놈이 어깨를 폈다. 입이 마르는지 혀로 입술을 축였다.

"그럼 당신은 나랑 열 번 만나서 뭘 하고 싶은 거야?"

역시 예상했던 질문이었다. 난 막힘이 없었다.

"지난 10년, 도대체 어디서 뭘 하면서 지냈는지, 난 그걸 알고 싶어."

"그래? 알았어. 그 얘기를 해주지. 당신 표정을 보니까 당신은 내가 잘 먹고 잘 살았다고 생각하는 거 같은데 그렇진 않았어. 당신만큼은 아니라도 나도 무척 고통스러운 시절이었어."

그렇겠지, 너도 굉장히 힘들고 두렵고 외로운 시간이었겠지. 그걸 호소하고 싶겠지. 그걸로 내 마음을 녹이고 싶겠지. 하지만 그 어떤 애절함도 통하지 않아. 정말 그렇게 간절했다면 7년 전에 적어도 내게는 모습을 드러냈어야 해.

"이 긴 이야기를 어디서부터 시작해야 할까? 그래, 아무래도 그때가 좋겠네. 그때 말이야, 10년 전. 내가 집을 나간 다음부터 말이야. 내가 찾아간 곳은 인천 구시가지 뒷골목 창고 비슷한 곳이었어. 제법 의료기구도 갖췄고 사람들도 친절해서 깜빡 속았지 뭐야. 난 정말 그놈들이 그렇게 흉악한 놈들인지 꿈에도 몰랐어."

넌 늘 그랬어. 사람 속이 얼마나 깊고 다양하고 잔인한지도 모르고 다 너같이 단순하다고 믿었어. 그래서 매번 속고 또 속았잖아. 내 얘긴 항상 콧등으로 듣고 말이야. 결국 내가 지쳐서 포기할 때까지 넌 정말 줄기차게 사람에게 속고 또 속았어. 어쩌면 그것 때문에 너와 내가 이렇게 된 건지도 몰라. 결국 이게 다 네 책임이라고.

"주사를 놓더라고. 수면제인데 깨어나면 다 끝나 있을 거라면서 간호사가 웃는데 난 등신처럼 고맙다고 인사까지 했지."

등신, 자기가 등신인 줄 알면서도 참 변함없이 등신짓만 골라 하는 상등신.

속에서 슬슬 열불이 났다. 이젠 남남이니까 더 이상 그럴 필요가 전혀 없는데도 옛정 때문인지 무엇 때문인지 배 속에서 어쩔 수 없는 울화가 치밀어 올라왔다.

차분하고 싶었지만 난 그만 발끈하고 말았다.

"도대체 누가 그런 불법적인 걸 연결해준 거야? 어떤 인간이 그런 무서운, 나쁜 놈들을 소개한 거냐고?"

놈의 눈동자가 아주 잠깐 흔들리더니 내 눈길을 피했다.

뭘까? 이건 뭘까?

뭔가가 있다. 툭, 신경을 건드리는 소리. 촉이 왔다. 어떤 근거도 없었지만 확신이 들었다. 불행하게도 놈에 대한 내 감은, 특히 불길한 예감은 틀린 적이 없었다.

'도강숙!'

남은 콜드브루를 다 마셨다. 차가운 카페인이 목젖을 타고 내려가는 느낌.

"그런 게 중요한 게 아니라, 아무튼 난 철제 침대에서 잠이 들었어. 그리고 아주 푹 잤지. 오랜만에, 진짜 오랜만에 숙면을 했다고나 할까?"

웃기고 있네. 어떤 경우라도 베개에 머리만 대면 10초 안에 코를 고는 인간이 '오랜만'은 무슨 얼어 죽을.

"깨어나니까 배 밑바닥이었는데 그 느낌이 아직도 생생해. 새까만 어둠, 거침없이 내 몸을 오르내리던 벌레들, 그 스멀스멀한 느낌, 축축함, 뭔가가 썩는 냄새, 아주 지독한 냄새. 그리고 여기저기서 들리는 신음 소리. 입가엔 뭔가가 잔뜩 묻어 있었는데 알고 보니 내가 잠을 자면서 여러 번 토한 거였어. 파도에 배가 출렁거렸는데 마치 롤러코스터를 타는 기분이었지. 어지럽고 울렁이고. 그리고 또 속이 아팠어. 그런데 이상하게 꼼짝할 수 없었어, 살려달라고, 뭔가 잘못되었다고 소리를 질렀지만 신음 소리조차 낼 수 없었어. 그제야 공포가, 정말 끝도 없는 두려움이 일어났지. 도대체 내가 왜 이런 곳에서. 그리고 화가 났어. 너무 화가 나서 견딜 수가 없었어."

비교하기 좀 그랬지만 나도 비슷한 경험을 했다. 남편이 사라졌다는 두려움. 어느 날 갑자기 내 울타리가 없어졌다는 그 섬뜩함. 새까만 어둠 속에서 난 꼼짝할 수 없었고 아무리 질러대도 소리가 나오지 않았다. 놈을 애타게 찾으면서도 혹시나 놈이 귀신이라도 되어 꿈에 나타나면 그땐 또 어쩌나, 하는 두려움에 잠들지 못하고 밤을 꼬박 새우기도 했다.

그렇다고 놈의 얘기에 어떤 동정심이나 공감이 생겼단 건 아니다. 놈은 놈이고 나는 나였다. 놈이 아무리 구구절절 늘어놓아도 내 머릿속엔 벌써부터 '도강숙'이 자리 잡고 있었다. 난 이미 콜드브루 이상으로 충분히 차가워졌다.

"좀 짧게, 간략하게 해줄 순 없어?"

"뭐?"

"어려웠다는 건 충분히 알겠는데 말이야, 듣는 사람 입장도 좀 생각해줘야지. 꼭 그렇게 구토가 어쩌고저쩌고하면서 듣기 거북한 얘기를 리얼하게 해야만 해?"

"어? 아, 미안, 미안."

놈은 어색하게 웃으며 별로 땀도 나지 않은 것 같은데 바지 뒷
주머니에서 손수건을 꺼내 이마를 닦았다. 그 와중에 주머니에
있던 뭔가가 카페 바닥에 떨어졌다. 메모지 같았는데 놈은 느끼
지 못한 모양이었다.

"짧게 할게, 그래, 짧게 해야지. 당신, 거북했구나, 거북했어. 미
안해. 잘 알잖아, 내가 참 말을 못해."

손수건을 다시 뒷주머니에 쑤셔 넣은 놈이 이야기를 이어갔다.
말을 줄이느라 그런지 얘기의 두서가 없어졌다. 그걸 느꼈는지
놈은 또 손수건을 꺼내 이마를 연신 닦아내며 종국엔 말을 더듬
기까지 했다.

어쩔 수 없이 안쓰러운 마음. 화제를 바꾸고 싶었다.

"골판지보다 좀 돈이 되는 걸 배달하는 게 낫지 않아?"

놈이 피식 웃었다.

"돈 되는 건 다 무거워. 힘에 부쳐."

하긴. 놈은 이제 완연한 노인이었다. 이번엔 측은함. 애써 감정
을 털어냈다. 그때 놈의 전화벨이 울렸다. 벨소리는 놈답게 최백
호의 '궂은 비 내리는 날, 그야말로 옛날식 다방에 앉아'였다. 한
참을 횡설수설하던 놈이 한숨을 한 번 내쉬더니 전화를 받았다.

"어, 나야. 뭐? 진짜?"

놈이 벌떡 일어났다. 선 채로 놈이 날 바라봤다. 놈의 눈동자가 심하게 흔들렸다.

"승희야, 지금 내가 갑자기 급한 일이 생겨서. 미안. 잠깐만 기다리고 있어. 내가 금방 전화할게. 내가 지금 정신이 좀 없어서."

놈이 황급히 자리를 떴다. 그야말로 눈 깜짝할 새였다.

아니, 이게 지금 뭐 하자는 수작인지? 그렇게 어렵게 만나자고 해놓고.

이런 황당함이란. 창밖으로 놈이 대로를 급하게 뛰어가는 모습이 보였다.

놈이 바닥에 떨어뜨린 종이가 보였다. 별것 아니겠지, 하면서도 자꾸 눈길이 갔다. 종이를 주웠다. 잔뜩 구겨진 종이엔 매우 익숙한, 놈의 못생긴 필체가 가득했다.

하나, 주문을 누른다. 꾹꾹 말고, 부드럽게.

둘, '종류'를 눌러 '카페 모카'를 찾는다. 아이스는 복잡해지니 그냥 뜨겁게.

셋, 담기를 한다. 여기서 한 번 확인하고.

넷, 승희한테 뭘 마실지 물어본다. 여유를 가지고 점잖게, 천천히, 천천히.

다섯, 승희 것도 '담기'가 끝나면 지불을 누른다.

여섯, 신용카드를 선택한다.

일곱, 지갑을 꺼내 천천히 카드를 기계에 넣는다. 이때, 방향을 잘 보고 넣는다. 절대 당황하지 않기. 거의 다 왔음.

여덟, 영수증은 '안 받기'를 누른다.

아홉, 결제 완료가 뜨면 카드를 회수한다. 절대 잡아당기지 않는다.

열, 승희를 보고 웃는다. 제일 중요함. 소리는 내지 말고 자연스럽게. 이빨을 너무 많이 보이지 않는다.

기타, 혹시 키오스크가 다른 종류라 해도 그게 그거니까 절대 당황하지 말고 찬찬히 설명을 읽어볼 것. 어떤 순간에도 화내지 않기. 욕하지 않기. 그래도 정 안 되면 작은 목소리로 점원을 불러 품위 있게 도움을 청할 것. 하지만 가능하면 스스로 해결. 절대 초조해하지 말 것.

납작만두

스타 카페 2층 실내는 넓고 쾌적했다. 높은 천장엔 직사각형으로 이어진 날씬한 검정 파이프에 색색의 예쁘장한 조명기구가 달려 있었고 푹신한 밤색 가죽 의자들과 견고해 보이는 나무 탁자들이 놓여 있었다. 테이블 간 간격은 적당했고 최근에 유명세를 탄 발달장애가 있는 젊은 작가의 보랏빛 나무 그림이 딱 알맞은 공간에 걸려 있었다. 굵고 큰 초록 잎을 가진 작은 고무나무 몇 그루가 구석을 차지했다. 은은한 음악이 흘렀고 손님이라곤 나와, 내 자리와 가장 멀게 앉아 노트북을 켜놓고 뭔가를 열심히 들여다보는 청년 한 명뿐이었다.

구겨진 놈의 메모장을 꽤 오랜 시간 들여다봤다. 놈의 못생긴 글씨엔 몇 번을 덧쓴 자국들이 선명했다. 머리가 나쁜 편인 놈이 뭔가를 외워야 할 때 하던 버릇이었다.

젠장, '키오크스'라니.

자주 있는 일이었다. TV 경연 프로에 나왔던 '울랄라세션'은 '울트라세션'으로, 서양 배우 '울버린, 휴 잭맨'은 '잭 휴맨'으로. 아니라 해도 놈은 자기가 맞다고 빡빡 우겨댔다. 며칠 전 중국집에서도 놈은 드라마 〈나의 아저씨〉에 후계동에서 전당포를 하는 원빈이 나왔다고 끝까지 우겼다. 그까짓 '키오크스' 정도야 뭐.

분명히 거울을 보며 수백 번 연습을 했을 텐데도 결국 놈은 키오스크 앞에서 날 보며 웃을 때 누런 치아를 다 드러냈다. 복 달아난다고 그렇게 잔소리를 해댔는데도.

개발새발 쓴 메모 글씨를 되풀이해 읽으며 놈이 주절댔던 얘기를 차근차근 시간순으로 정리해봤다.

흔들림이 멈췄어. 위장이 오르락내리락하던 게 멈추니 그나마 조금 살 만해졌지. 그리고 또 한참 시간이 흘렀어. 얼마나 지났을까? 하룻밤, 아니면 몇 시간, 아무튼 굉장히 긴 시간이었어. 어느 순간 위에서 쿵쿵 소리가 울리더니 천장에서 갑자기 환한 빛이 쏟아졌어. 드디어 문이 열린 거야. 그제야 나와 같은 처지인 10여 명의 몰골이 제대로 드러났지. 처참하다? 역하다? 지옥이 따로 없다? 그런 걸론 표현이 안 돼. 그 상황은 절대 말로는 설명할 수 없어. 분명한 것은 난 사시나무 떨듯 그렇게 덜덜 떨면서 최대한 구석으로, 빛을 피하려고 구석으로 기었단 거야. 나뿐만 아니라 대부분 나와 비슷했어. 왜 그랬을까? 몰라. 그냥 무서워서 피했던 거지. 아, 참, 짧게 하라고 했지? 미안, 미안해.

놈들은, 그러니까 그 인신매매 조직원들은, 하나같이 정중앙에 해골 마크가 달린 검정 모자를 쓰고 있었는데, 그런 모자를 뭐라고 하나? 야구 선수들 쓰는 거 있잖아, 그래, 캡, 맞다, 캡. 아마 그게 놈들 조직 표시인 것 같았어. 아무튼 그 해골 캡 놈들이 우리를 배 밑바닥에서 꺼내기 전에 먼저 물 폭탄을 퍼붓기 시작했어. 왜, 그 데모하면 경찰들이 쏘는 거 있잖아? 딱 그거였어. 아파서, 너무 아파서, 살이 찢기고 뼈를 갈아대는 기분이랄까? 아무튼 정말 죽을 것처럼 아파서 그 가공할 물 펀치를 피하려고 우린 몸부림치며 울부짖었고 해골 캡들은 위에서 그걸 보며 자기들끼리 알수 없는 소리를 지껄이며 킬킬댔지.

놈은 횡설수설하는 와중에도 물 폭탄 얘기를 무려 세 번이나 되풀이했다. 그만큼 충격이 컸던 모양이었다.

이해가 됐다. 젊은 시절, 제아무리 산전수전을 다 겪었다 해도 이런 영화에서나 나올 법한 무자비한 폭력을 당해보진 못했을 테니까. 얘기를 좀 간략하게 하라고 중간중간 면박을 주면서도 물폭탄 얘기엔 아무 말도 못 하고 듣기만 했다.

마음이 아팠다. 10년 전, 처음 놈의 소식을 들었을 때도, 최근에 놈을 다시 만난 후에도 그 당시 참 엄청난 고통을 겪었을 것이라 짐작했지만, 말주변이 없는 놈의 얘기임에도 막상 직접 들어

보니 끔찍했던 놈의 경험이 눈앞에 생생하게 그려지면서 새삼 마음이 몹시 아팠다.

하지만 그뿐이었다. 이미 '도강숙'으로 꽁꽁 얼어붙은 내 마음은 이 정도 아프다고 해서 스리슬쩍 열리진 않았다.

15년쯤 시간이 흐른 것 같다. 놈이 생고집을 부려서 공장 땅을 사고 새 기계까지 들여놓으니 놈의 장담대로 여기저기서 제법 주문이 들어왔다. 놈과 공장장은 하루 종일 기계를 돌렸고 재정을 비롯한 관리는 내가 전담을 했지만 문제는 영업과 배달이었다. 정말 징그럽게 일을 못 하던 오빠는 영업엔 아예 젬병이었고 배달 같은 단순 업무에도 거의 매일 실수를 저질렀다. 직원을 뽑아야만 했다. 그리고 도강숙이 합류했다.

도강숙은, 남양주 공장 지대에선 모두 깡숙이라고 불렀던 그녀는 어린 시절부터 대구 성서공단, 인천 남동공단의 이런저런 기계 공장을 떠돌며 이것저것 안 해본 일이 없다는, 공단 꼰대 문화에 이미 매우 익숙한, 억척같이 벌어서 동생 둘을 공부시키는 젊은 가장이었다. 그야말로 일당백이었다.

영업이면 영업, 배달이면 배달, 급할 때는 능숙한 솜씨로 기계도 돌렸고 내가 부재중일 땐 장부 정리도 엑셀로 깔끔하게 마무리했다.

깡숙은, 나하고 띠동갑이던 그녀는 밝고, 씩씩하고, 솔직하고, 성실했으며 이름처럼 깡다구가 아주 셌다. 깡숙은 그렇게 눈에 띄는 미인은 아니었지만, 사실 어디서나 흔히 볼 수 있는 평범한 외모였지만 의외로 남자들 시선을 사로잡는 여인이었다.

공단 여성들은 다들 회사 마크가 선명하게 새겨진 작업복을 입었는데, 봄여름엔 북한 인민복 비슷하고 가을과 겨울엔 공군 점퍼 비슷한 회색 또는 검정색 작업복을 교복처럼 입고 다녔는데 깡숙은 긴 생머리를 스카프로 질끈 동여매고 늘 쫙 달라붙는 색바랜 청바지에 가슴과 가느다란 허리 라인이 선명하게 드러나는 빨강, 노랑, 파랑의 작은 티를 즐겨 입었다.

깡숙의 등장 이후 거래처와 주변 공장 남자들 사이에선 난리가 났다. 그들은 흥분했고 떠들어댔고 수군댔고 그러다가 깡숙 앞에서 사춘기 중2들 같은 허풍을 떨며 도저히 봐줄 수 없는 허세를 부렸고, 그녀가 누구에게나 적당히 친절하게 대해주자 드디어 수컷 본색을 드러내며 온갖 수작과 갖은 꼼수를 부리기 시작했다. 하지만 깡숙의 친절은 말 그대로 딱 거기까지였다. 꼰대들에게 그녀는 난공불락이었다.

나 좋아하는 사람 있어요.

단호하게 거절하는 그녀 때문에 남자들은 일단 어깨를 떨궜지만 공단 남자 대부분은 꼰대였기에 포기를 몰랐고, 그래서 안절부절 애를 태웠고 종국엔 '속으론 좋으면서 저러는 거'라고 자기들 마음대로 오해를 했고 그래서 또 만용을 부리며 달려들었고 그녀가 끝내 철벽을 치며 거절을 되풀이하자 결국 그들답게 분노하고야 말았다.

일단 한 번만 자빠트리면 게임 끝이야. 제까짓 게 어쩌겠어?

그들 중 가장 용맹하다는 전사 몇몇이 그녀의 방에 막무가내로 쳐들어갔다가 그녀의 깡다구 탓에 뜻을 이루지 못하고 모양 빠지게 유치장 신세만 졌다.

화가 머리끝까지 차오른 남자들은 마침내 그들다운 결론을 내렸다.

우릴 가지고 노는 거야.

그녀는 어느 순간 공공의 적이 되었고 곳곳에서 강숙에 대한 거짓 소문이, 비열하고 야비한 폭력이 진실이 되어 난무했다.

대구에서 몸 팔다 왔대. 성병 걸려 인천으로 야반도주했대. 인천에서도 유명한 걸레여서 거기서도 쫓겨났대. 안마시술소 출신이래. 아니래, 이발소 출신이래. 그래? 단란주점이라던데?

참다가, 참다가 상황을 보다 못해 그녀를 불러 앉혀 몇 마디 충고를 했다.

공장에선 다른 사람들처럼 작업복을 입으면 어떨까?

싫어요. 너무 답답하고 칙칙해요. 난 이렇게 입어야 기분이 좋아져요.

남자들이 오해하잖아.

그건 그 사람들 잘못이죠. 난 나를 위해 입는 거예요.

남자들한테 다 친절하게 대할 필요는 없어.

친절하게 대하는 게 잘못인가요?

좋아한다는 사람 있잖아. 그 사람이랑 공개적으로 사귀는 건 어떨까?

그게…… 안 돼요.

깡숙이 공장에 온 첫날부터 난 사실 기분이 좋지 않았다. 뚜렷한 이유는 없었으나 그냥 감이 그랬다. 깡숙이 좋아하는 남자가 내 남편이란 근거는 사실 어디에도 없었다. 그런데도 난 느낄 수 있었다.

깡숙이 놈을 쳐다보는 눈빛. 놈 앞에서 보이는 손짓과 몸짓, 놈에게 보여주는 확연히 다른 웃음. 다른 공기, 다른 냄새.

놈은 깡숙에게 아무런 감정이 없었다. 그건 나도 알고 있었다. 놈에게 깡숙은 그저 든든한, 믿을 수 있는, 뭘 맡겨도 척척 잘해내는, 그래서 참 고마운 직원일 뿐이었다. 원래 그런 쪽으론 국보급으로 둔한 놈인지라 놈은 자신에 대한 깡숙의 마음도 전혀 눈치채지 못했다.

깡숙이가 나를? 웃기고 있네.

깡숙에 대한 놈의 신뢰가 컸고 실제로 공장에선 없어서는 안 될 인물이었지만 난 더 이상 그녀를 견디기 어려웠다.

이웃 공장 자재과장이, 아이가 셋이나 달린 유부남이 술에 잔뜩 취해 깡숙의 원룸 문을 부수고 쳐들어간 사건을 계기로 난 놈에게 깡숙을 해고하자고 했다.

이러다가 아무래도 큰 사고 나겠어. 내보내자, 응?

잘못은 그놈이 했는데 왜 깡숙이를 내보내?

놈은 코웃음 치며 더 이상 대꾸도 하지 않았다. 하지만 난 물러설 수 없었다. 더 이상 인내할 자신이 없었다. 이런 종류의 의심이란 것이 겪어보지 않은 이는 결코 알 수 없는, 참으로 치사하고 부끄럽고 수치스럽고 자괴감이 드는, 참 묘한, 무엇보다도 정말 참기 어려운 고통이었다.

부부 싸움. 깡숙으로 인해 매년 수십 번, 크고 작은 부부 싸움을 했던 것 같다. 그리고 싸움은 점점 깊어져서 격렬한 전투에 이르렀다.

내보내.

미치겠네. 나는 걔랑 아무 일도 없었다고, 와, 이 답답한 화상, 이거.

그 애가 당신을 좋아한다고.

걔가 미쳤어? 나 같은 늙고 뚱뚱한 유부남을 왜 좋아해? 너, 이거 병이야.

넌 아무것도 모른다고. 내보내야 해.

야, 솔직히 누굴 자르려면…….

자르려면 뭐?

아니야.

뭐? 얘기해.

아니라니까.

왜 말 못 해? 솔직히 자르려면 오빠를 잘라야 한다는 거잖아.

나 그런 말 안 했다.

그거잖아. 그러니까 피붙이는 잘라도 그 애는 못 자르겠다는
거지? 그 정도란 거지?

너 병원에 가봐. 진심이야. 넌 지금 제정신이 아니야.

그러곤 내가 소리를 지르면 놈이 맞고함을 쳤고 아이들이 방에
서 뛰어나와 울부짖었던 밤과 밤의 나날들.

어느 날 밤엔 화를 참지 못한 놈이 잔뜩 힘주어 식탁에 유리잔
을 내리꽂았다가 잔이 깨지면서 파편이 튀어 내 이마에 상처가
났다. 순식간에 소문이 퍼졌다.

깡숙이 년이 좋아한다던 게 서 사장이었대.

말도 안 돼. 서 사장, 그 곰탱이를?

진짜야, 서 사장이 깡숙이 때문에 지 와이프를 유리병으로 까
버렸대.

와, 대박, 벌써 둘이 그렇고 그랬던 거야?

벌써 해도 여러 번 했겠지.

이마가 찢기고 일주일이 지났다. 깡숙이 사표를 내고 스스로
공장을 떠났다. 내가 이겼다. 상처뿐인 영광.

그런데 그게 끝이 아니었다. 깡숙은 근처 가구 공장에 취직을
했다. 회식에 내가 불참을 하면 깡숙은 어떻게 알았는지 쏜살같

이 달려와 놈의 옆에서 깔깔댔다. 내가 따지면 놈은 거짓말까지 해대며 그녀를 두둔하고 숨기기에 바빴다.

어느 날인가, 감기에 걸려 자리에 누워 있다가 묘한 감에 벌떡 일어나 공장 회식 자리로 달려갔다. 아니나 다를까, 깡숙이 놈의 맞은편에 앉아서 낄낄대고 있었다.

내가 나타나자 분위기가 싸해졌다. 공장장은 내 눈치를 보며 화장실로 향했고 오빠도 슬그머니 전화기를 들고 자리에서 일어났다. 난 놈 옆자리에 앉아 안주를 집어먹으며 바로 앞에 앉아 있는 그녀를 빤히 쳐다봤다.

적막.

시선을 내리깔고 있던 깡숙이 갑자기 고개를 쳐들고 날 똑바로 봤다.

사장님은 바위예요.

뭐?

사장님은 참 바위 같은 사람이라고요.

놈은 자기가 겨우 돌덩어리냐고 괜히 이상한 헛웃음을 터뜨렸다. 난 깡숙의 시선을 피하지 않았다.

맞아, 이 사람 바위야. 우리 가족 앞을 딱 가로막고 서 있는 돌덩어리.

놈은 이건 또 무슨 소리냐며 이상한 헛웃음을 이어갔고 깡숙은 날 보며 묘하게 미소 지었다. 이런 젠장, 그 모습이 어찌나 매력적이던지.

그 미소를 잊을 수 없다. 차갑고 맑았던, 기분 더러운, 정말 엿같은.

그때 왜 자리에서 발딱 일어나 그녀에게 술을 확 끼얹지 못했을까? '너 참 재미있는 애구나. 이 돌덩어리는 내 거야. 너 따위가 탐낼 돌이 아니야'라고 당당하게 선언하며 그 아이 코를 납작하게 만들어주지 못했을까?

놈이 사라지기 2년 전쯤, 그러니까 약 12년 전에 깡숙이 서울로 완전히 떠나갈 때까지 놈과 나는 치열한 사투를 벌여야 했다. 그녀가 사라진 뒤에야 비로소 종전을 했지만 놈이나 나나 이미 매우 깊은 내상을 입은 후였다.

놈이 사라지기 일주일 전이었다. 한밤중에 많이 취한 놈이 뜬금없이 납작만두를 사가지고 귀가를 했다. 하필이면 깡숙이 좋아하던 대구표 만두였다.

이거 어디서 샀어?

어? 아, 만두. 누가 사줬어.

누가?

있어. 말해도 당신은 몰라.

깡숙이구나.

뭐? 누구?

왜 놀래?

승희야, 너 설마 아직도…… 진짜 지친다, 지쳐.

깡숙이 놈을 잔혹한 인신매매단에 팔아먹었다? 가능성이 아주 없진 않았다. 서울로 간 강숙이 나쁜 짓을 하는 치들과 어울린단 소문이 있긴 있었다.

사실 그건 중요한 게 아니었다. 혹시 놈을 팔아먹은 게 깡숙이 아니라 해도, 7년 전 돌아온 놈이, 나를 포함한 가족과는 철저히 담을 쌓고서 깡숙과는 다시 재회를 했다? 이건 충분히 있을 수 있는 얘기였다. 그리고 대단히 중요한 문제였다.

정리를 끝냈다. 놈의 생생한 고통에 잠시 흔들렸던 마음은 벌써 충분히 납작해졌다. 더 이상 놈의 전화를 기다릴 필요가 없었다. 놈은 한 번의 기회, 그러니까 1년을 깨끗이 허비한 셈이었다. 내 탓이 아니었다. 가방을 정리하고 일어섰다. 놈의 메모지는 쓰레기통에 버렸다.

카페를 나서는데 전화 진동이 울렸다. 놈인가 했는데 장 서방이었다.

— 어, 장 서방.

— 장모님…….

장 서방 목소리가 몹시 떨렸다.

— 무슨 일이야?

— 사라 엄마가, 지은이가 집을 나갔어요.

이건 또 무슨 소린가? 지은이가 왜? 도대체 왜?

가자미젓

이른 시간이었다. 아침 6시 반, 고속버스터미널에 도착했다.

급하게 주차를 마치고 경부선 동해안 라인으로 달려갔다. 미리 전화로 예매를 한 터라 곧바로 양양행 고속버스에 올랐다. 내가 승차하자마자 버스는 곧바로 출발했다. 좌석에 앉고 나자 저절로 한숨이 새 나왔다. 머릿속은 복잡했고 마음은 널을 뛰었다.

딸이 도대체 왜?

걱정이 한가득임에도 이상하게 난 놈이 더 궁금했다.

놈은 또 도대체 왜?

스타 카페에서 두서없이 떠들어댔던 놈의 이야기 뒷부분.

배가 중국 땅 이름 모를 작은 부두에 도착한 때는 한밤중이었다고 했다. 배 밑바닥에서 끌려 나온 놈은 서 있을 힘도 없어 부두

바닥에 늘어졌고 해골 캡들은 그런 그를 낡은 밴에 짐짝처럼 던져 넣었다. 그리고 지독한 기름 냄새와 소음, 운전자가 피워대는 독한 담배 냄새와 가끔씩 들리는 알아들을 수 없는 거친 목소리들과 낄낄댐 속에서 온몸이 정신없이 흔들리나 해가 하늘 꼭대기에 오를 때쯤, 전후좌우 어느 쪽을 봐도 누런 먼지뿐인 황량한 벌판 한구석, 껍질이 다 벗겨진 낡은 녹색 컨테이너 건물 서너 채가 서 있는 분지에 놈은 다시 짐짝처럼 던져졌다.

분지에선 누린내가, 소나 돼지 같은 가축우리에서 나는 고약한 누린내가 진동했는데 해골들은 축 늘어진 놈과 함께 끌려온 이들 발에 쇠로 된 붉은 족쇄를 채우더니 벌건 죽 그릇을 던지듯 건네곤 다시 밴을 타고 사라져버렸다. 그 와중에도, 혼미한 상태 속에서도 놈은 탈출을 생각했지만 무거운 족쇄가 아니더라도 꼼짝할 힘도 남아 있지 않아 그저 '도망쳐야 하는데'를 속으로만 뇌까리며 멀건 죽 그릇에 코를 박았다고 했다. 입가에 달라붙어 딱딱하게 굳어버린 토한 자국 때문에 입을 다 벌릴 순 없었지만, 액체가 조금이라도 들어가면 곧바로 기침이 터지면서 구토 자국과 함께 말라버린 입술이 저절로 찢어졌지만, 그럼에도 놈을 포함해 잡혀온 이들은 모두 그릇에 코를 박고 어떻게든 멀건 죽을 먹어보려고 안간힘을 썼다고 했다. 그리고 액체가 목젖을 타고 위로 흘러 들어가자 곧이어 뒤에서 묽은 설사가 새 나왔지만 그럼에도 놈은 계속 멀건 죽을 더 먹기 위해 사투를 벌였다는 얘기.

처음엔 믿기 힘들었다. 인간인데, 아무리 배가 고파도 어떻게 인간이 그럴 수 있을까? 곰곰이 다시 생각해보니 그럴 수도 있을 것 같았다.

아버지의 갑작스러운 사망으로 급격히 기울어진 가정 형편 때문에 3학년을 마치고 대학을 중퇴했다. 곧바로 취업전선에 뛰어들었지만 쉽게 자리를 구할 수 없었다.

어쩌다 일자리를 구해도 대부분 강한 힘과 지구력을 요하는 일이었고 저질 체력인 난 버티기가 힘들었다. 그렇지 않은 일은 돈벌이가 참으로 변변치 않았다. 웃기게 들리겠지만 견딜 만하면서도 돈을 제법 벌 수 있는 일을 찾아다녔다.

좀 노는 언니를 많이 알고 있던 은영의 소개로 행사 알바란 일을 시작했다. 주로 음식점이나 대리점 개업 때 가서 춤을 추며 호객하는 일이었는데 공장 노동보단 쉬웠고 단순사무 계약직보단 벌이가 괜찮았다. 계속 하다 보니 그런 일을 전문으로 하는 이벤트 회사 팀장이 날 보자고 했다. 면접 날, 팀장이 날 아래위로 훑어봤다.

마스크는 별로데 바디가 괜찮네. 먹히겠어.

바디? 남들보다 아주 조금 더 큰 가슴 얘기인 것 같았다.

먹히긴 뭐가 먹혀? 이런 미친.

성희롱으로 고발하지 않는 걸 고맙게 생각하라고 쏘아붙여주고 당장 자리를 박차고 일어나고 싶었지만 어떻게든 팀에 들어가고 싶어서, 돈을 최대한 쉽게, 많이 벌고 싶어서 자존심을 접어두고 꾹 참고 버텨냈다.

근데 하체가 좀…… 딱 10킬로만 빼자. 다이어트 시작해.

참 열심히 굶었다. 하체와 가슴이 함께 빠졌다. 굶다 보니 하루 종일 먹을 것 생각만 했다. 살이 빠질수록 머릿속은 떡볶이, 치킨, 족발과 햄버거로 가득 찼다. 행사 때 주변에 모여들어 춤이나 노래보다는 우리 바디를 감상하는 사내들 머리통이 다 순대나 보쌈으로 보였다. 놈도 아마 그랬던 모양이다.

다시 놈의 지난 얘기.

돌을 깼어. 그 허허벌판에 낮지만 굉장히 넓은 돌산이 있더라고. 거기서 해가 뜨자마자 시작해서 해가 질 때까지 끝없이 돌을 깨는 일만 한 거야. 인원은 한 30명쯤 되었나? 다들 까만 머리였는데 국적은 달라 보였어. 물론 한국인으로 보이는 이도 여럿 있긴 있었는데 서로 통성명을 할 형편은 아니어서 정확히는 몰라. 우린 그저 돌을 깨느라 정신이 없었어. 다들 힘이 없으니 제대로 깨기 힘들었지만 우리가 일을 하든지 말든지 해골들은 별 관심을 두지 않았어. 그저 해가 지면 놈들은 각자가 얼마나 많은 돌을 깼는지 확인을 했지. 많이 깨면, 걔네들이 요구하는 양만큼 깨면 그땐 멀건 죽을, 그게 나중에 생각해보니 옥수수죽이었는데 그땐 워낙 묽은 죽이라서 옥수수란 것도 알아채지 못했어. 아무튼 그걸 딱 반 그릇 정도 주고 양을 채우지 못하면 그날은 아예 그냥 생으로 굶어야 했어. 그게 다였어. 놈들이 우리를 통제하는 수단은 단지 그것 하나였는데 효과는 그야말로 만점이었지. 나를 포함해서 우리 모두는 그 멀건 죽 반 그릇을 위해 그야말로 목숨을 걸고 돌에 달라붙었어. 오늘은 과연 죽을 먹을 수 있을까? 하루 종일 그 생각만 하면서 말이야. 탈출? 저항? 집? 그런 건 생각할 여유가 없었어. 먹는다는 게 참, 그게 그렇게 무서운 건지 그때 알게 된 거야.

이제야 비로소 젊을 때나 나이 든 후에나 늘 80킬로를 넘겼던 놈의 통통한 체격이 왜 그렇게 형편없는 말라깽이가 되어버렸는지 이해가 되었다.

어제 늦은 밤까지 놈의 전화를 기다렸다. 카페에서 그렇게 갑작스럽게 자리를 떠놓고, 전화한다고 철썩같이 약속을 해놓고 놈은 새벽 4시가 되도록 내게 전화하지 않았다. 예나 지금이나 놈은 다른 이와의 약속은 그렇게 지키려고 애를 쓰면서도 유독 나하고 한 약속은 잊어버리기 일쑤였다. 그만큼 내가 만만하단 거였다.

나쁜 놈!

놈의 전화를 기다리며 수십 차례 지은에게 전화를 걸었다. 밤새 딸의 전화는 꺼져 있었다. 무슨 일이냐 아무리 물어봐도 장 서방은 죄송하단 소리만 되풀이했다. 대체 뭐가 죄송하다는 건지.

경찰에 연락해야 하지 않느냐 물으니 장 서방은 그런 건 아니라면서 지은의 연락이 오면 자기에게 곧바로 알려달라는 말만 되풀이했다.

이른 시간인데도 벌써 강남 도로에 차량이 빠르게 늘어나면서 버스는 속도를 높이지 못했다. 고개를 젖히고 눈을 감아봤지만 복잡한 속내 때문에 잠이 오지 않았다.

혹시 장 서방이 바람을? 그럴 리가 없는데. 돈 사고를 쳤나? 그럴 리는 더 없는데?

혹시 시어머니와의 갈등? 그것도 아닌 것 같았다. 지은이나 지은 시어머니나 돈 문제만 얽히지 않으면 평소 서로 소 닭 보듯 하는 사이였다. 그럼 도대체 왜?

'지은아, 무슨 일이야? 대체 니한테 무슨 일이 생긴 거야?'

한참 애를 태우다 새벽 4시쯤 부엌 식탁 의자에 앉은 채 잠이 들었다. 그리고 한창 단잠을 자고 있는데 새벽 5시, 전화벨이 울렸다. 놈의 전화였다.

참 빨리도 하는구나.

처음엔 받지 않았다. 전화는 끊어졌다가 1분도 지나지 않아 다시 울렸다. 두 번째도 받지 않았다. 이번에도 끊어진 후 10초쯤 지나 다시 벨이 울렸다. 10초쯤 더 애를 태운 후 전화를 받았다.

— 여보?

여보라니? 급 당황, 빨개지는 양 볼, 목 뒤편이 뜨거워졌다. 마음속 깊은 곳에서 또 바람이 살랑댔다. 애써 그것을 밀어내고 대신 적의를 바짝 세웠다.

어디서 이런 돼먹지 않은 수작을. 아무튼 틈만 나면.

곧바로 전화를 끊어버렸다. 놈은 더 이상 전화를 하지 않았다. 더 화가 치밀었다.

지금 나랑 밀당을 하자는 거야, 뭐야?

한참 씩씩대고 있는데 한 10분쯤 뒤에 다시 벨이 울렸다. 당연히 놈인 줄 알았는데 지은이었다. 놈 따위는 순식간에 잊어버리고 급히 전화를 받았다.

— 너 어디야? 무슨 일이야? 집을 나가다니 왜? 사라랑 요한이는? 너 괜찮아?

톤이 한껏 올라간 목소리로 딸에게 한참 동안 퍼부어댔다. 지은은 아무 말 없이 내 고함 소리를 다 들어주었다.

— 여기 현남이야.

현남? 현남이 어디더라? 어디서 들어본 것 같은데.

— 양양 말이야, 강원도 양양.

지은이 아이들을 데리고 양양에 갔다. 왜? 보호센터 일은 어쩌고? 아이들 어린이집은? 요한 태권도는? 사라 발레와 피아노는?

— 지금 아빠랑 같이 있어.

복잡했던 뇌 회로가 일순간 멈춰버렸다. 눈앞이 온통 하얀빛 일색이었다.

지은은 지금 놈과 함께 있다. 왜? 도대체 왜?

— 장진호한텐 얘기하지 마. 부탁이야. 엄마, 지금 여기로 와줄

수 있어?

사라 아빠, 요한 아빠, 여보, 당신이 아니고 장진호라니. 뭔가 사단이 나도 크게 난 것 같았다. 귀에서 적색경보가 울렸다.

무엇보다도 중요한 것. 시은에겐 지금 엄마가 필요한 모양이었다. 당장 달려가야 했다. 서둘러 채비를 하고 집을 나섰다.

그런데 왜 지은이 놈과 함께? 불길했다. 대단히 불길했다.

이른 시각이라 해도 주말인지라 양양까지 직접 차를 끌고 가는 건 아무래도 시간이 많이 걸릴 것 같았다. 다행히 고속버스에 자리가 남아 있어서 폰으로 급히 예매를 하고 터미널로 달려왔다.

궁금한 게 넘치고 넘쳤으나 딸에게 더 이상 아무것도 묻지 않았다.

해가 떠오르자 장 서방이 또 전화를 했다. 차를 몰고 터미널로 달리던 와중이었다. 받지 않았다. 5분 후 또 장 서방 전화가 걸려왔다. 버스에 오른 뒤 세 번째 전화. 난 아예 전화기를 꺼버렸다.

직접 지은을 만나 사정을 듣기 전엔 누구와 무슨 말도 나누고 싶지 않았다.

고속도로에 진입했다. 길은 여전히 막히고 있었다. 그래도 버스는 정해진 시간에 양양에 도착할 것이다. 다시 의자를 뒤로 조금 젖히고 눈을 붙여봤지만 머리는 계속 분주하게 움직였다. 결국 잠을 포기하고 의자를 세우고는 폰을 다시 켰다. 부재중 통화를 확인했다. 길지 않은 사이, 장 서방과 오빠, 은영과 상우의 전화가 걸려왔었다. 그리고 민재의 전화 두 통.

창밖으로 시선을 돌렸다. 하늘은 옥색이었다. 옅은 연두색 구름이 빠르게, 때론 느리게 흘러갔다. 길가 나뭇잎이 느리게 흔들렸다. 버스가 서서히 속도를 올렸다.

민재가 우편으로 편지를 보냈다. 참 언제 이런 편지를 받아봤던지. 과연 민재다운 선택이었다. 내용은 예상대로였다.

걱정이 되지만, 몹시 불안하고 슬프고 솔직히 화도 나지만 그래도 날 믿고 기다리겠다는, 될 수 있는 한 빨리 자기 곁으로 돌아와달라는 내용.

막돼먹은 놈의 구겨진 메모 필체와는 비교도 할 수 없는, 참으로 정갈하고 품격 있는 글씨. 그 글씨들이 너무 다정해서 손으로 몇 번을 쓸어보았다.

편지 말미에 그가 시 한 편을 올렸다.

오 호수여, 한 해도 다 저물어가는 그때

그녀가 늘 갔던 강가, 다시 보고 싶어 했을 그 강가에

그녀가 앉아 있던 그 바위 위에 보려무나,

이제는 나 홀로 와 앉아 있으니

프랑스 시인 알퐁스 드 라마르틴의 「피안의 호수」라고 했다. 처음 들어보는 시인이었다. 누군가 해서 검색을 해봤다. 대표적

인 프랑스 낭만파 시인으로 꽤 이름이 알려진 인물이라는데 출생 년도가 무려 1790년이었다. 재미있는 건 그가 평생 세 명의 여인을 사랑했다는 거였다. 기분이 좀 그랬다. 결국 내가 세 번째 여인이란 소린가? 솔직히 별다른 감동은 없었다. 그냥 민재의 정성이 느껴질 뿐.

민재가 보낸 편지와 시를 생각하다가 불쑥 떠오른 기억 하나에 조용한 버스 안에서 나도 모르게 큰 소리로 낄낄대고 말았다. 뒷좌석 남자가 큰기침을 했다. 무안해서 어깨를 올리며 목을 움츠렸다. 아마 지은이 네 살 때, 상우가 막 태어났을 때였던 것 같다. 아직 사랑의 열정이 남아 있던 때라고 말할 수 있는 시절이었나. 명원의 남편이, 훗날의 그 뻔뻔한 바람둥이가 그 시기엔 그래도 참 다정다감했던 낭만파 문학청년이었는데 그 인간이 명원에게 종종 직접 시를 지어 선물을 했다.

'사랑'과 '감사'와 '평생'과 '아름다움'이란 단어로 범벅을 한, 시라고 주장하기에는 좀 그렇지만 아무튼 읽고 나면 온몸이 몹시 간질거리는, 그런 글들이었다. 그 간지러운 시들을 은근히 자랑하며 볼을 발갛게 물들이던 명원. '그래, 네 신랑 잘났다'라는 훈훈한 마음으로 박수를 쳐주면서도 아주 약간, 정말 약간 질투가 나기도 했다.

그 밤도 어김없이 술에 취해 귀가해서는 양말을 벗으며 이리저리 비틀대는 놈에게 한마디를 콱 쏴주었다.

난 왜 이따위로 사는 팔자인지.

왜 또 시비야?

시비? 지금 시비라고 했어?

왜 그러냐고?

인간아, 정명원 남편은 사랑하는 아내를 생각하며 시를 썼다더라, 시를.

거참. 진짜 이상한 인간이네.

뭐가 이상해?

아니, 우리 나이에 누가 마누라한테 시를 써서 갖다 바쳐? 가족간에 그러는 거, 정상 아니야. 병원에 가보라 그래.

어휴, 내가 말을 말아야지.

그런 건 불륜끼리 하는 거야. 가족한테 뭐가 아쉬워서 그런 짓거리를 하나?

내가 이런 인간을 남편이라고 참.

시, 그까짓 게 뭐 별거라고. 아무튼 여자들이란.

당신은 평생 시 한 편이라도 읽어는 봤니?

아니, 얘가 사람을 참 띄엄띄엄 보네.

그리고 한 보름쯤 지나서였다. 또 만취해서 새벽 2시에 귀가한 놈이 소파에 쓰러지더니 작업복 윗도리 주머니에서 접히고 구겨진 종이를 꺼내 내게 휙 던졌다.

선물이다. 받아라.

코를 고는 놈의 윗도리와 양말을 낑낑대며 벗기고 뻗어버린 놈의 두 다리 옆, 소파 끄트머리에 엉덩이만 살짝 걸치고 앉아 숨을 돌리며 혹시나 하는 마음으로 구겨진 종이를 펼쳤다. 거기엔 지독한 악필로 이런 글이 적혀 있었다.

하얀 배

승희는 하얀 배, 작고 야윈 배.
푸른 돛을 올리고 바다로 향한다.
파도에 휘청이고 바람에 흔들리지만
한번 세운 돛은 내리지 않는다.
준표는 승희 배 키 잡은 선장보다는
활활 타는 그녀의 배 밑 화로에
색색의 불꽃을 던져 넣는
뜨거운 화부이고 싶다.

어찌나 깔깔대고 웃었던지. 지은과 상우가 잠에서 깨어 울음을 터뜨려도 한번 터진 웃음을 참지 못했다. 그래도 놈은 코를 드렁드렁 골며 잠만 자댔다.

다음 날 아침, 입안에 콩나물국을 들이붓고 있는 놈에게 불쑥 메모를 내밀자 놈은 잠시 눈을 껌뻑거리더니 이내 오리발을 내밀었다.

이게 뭐냐?

당신이 쓴 거잖아.

내가? 에이, 아니야.

맞는 거 같은데?

아니라니까.

딱 당신 글씬데 뭐.

나 참, 아니라고.

아이고, 부끄러워? 우리 서 시인님 창피하세요?

까불지 마라.

화부이고 싶으세요? 왜? 당신 대장질하는 거 좋아하잖아. 선장해라, 선장.

아침부터 왜 이래?

어머! 화가 나셨어요, 우리 화부님?

놈은 버럭댔지만 더 이상 성을 내진 못하고 등을 돌리며 날 피해버렸다. 벌겋게 달아오른 놈의 뒷목이 지금도 생생하게 기억난다. 난 손뼉을 치며 깔깔대면서 그날 하루 종일, 그다음 날에도, 그리고 그다음, 다음 날에도 놈을 졸졸 따라다니며 '우리 화부님' 이라고 놀려대고 또 놀려댔다.

돌이켜보면 놈과의 세월이 늘 암울했던 건 아니었다. 많은 날이 기쁨이었고 또 많은 날이 감동과 희망이었다. 그런데 왜 난 모든 게 불행이었다고 기억하는 걸까?

놈이 꼰대라서? 솔직히 그건 아니었다.

정말 정직하게 얘기하자면 놈은 공단의 진짜배기 꼰대들과는 조금은 다른 인간이었다. 새로운 세대를 이해해보려 노력하는, 적어도 인간의 소중함은 잘 아는 부류였다. 적어도 놈은 여성을 종 취급하거나 무시하진 않았다. 거짓과 부패에 익숙하지도 않고 진보는 모두 빨갱이라고 목에 핏대를 세우지도 않는 인간이었다.

그게 문제가 아니라면 난 왜 놈과의 모든 날이 불행이었다고 굳게 믿는 걸까? 사실 답을 알고 있었다.

돈이었다. 경제적인 문제로 허덕이다 보니, 간신히 한 고개를 넘으면 또 다음 고개가 나타나고, 그 고개를 억지로 넘으면 다시 또 조금 더 높은 고개. 그 끝없는 가난의 고갯길을 헉헉대며 넘다 보니 마침내 놈도 나도 지쳐버린 것이었다. 그리고 그 가공할 돈의 무게가 놈과 나의 화양연화, 모든 행복의 날을 깡그리 잡아먹어버린 것이었다. 알고 있었다. 다 알면서도, 아무리 승희와 준표의 하얀 배가 바다에 떠다녀도 어쩔 수 없는 일이었다.

아침 8시 반, 양양 터미널에 도착했다. 허기가, 갑자기 허기가 밀려왔지만 바로 앞 24시간 해장국집을 지나쳐 곧바로 택시를 잡아타고 딸이 문자로 보내온 주소를 내밀었다. 기사는 한 15분 걸린다면서 엑셀을 밟으며 속도를 올렸다.

창을 조금 여니 양양의 아침 바람이 얼굴을 스쳤다. 그 순간이었다. 입안에 침이 돌았다. 곧 침이 고이기 시작했다. 뭐지? 이게 무슨 맛이지?

그리고 또 떠오른 기억의 한 토막, 지난 30년 동안 단 한 번도 기억나지 않던 그날의 아침이 한순간 영상처럼 뚜렷하게 떠올랐다. 무채색의 바닷가, 파도 소리, 소금기 가득한 바람, 뿌연 창문, 비린내와 고린내, 그리고 놈과 나. 우린 횟집 앞 노상 의자에 마주 앉아 실랑이를 벌이고 있었다.

안 먹어.

그러지 말고 일단 맛만 보라니까.

싫어. 냄새가 싫어.

아, 진짜. 딱 한 번만 먹어보라고.

당신 정말 왜 이래? 내가 싫다고 했잖아.

이게 정말 밥도둑이거든. 이거 한 점 먹으면 입맛이 확 돌아, 날 믿어.

내 앞에 놓인 것은 바로 가자미젓이었다.

이북 출신 아버지 덕분에 가자미식해 맛은 익히 알고 있었다. 꽤 비슷해 보였는데 가자미젓갈은 식해완 완연히 달랐다. 무엇보다도 고약한 냄새, 청국장을 능가하는 고린내와 비린내.

아니 왜 멀쩡한 가자미를, 회로 먹어도 맛있고 구이로 먹어도 맛나고 찌개나 찜으로 요리해도 일품인 그 훌륭한 생선을, 굳이 발효를 시키겠다면 맛난 식해로 만들어 먹으면 될 것을 왜 하필 냄새나는 젓갈로 만들어 먹는단 말인가?

그때도 장소는 양양이었다. 그러고 보니 양양군 현남 해변가였다. 묵호에서 어린 시절을 함께 보냈다던 놈의 유일한 친구가 경영하는 신장개업 횟집이었다. 횟집 이름이 무슨 '새마을운동' 종류였는데…… 뭐였더라?

아무튼 그렇게 놈의 막무가내 고집 때문에, 놈의 친구 앞이라 화도 내지 못하고 어쩔 수 없이 가자미젓갈 한 점 맛을 봤다.

부드럽게 넘어가던, 씹을수록 쫄깃한, 짭짤하면서도 감칠맛이 확 도는, 톡 쏘는 식해와는 또 다르게 풍성한, 고리고 비리기 때문에 또 젓가락이 가는, 묘하게 뒷맛이 남는, 무엇보다도 정말 고소한, 결국 밥도둑임을 인정해야 했던 그 젓갈 맛.

내가 가자미젓에 빠져 정신없이 수저질을 하고 있을 때 놈은 한껏 폼을 잡고 바다를 보며 눈을 가늘게 떴다.

나한테 배가 있어.

아는 얘기였다. 수없이 들었던. 난 정신없이 가자미젓에 집중했다.

아버지 유산이지. 내 분신이야.

노골적으로 배를 노리며 미성년이었던 놈에게 자기를 법정대리인으로 세우라던 삼촌한테 안 뺏기려고 놈은 대신 친구 아버지를 대리인으로 세우며 배를 맡겼다. 온 묵호 바닥에 믿을 사람이 그분 한 분밖에 없었다고 했다.

놈은 계속 배 이야기를 이어갔다. 놈의 버릇 중 가장 견디기 힘든 게 바로 했던 말 또 하고 했던 말 또 하는 거였다. 이런 건 중간에 잘라줘야만 했다.

그래서 그 배가 얼마짜린데?

그걸 어떻게 돈으로 따져?

그럼 뭐로 따져?

아이고 이 화상아, 난 뱃놈의 아들이야. 그게 내 마지막 자존심이고.

그만 좀 해. 열 번만 더 들으면 백 번이야.

뱃놈이 무슨 뜻인지 알아? 평생 거친 바다에서 살아야 하는 뱃놈은 정해진 시간에 정해진 바다로 나가서 딱 주어진 시간만큼만 그물을 내려야 하는 거야. 바람이 거세면 배를 돌려야 하고 물길이 바뀌면 그물을 거둬야 해. 한번 약속한 건 반드시 지켜야 한다고. 욕심을 부리면 죽는 거야. 그게 뱃놈이야.

고향 떠난 후론 내내 뭍에서 살아놓고는. 뱃놈 아들은 개뿔.

정신을 얘기하는 거야, 정신.

근데 어떻게 수영은 그렇게 못해?

내가 왜 수영을 못해?

나보다 느리잖아. 기억 안 나? 작년에 수영장에서 나랑 내기했을 때?

수돗물에서 어떻게 제대로 수영을 할 수 있냐? 수영은 바다에서 하는 거야.

웃기고 있네. 그나저나 이 젓갈 진짜 고소하다.

젓갈 얘기에 놈의 얼굴이 금세 환해졌다.

기봐, 오빠 말만 믿으라니까.

그날 놈과 난 제법 다정하게 나란히 앉아서 해가 지는 바다를 하염없이 바라봤다. 놈과의 그런 한적하고 평화로운 데이트는 그게 처음이자 마지막이었다. 이상하게 그 이후로 난 양양을 한 번도 찾지 않았고 가자미젓갈 맛은 까맣게 잊고 말았다.

그런데 그 고리고 비린 맛이 입안에 잔뜩 고였다, 신기할 따름이었다. 무려 30년의 세월을 흘려보냈는데 이게 어떻게 이리도 생생할 수 있는지.

7번 국도를 씽씽 달리던 택시는 이내 꼬불꼬불하고 울퉁불퉁한 1차선 도로에 접어들더니 작은 부둣가에 진입했다. 15분이 마치 5분처럼 빠르게 지나갔다.

택시에서 내리니 고리고 비린 부둣가 냄새가 진동을 했다. 입안에 다시 침이 고이기 시작했다. 작고 고요한 부두에 배 대여섯 척이 묶여 있었다. 그 가운데 유난히 하얀 배가 눈에 들어왔다. 배 옆구리에 희미하게 보이는 '승리호'라는 검정 글씨. 낡고 작은 배 중에서도 유난히 더 낡고 작은 배였다.

언젠가 어디선가 본 적 있는 것 같은데. 기억 회로가 깜빡거렸다. 뒤편에서 바람 한 점이 횡하니 불어와 뒷목을 스쳤다. 서늘함.

"엄마!"

딸 목소리였다. 반가움. 돌아보니 약 50미터쯤 떨어진 방파제
아래, 오른편으로 심하게 휘어진 해송 옆에 자리한 낮고 허름한
횟집이 눈에 들어왔다. 그 앞에 해송과 반대편으로 휘어진, 알록
달록하고 지저분한 파라솔이 달린 노상 테이블에 한 무리가 앉아
서 뭔가를 먹고 있었다. 제일 앞이 지은이었다. 딸 맞은편에 놈이,
놈 옆에 사라와 요한이 앉아 있었다. 지은이 환하게 웃으며 두 팔
을 힘차게 흔들었다.

"할머니! 할머니!"

사라와 요한도 뭐가 그리도 좋은지 연신 콩콩 제자리 점프를
하며 날 반겨주었다.

그들 뒤로 '어부의 아들'이라는 횟집 간판이 눈에 들어왔다. 깜
빡거리던 회로에 불이 들어오면서 한순간 다 기억이 났다.

배민석인지 배석민인지, 놈의 유일한 친구, 횟집, 가자미젓갈.
놈은 자기가 '어부의 아들' 횟집 주인이라도 되는 듯이 의기양양
한 표정으로 날 보며 싱긋 웃었다. 현남은 놈의 어머니 고향이라
고 했다.

여기가 내 진짜 고향이야.

그러고 보니 놈이 뼈를 뿌려달라고 한 곳은 묵호가 아니고 현
남이었다. 다른 이의 뼛가루여서 그나마 불행 중 다행이었다.

놈의 배 이름이 뭐였더라? '승리호'는 아니었는데.

블루베리 케이크

사연은 이랬다.

어제 아침 사라와 요한이 갑자기 영어 어린이집에 가지 않겠다고 고집을 부리며 떼를 썼다. 이런 일은 처음이었다.

달랬다가 윽박지르다가 다시 달래다가 또 윽박지르다가 장난감과 인형을 몰수하겠다고 협박도 했다가 그 어떤 방법도 통하지 않자 그만 지쳐버린 장 서방과 지은은 소파에 주저앉아 도대체 왜 안 가겠다고 하느냐며, 그 이유를 물어봤다.

너무 피곤해.

장 서방과 지은은 기가 막혔다. 네 살 어린이들이, 실제론 생후 3년도 채 지나지 않은 꼬마들 주제에 너무 피곤하다니. 뭐가 그렇게 피곤한지 물으니 "사는 게 다 피곤하다"라는 더 기막힌 대답이 돌아왔다.

장 서방은 뜻밖에도 여기서 강압을 선택했다. 아이들을 완력으로 끌고 가려 했다. 아이들은 평소와 달리 눈물을 터뜨리며 저항을 했고 그럴수록 장 서방은 더 힘을 쓰며 두 아이를 끌어냈다. 장 서방에게 멱살과 팔을 잡힌 두 아이가 바닥에 질질 끌려 현관에 이르렀다. 사라와 요한은 엉덩이를 뒤로 빼고 다리를 뻗대며 악착같이 버텼으나 아빠의 완력을 이겨내진 못했다. 그만큼 장 서방의 의지는 단호하고 결연했다.

지은이 그 앞을 가로막았다.

지금 뭐 하는 거야?

어린이집에 가야 한다니까.

그렇다고 폭력을 써? 이건 아니지.

오죽하면 이러겠어? 영어는 하루라도 진도 놓치면 따라가기 힘들어.

사라 아빠, 정신 차려. 왜 이러는 거야?

여기에서 장 서방이 버럭 소리를 질렀다.

왜 이러느냐고? 몰라서 물어? 당신 때문이잖아. 당신이 이렇게 나오니까 애들이 말도 안 되는 짓을 하는 거야. 애들이 얼마나 영리한 줄 알아? 다 믿을 구석이 있으니까 저러는 거라고.

평소 돈 문제가 아니고선 절대 화를 내지 않는 장 서방이 이상하게 불같이 화를 냈다. 자연스럽게 장 서방과 지은의 말다툼이 시작되었다. 둘의 싸움은 점차 치열해졌다. 지은이 열을 내면 늘 한발 물러서던 장 서방이 평소와 달리 더 화를 내며 목소리를 높였다. 말다툼의 내용도 점점 더 심각해졌다.

당신이 문제야. 애들이 아니라 당신이 문제라고.

내가 뭐? 내가 뭘 잘못했다는 거야?

원칙이 없잖아, 원칙이. 아이들 교육은 원칙이 제일 중요한데 자기 마음대로잖아. 나 혼자 지키면 뭐 해? 당신이 이렇게 다 깨버리는데.

아직 어린애들이야. 겨우 네 살이라고. 그런데 힘을 쓰다니. 당신 정상이 아니야.

맞아, 정상 아니야. 내가 지금 이 심각한 상황에서 어떻게 정상이겠어? 애들 앞으로 갈 길을 생각해봐. 초등학교, 중학교, 고등학교, 대학 진학, 그리고 취업전선을 생각해보라고. 모든 게 전쟁이야. 전쟁에서 승리하려면 자기 관리가 제일 중요해. 지금 습관을 들이고 스스로 이겨내야 하는 거라고. 애들이 지금 거기에 도전하는 거야. 위기야. 위기 중에서도 제일 심각한 상황이라고. 여기서 밀리면 끝이야. 강압적이라고? 더한 폭력도 쓸 수 있어. 애들을 위해서야. 어쩔 수 없는 거라고.

솔직히 영어에 피아노에 태권도에 발레에, 너무 심하단 생각 안 들어?

뭐가 심해? 난 하고 싶어도 못 했던 것들이야. 이건 능력 있는 부모만 해줄 수 있는 혜택이라고. 지금 저것들, 고마운 줄 모르고 배부른 소리 하고 있는 거야.

싸움은 가장 안 좋은 경우로 흘러갔다. 화를 참지 못한 장 서방과 지은은 결국 서로를 비난하기 시작했다.

장 서방하면 떠오르는 것, 두 가지. 하나, 지독한 구두쇠다, 둘, 무슨 일이든 너무 참는다. 장 서방은 그게 뭐든 일단 참고 시작한다. 그러다가 터진 것이니 자기도 어떻게 수습을 해야 할지 알 까닭이 없었다.

당신 열등감은 원인을 제공한 당신 엄마한테 가서 풀어. 그걸 왜 애들한테 풀어?

열등감하면 당신 아니야? 하긴 뭐, 당신 아버지 꼬라지를 보면 결코 쉽게 풀릴 열등감이 아니겠지만.

꼬라지? 말이면 다 하는 줄 알아?

왜 소리를 질러? 그래, 결국 본색이 드러나는군. 역시 그 아비에 그 딸이야.

당장 사과해. 안 해?

아니야? 아니면 아니라고 해봐. 짜증 나, 실패한 인생들.

사실 장 서방은 오래전부터 내게, 우리 가족에게 화가 나 있었다. 민재의 가평 별장 때문이었다. 내 명의로 바꿔준단 소리에 장 서방은 내색하진 않았지만 속으론 뛸 듯이 기뻐했다. 장 서방은 그 땅이 꼭 필요했다. 그는 가까운 미래에 거기에 그럴듯한 요양원을 짓고 싶어 했다. 그 꿈이 장 서방 인생의 최종 목표였으며 또한 성공의 마지막 열쇠였다. 그런데 그게, 그 촘촘하고 세밀하고 정교하고 확실했던 계획이 하루아침에 다 틀어지고 말았다. 놈 때문이었다. 놈 때문에 내 결혼이 어떻게 될지 모르게 된 것이다. 장 서방 입장에선 놈의 등장은 사탄 마귀의 저주에 가까웠다.

아무리 그렇다 해도 우리보고 실패한 인생이라고?

몹시 불쾌했지만 난 애써 내색하지 않았다.

아이들을 데리고 집을 나온 지은은 곧바로 놈에게 전화를 했다. 놈이 나와 첫 데이트를 하고 있던 바로 그 시각이었다. 놈은 날 카페에 놔두고 허겁지겁 딸과 손자, 손녀에게 달려가 그들을 데리고 곧장 양양으로 왔다. 지은이 왜 양양이냐고 물으니 놈은 딸과 손주들에게 꼭 여기 파도 소리를 들려주고 싶다고 했단다.

놈의 그 탈탈거리는 똥차를 타고 양양에 도착한 지은과 아이들은 현남 바다를 보더니 곧 남편과 아빠와 주간보호센터와 어린이집과 각종 학원을 깨끗하게 잊고 강아지들처럼 모래사장을 뛰어다녔다.

지은은 왜 나도 아니고 상우도 아니고 외삼촌도 아닌 놈에게 전화를 했을까?

바닷가에서 뛰어다니기만 했느냐 물으니 지은은 약간 흥분한 목소리로 놈이 지은과 아이들에게 '동전치기'를 가르쳐주었다고 했다.

이런 미친!

목표 지점을 정해놓고 동전을 던져 거리가 가장 가까우면 이
기는 단순한 게임. 종종 벽에 한 번 부딪히게 던지는 경우도 있다.
놈과 지은, 사라와 요한은 해가 저물 때까지 횟집 앞 해송 아래 시
멘트 바닥에서 정신없이 동전치기에 몰두했는데 최종적으로 사
라는 230원을, 요한은 무려 560원을 땄다면서 낄낄댔다.

썩을 놈.

놈은 노름엔 젬병이었다. 공단에서 남자들은 틈만 나면 화투
판을 벌였지만 다행스럽게도 놈은 그런 쪽은 쳐다보지도 않았다.
그런데 자기 딸과 손자 손녀에게 화투도 아니고 카드도 아니고
개중 가장 천박해 보이는 동전치기를 가르치다니. 아이러니하게
도 중국 땅 화재 사건에서 놈을 살린 건 바로 동전치기였다.

이 부분에서 놈은 목소리를 조금 더 높였다.

거기서 나랑 같은 처지의 인간들은 곧 시간의 흐름도 잊어버
렸어. 그냥 해가 떴다가 지면 하루가 지났다는 것만 알 뿐이었지.
대충 한 달이 지나고 두 달쯤 지나자 그럭저럭 돌 깨는 데 요령도
생기고 겨우 여유란 게 생겼어. 웃기는 게 말이야, 비로소 조금 생
긴 그 여유 속에서도 그 누구도 탈출을 얘기하는 이가 없었단 거
야. 왜 그랬을까? 그냥 포기? 아니면 절망? 모르겠어. 아마도 서
로 믿지 못했다는 것, 그게 제일 크지 않았을까? 여유를 찾고 기
껏 우리가 한 게 바로 동전치기였어. 하루 한 30분쯤 주어지는 휴

식 시간에 누군가 동전 대신 돌멩이로 시작했지. 당신도 알지? 군에 있을 때 동료들하고 매일 동전치기 했던 거.

아니었다. 잘못된 기억이었다. 군대에서 놈의 동료들은 축구와 족구만 했다. 하도 지겹도록 들어서 다 외우고 있는 스토리였다.

내가 원래 돈 걸고 하는 건 안 하잖아. 군에서도 안 했는데 거기서 하게 된 거야. 그런데 말이야, 전혀 몰랐는데 내가 그쪽으로 소질이 있었던 거야. 아니, 소질 정도가 아니라 완전 동전치기 천재였어. 그야말로 군계일학이었지. 학도 그냥 학이 아니라 백학이었어, 백학. 그 예전에 모래시계 드라마에서 나온 노래 말이야. 알아? 아, 그래, 짧게, 짧게. 아무튼 이게 참 경쟁이 되니까 다들 목숨 걸고 달려들었는데. 그러다가 그게 죽 그릇을 걸고 벌이는 진짜배기 내기가 되어버린 거야. 죽 그릇이 걸리자 정말 다들 눈에 불을 켜고, 입에 게거품 물면서 내기에 몰입했지. 그 후론 죽 그릇 걱정은 아예 안 하게 되었고. 참, 옥수수죽 몇 그릇에 행복해하다니. 이걸 슬퍼해야 하는 건지, 기뻐해야 하는 건지. 우리가 너무 재미있게 돌멩이치기를 하니까 해골 놈들도 하나둘 끼어들기 시작했어. 놈들과는 죽 그릇을 걸고 할 수 없으니 다른 내기가 필요했지. 우리가 지면 놈들 빨래를 대신 해주기로 하고 이기면 죽을 더 주기로 하고. 근데 가만히 생각해보니 이게 불공평한 거야. 우린 노동력을 제공하는데 놈들은 그냥 죽만 더 퍼주면 끝이었거든. 놈들은 사실 손해 볼 게 하나도 없었던 거야. 그래서 제대로 된 내기를 하려고 계획을 세웠지. 그중 제일 만만해 보이는 놈, 그러니까 지면 제일 발끈하는 놈과 내기를 하면서 계속 살살 약을 올렸어. 놈은 날 한 번이라도 이겨보려고 아주 똥을 싸더라고. 놈이 완전히 돌멩이치기에 빠져들었을 때 난 놈과의 내기를 딱 끊어버렸지. 화가 난 놈은 날 협박했지만 난 꿈쩍도 하지 않았어. 어쩔 거야, 내가 안 하겠다는데. 약이 바짝 올랐는지 놈이 아주 난리 부르스에 탱고까지 쳤어. 그때 은근히 제안을 했지. 잘 때만이라도 족쇄를 풀어달라고. 너무 아프다고. 처음엔 안 된다고 하다가 나중엔 결국 넘어왔지. 어쩌겠어. 날 어떻게든 이기고 싶은데. 그 덕분에, 돌멩이치기 덕분에 난 마침내 족쇄의 고통에서 해방될 수 있었어. 그 기분이란. 지금 돌이켜봐도 결코 어떤 단어로도 표현할 수 없어. 그 가볍고 상쾌하고 날아갈 것 같은, 하늘로 붕 뜨는 기분이란. 자유, 그래, 바로 자유의 맛이었어.

여기서 놈의 목소리가 확 바뀌었다. 칼칼함이 진해지면서 떨리기 시작했다.

그리고 바로 그날이었어. 처음 족쇄의 고통에서 벗어나 그야말로 발에 날개를 단 기분으로 제대로 된 단잠에 빠졌던 날, 바로 그날 컨테이너에 불이 난 거야. 왜 불이 났느냐고? 빤하지 않아? 원래 그렇게 대충 세운 컨테이너 임시 숙소란 데는 다 여기저기에 정신없이 전깃줄을 잔뜩 꽈놨거든. 출입구 천장에서 제일 먼저 파바박, 불꽃이 튀더니 눈 깜짝 할 사이에 불길이 일어나 번진 거야. 해골들은 당황해서 우왕좌왕하다가 그냥 자기들만 밴을 타고 싹 내빼버렸어. 나쁜 놈들. 잡혀 온 이들은 족쇄 때문에 꼼짝할 수 없었어. 불길은 점점 거세지고, 사람들은 절규하고, 그건 말 그대로 아비규환, 차마 눈 뜨고 볼 수 없는 참상이었어. 나만, 오직 나만 그 화마에서 벗어날 수 있었지. 난 그들을 도와주고 싶었어. 족쇄를 풀어주고 함께 도망치고 싶었어. 정말이야, 하지만 불가능했지. 독을 품은 가스가, 검은 연기가, 시뻘건 불길이 순식간에 밀려오니까 정신이 없더라고. 사람들이 울부짖고 온몸을 비틀고 악을 쓰다가 하나둘 쓰러져갔지. 한쪽 지붕이 먼저 무너졌고 난 쓰러진 사람들을 밟고 일어나 뚫린 지붕으로 탈출한 거야. 예전 중국 땅으로 끌려갈 때 배 밑바닥 참상과는 비교도 할 수 없는, 그 무자비하고 처참한 지옥 속에서, 그 속에서 나만 살아남은 거야.

이 얘기를 하면서 놈은 줄줄 굵은 눈물을 흘렸다. 듣던 나도 눈물이 났다.

놈이 돌아오고 며칠이 지난 후 상우를 집으로 불러 다그쳐봤다. 대련에 갔을 때 왜 아빠 시체를 확인도 하지 않고 돌아와서 내게 엉뚱한 뼛가루까지 보여주며 입에 침도 안 바르고 새빨간 거짓말을 했느냐고. 한참을 망설이다 상우가 입을 열었다.

사진을 봤어. 새까맣게 탄 시체들이, 시체라고 할 수도 없는 까만 물체들이 이리저리 뒤엉켜 있는 걸 말이야. 너무 끔찍해서, 엄마한테 아빠가 그렇게 떠났다는 걸 차마 얘기할 수 없었어. 반쯤 불탄 아빠 주민증을 확인한 게 다였어. 그쪽에서 내주는 뼛가루를 가지고 돌아서는데…… 더 이상 뭘 어떻게 할 수가 없었어.

나를 속인 오빠와 상우가 여전히 괘씸했지만 사정을 듣고 곰곰이 생각해보니 만약 내가 그 자리에 있었다고 해도 같은 선택을 했을 것 같았다.

아침 9시 반, 놈이 횟집 안에서 동그란 쟁반을 들고 나와 날 보며 활짝 웃었다. 놈이 지은 가족 테이블 바로 옆 2인용 식탁에 내 아침 식사를 차렸다. 반찬은 꽁치구이와 매운탕, 적당히 익은 강원도 김치, 그리고 가자미젓갈이었다. 난 옆자리 지은을 보며 눈을 동그랗게 떴다.

"애들이 정말 이렇게 먹었다고?"

"어, 엄마, 다들 얼마나 잘 먹었는데. 진짜 오랜만에 밥다운 밥을 먹었어."

제일 먼저 가자미젓에 손이 갔다. 젓갈은 전혀 고리거나 비리지 않았다. 입안에 가득 고인 침. 부지런히 수저를 놀렸다. 딱 5분만에 한 그릇 뚝딱했다. 식사가 끝나자 곧바로 졸음이 몰려왔다.

'어부의 아들' 안에서 나온 덩치 큰 사내가 내게 다가왔다. 사내는 탁자에 믹스 커피를 조심스럽게 내려놓고는 날 보며 수줍게 웃었다. 놈이 사내의 팔을 툭 쳤다.

"알지, 내 불알친구, 민석배."

"어…… 알아."

중학교 국어 교사를 그만두고 이곳에 와서 횟집을 열었다가 부모의 결사반대로 다시 묵호 학교로 돌아갔다는 사내. 배민석이 아니었다. 배석민도 아니었다. 작년에 부모가 석 달 간격으로 차례로 세상을 뜨자 묵호 생활을 완전히 정리하고 현남으로 돌아와서 다시 횟집을 열었다고 했다.

"잘 지내셨어요, 제수씨. 그새 더 아름다운 분이 되셨습니다."

사라와 요한이 "할머니가 아름답대, 할머니가 아름답대"를 외치며 이리저리 뛰어다녔다. 지은도 쿡 웃음을 터뜨리며 고개를 숙였다. 대꾸할 말이 없어 나도 시선을 바다로 돌려야 했다. 놈이 크게 웃으며 친구에게 괜히 눈을 부라렸다.

"감히 누구한테 수작이야? 꺼져, 이놈아."

"알았다, 이놈아."

아침 10시. 한껏 힘을 받은 햇빛이 바다에 내려앉았다. 빛이 흩어지며 색이 변했다. 주황, 초록, 그리고 보랏빛 반짝임. 파도가 신나는 노래를 부르며 힙합 춤을 추었다, 멀리 수평선엔 점으로 보이는 물새 떼가 무리 지어 날았다. 놈은 늘 바다는 소리라고 했다. 그러다 때론 냄새라고도 했다. 하지만 내게 바다는 늘 빛이었다. 낮은 낮대로, 밤은 밤대로 바다에선 언제나 낯선 색색의 빛이 저마다 다른 춤을 추었다.

횟집 가까이에 우리를 위한 숙소가 있었다. 낮은 나무 울타리로 둘러싸인 한 30평쯤 되어 보이는 나무색 2층 단독주택이었다.

작은 마당엔 잘 다듬어진 잔디가 깔렸고 한구석 꽃밭엔 가을국화가 만발했다.

건물은 겉에서 보기엔 다소 허름했는데 내부는 생각보다 훨씬 깨끗했고 편리했다. 아래층엔 바다가 환히 보이는 비교적 넓은 거실과 아일랜드 식탁까지 갖춘 신식 주방에 깔끔한 욕실, 2층엔 쾌적하고 조용한 침실 두 개가 마주하고 있었다. 2층 테라스 한구석엔 바비큐 장비와 식탁이 자리했다.

아직도 묵호 아들 집에 머물며 철없는 남편이 돌아오길 기다리고 있다는 석배 씨의 아내가 혹시나 마음을 바꿔 현남에 오면 함께 여생을 보내려고 석배 씨가 정성스럽게 가꾼 집이라고 했다. 당분간 지낼 곳이 필요하다는 놈의 말 한마디에 선뜻 이 집을 내주더라면서 지은은 엄지손가락을 치켜세웠다.

시간이 너무 빠르게 흘렀다.

아침 10시 반, 어젯밤 흥분해서 뛰어노느라고 늦게까지 잠을 설쳤다는 사라와 요한은 깊은 잠에 빠져들었고 놈은 어깨를 바짝 세우고 콧구멍까지 벌렁대면서 딱 한 시간 만에 가자미 백 마리를 낚아 오겠다는 참 재미없는 허풍을 떨며 제 불알친구와 함께 '묵호호'를 타고 바다로 나갔다.

창을 조금 여니 파도치는 소리가 은은하게 들렸다. 지은과 난 소파에 앉아 바닷소리를 들으며 녹차를 마셨다.

"언제 돌아갈 거야?"

"안 가."

"알아, 어떤 마음인지 아는데……."

"엄마는 몰라."

"지은아."

"이혼할 거야."

이 정도로, 겨우 이 정도 다툼으로 끝내겠다니. 인생이 그렇게 가벼울 수 있단 말인가? 입을 열면 목소리가 커질 것 같아 차를 마시며 마음을 다스렸다.

'그래, 일단 들어보자. 다 듣고 설득해도 늦지 않아.'

바다를 보며, 간간이 차를 마시며 딸은 담담하게 말을 이었다.

이게 처음이 아니었다는 것, 가평 별장이 날아간 뒤론 별것 아닌 일로 불쑥불쑥 발끈하더라는 것, 그때마다 참고 넘겼다는 것, 그리고 보름 전쯤인가 우연히 장 서방 폰의 패턴을 알게 되었다는 것, 늘 함께 생활하던 터라 별것 없을 게 빤한데도 혹시나 자기 폰을 볼까 봐 늘 전전긍긍하던 게 궁금해서 장 서방이 샤워를 할 때 대체 뭐가 있기에, 하는 호기심 반 장난 반으로 몰래 그의 폰을 열어봤다는 것.

"이것저것 걸리는 게 꽤 있었지만 무엇보다도 메인은 자기 엄마랑 주고받은 문자였어. 그 여자하고 장진호가 날 모지리라고 부르더라고. 왜? 둘이 짜고 딴 주머니 차는 걸 내가 몰랐다고 생각했나 봐. 그 여자가 자기 아들한테 부부란 언제 어느 때 남이 될지 모르는 거다, 그러니까 열심히 딴 주머니를 차라고 바람을 넣었고 장진호는 열심히 내가 땀 흘려 번 돈을 빼돌려서 그 여자 계좌로 송금을 했고. 진짜 알뜰하고 살뜰하게 빼돌렸더라고. 돈이 샌다는 걸 알고는 있었어, 자기도 필요한 게 있겠지, 하고 모른 척했는데 설마 그렇게 많이 빼돌렸을 줄은 상상도 못 했어. 맞아, 난 그 모자 말대로 모지리였던 거야."

그뿐이 아니었다. 격렬한 사랑은 없었다고 하지만 그래도 오랜 시간 임용고시 준비와 수학 학원과 주간보호센터를 함께 하면서, 그야말로 인생의 고락을 같이하면서, 두 아이를 낳고 키우면서 쌓아온 신뢰와 애정, 그 수많은 나날이 무색할 만큼 장 서방과 장 서방 엄마는 신이 나서 지은과 나, 상우를 욕하느라 날 새는 줄 몰랐다고 했다. 놈이 나타난 후 모자의 쌍욕은 극에 이르렀다.

— 미친 거 아니야? 이제 와서 재결합이라도 하겠단 거야, 뭐야? 완전 사이코네.

— 장모도 또라이지만 모지리 그것도 똑같아. 아주 쌍으로 미쳐서 날뛰는데 도저히 못 봐주겠어. 이건 뭐 콩가루도 이런 콩가루가 없어.

— 그래서 최민재는?

— 그 양반이 아무리 머저리라고 해도 이걸 참을 수 있겠어? 가평 별장이고 뭐고 완전히 다 날아간 거지, 뭐.

— 아주 모지리 파티를 하고 앉아 있네. 아니 근데 왜 우리한테

피해를 줘?

— 내 말이 그 말이야.

— 처남이란 물건은 뭐래?

— 그것도 똑같지 뭐. 시가 뭐 대단한 예술가라도 되는 줄 알더라니까. 똥폼 잡는 거 진짜 웃겨. 똑같은 모지리야. 멍청한 짓만 골라서 해.

— 그 피가 그 피겠지.

문자를 다 읽고서야 지은은 비로소 장 서방이 자길 단 한 번도 사랑한 적이 없었다는 걸 깨달았다고 했다.

"곧바로 엄마한테 전화를 하지 왜 참고 있었어?"

"이상하게 엄마한텐 얘기 못 하겠더라고. 아마도 무서웠던 것 같아."

"뭐가?"

"이런 끝이 올까 봐."

예리한 칼로 베인 것 같은 느낌. 짧지만 강한 고통이 일었다가 사라졌다.

"더 기막힌 건 말이야. 그걸 다 읽고서도 화는 엄청 나는데 별로 슬프진 않더란 거야. 오히려 뭔가 잘되었단 생각? 양양에 와서 바다를 보는데 처음 떠오른 생각이 '아, 좋다, 장진호가 없다!'였어. 처음엔 이걸 어떻게 똑같이 갚아주나, 어떻게 보복해야 그야말로 똑 부러지게 복수했다고 소문이 날까, 했는데 근데 이것저

것 따져보니 나도 마찬가지였던 거야. 그 인간을 단 한 번도 사랑한 적이 없었던 거지."

어떻게 해야 할까? 이럴 때 엄마는 어떤 충고를 해줘야 하나?

지은의 얘기를 다 듣고서 속으로 놀랐던 건 아무리 모자간 뒷얘기라 해도 그야말로 졸지에 사이코 또라이가 되었는데 이상하게 나도 화는 나는데 별로 크게 아프거나 슬프진 않다는 거였다.

'그랬구나. 나도 장진호를 단 한 번도 가족으로 여긴 적이 없었구나.'

지은과 난 침묵했다. 가끔씩 가슴 근처에서 통증이 일었다. 분노였다. 그뿐이었다. 점점 더 마음이 가라앉으며 분노가 묽어졌다. 그리고 이윽고 담담함이 찾아왔다. 지은도 같은 마음인 것 같았다.

그래도 이혼은 안 된다.

왜 안 되는가? 그런 것들을 용서하고 아무 일 없었다는 듯 지낼 수 있단 말인가? 무엇보다도 아무런 애정 없이 부부 관계를 이어갈 필요가 있단 말인가?

그래도 이혼은 안 된다.

무조건 난 반대였다. 왜 반대하는가? 일단 떠오른 감정은 두려움이었다. 막연하지만 난 분명히 딸의 이혼이 몹시 무서웠다. 구체적으로 무엇이 그렇게 두려운지는 이제부터 곰곰이 따져볼 작정이었다. 잠시 이혼 생각에서 벗어나고 싶었다.

"그런데 왜 서준표였어?"

"뭐가?"

"왜 하필 저 인간한테 연락했냐고?"

지은이 천천히, 마치 영화 속 '슬로모션'처럼 그렇게 느리고 크게 웃음 지었다.

"아빠가 글쎄, SNS로 케이크 선물을 보냈더라고."

"서준표가?"

"어."

"말도 안 돼."

순간 키오스크가 떠오르며 마음이 칼칼해졌다. 참 노력한다는 생각.

"엄마도 알지? 보내는 사람이 먼저 돈 다 내고 받는 사람은 주소만 적어 넣으면 배달해주는 거. 세상에 아빠가 그런 걸 했더라고. 처음엔 아빠가 어떻게 이런 걸 했지, 의아해하다가 정신이 번쩍 들었어. 우리가 이런 걸 주고받을 사이인가? 물론 아니었지. 그래서 안 받겠다고 했는데 계속 SNS를 보내와서, 진짜 한 스무 번 정도 계속 보내와서 할 수 없이 주소를 적고 선물을 받았어. 그 선물이…… 예전에 내가 제일 좋아했던 블루베리 케이크였어. 기억나, 엄마? 내가 그렇게 얘기해도 아빠가 매번 다른 케이크 사 오던 거?"

기억나지 않았다. 하지만 아이들이 치즈버거를 사 오라고 하면 불고기버거를 사 오고 퇴근할 때 집 앞 마트에서 파 한 단만 부탁한다고 하면 당근을 사 오고, 심지어 내 계좌로 돈을 보내라고 하면 오빠 계좌로 돈을 송금하고…… 그런 일은 워낙 빈번했던 터라 전혀 새삼스러운 얘기는 아니었다.

"블루베리, 블루베리 노래를 불렀는데 그놈의 스트로베리, 딸기 케이크만 세 번 연속 사 왔었잖아. 어쨌든 베리는 베리라고 빡빡 우기면서. 그리고 그날 말이야, 내가 임용고시 포기한다고 엄마 아빠한테 처음 얘기했던 날이 하필 아빠가 처음으로 제대로 된 블루베리 케이크를 사 온 날이었어. 내가 포기하겠다고 하자 아빠가 제일 처음 한 행동이 바로 벌떡 일어나서 그 케이크를 들고 나가 통째로 쓰레기통에 버린 거였어. 정말 기억 안 나?"

이상하게도 기억나지 않았다. 기억은 안 났지만 놈이라면 충분히 그러고도 남을 인간이었다. 지금 돌이켜봐도 참 힘든 시간들이었다.

"아빠 그게 그렇게 미안했었나 봐. 그 마음이 그냥 전해지더라고. 사라, 요한이한테도 주지 않고 혼자서 식탁에 앉아 아빠가 보낸 케이크를 먹는데 저절로 눈물이 줄줄 흐르는 거야. 한참 옛날 생각을 하다가 용기를 내서 아빠한테 전화를 했어. 그리고 또 한참을 망설이다가 그땐 나도 미안했다고 했지."

다행이었다. 딸이 메고 다니는 커다란 배낭에서 벽돌 한 장이 빠진 셈이었다.

"그랬더니 아빠가…… 그런 건 다 괜찮다고, 다 지난 일이라고, 진짜 중요한 건 지금 서지은이 충분히 행복한가? 그거라고."

지은이 울음을 터뜨렸다. 지은의 울음이 점점 더 커져갔다. 지은의 옆으로 옮겨 앉아 딸의 등을 토닥여줬다. 그것 외엔 달리 할 수 있는 일이 없었다. 지은의 오열은 쉽게 멈추지 않았다. 들썩이는 지은의 등을 쓰다듬었다.

딸과 손자, 손녀는 어쩌면 꽤 오랫동안 이곳에 머물 것 같다는 생각이 들었다.

그럼 어린이집은 어쩌지? 영어 진도는? 학원비는? 보통 비싼 게 아닌데 혹시 절반이라도 돌려받을 수 있는 건가?

만약 지은이 정말로 장진호와 이혼을 한다면? 장진호는 과연 그걸 받아들일까? 딸은 그 자린고비 모자한테서 법이 정한 대로 재산의 반은 받아낼 수 있을까? 사라와 요한의 양육권은? 그건 절대 양보할 수 없지. 가만있자, 내 주변에 변호사가 있던가? 명원의 마당발 남자친구한테 변호사 친구도 있지 않을까? 지금 전화해볼까?

이런저런 걱정을, 사실 대단히 심각한 걱정을 하다가 블루베리 케이크가, 난 맛도 모르는 그 케이크가 갑자기 먹고 싶어졌다.

감자전

일주일이 흘렀다. 여러 가지 일이 일어났다.

오빠와 은영이 소식을 듣고 곧바로 현남으로 달려왔다. 바닷가에서 놈과 함께 깔깔대는 지은과 아이들을 보며 둘은 혀를 차면서 고개를 흔들어댔다. 지은을 이대로 둘 거냐면서 오빠가 날 몰아세웠다. 오빠는 화가 나서 도저히 참지 못하겠다는 표정이었다. 내가 아무 말 없이 웃기만 하자 오빠는 씩씩대며 자리를 박차고 일어났다.

엄마란 사람이나 딸이란 사람이나 참. 이게 다 저 인간 탓이야.

어수선하고 어색한 분위기를 피해 은영과 함께 바다로 나갔다. 은영은 이깟 일로 이혼 운운하는 건 말도 안 된다면서, 겨우 이런 일로 갈라선다면 자기는 벌써 골백번도 더 오빠와 헤어졌다고 연신 투덜대며 잠시도 입을 쉬지 않았다. 백사장을 걸으며 바닷바람을 맞다가 한순간 걸음을 멈추고 은영을 똑바로 쳐다봤다.

너지?

뭐가?

서준표한테 우리 집안일 꼬치꼬치 다 일러바친 스파이 말이야. 너 맞지?

애가 지금 무슨 소리를 하는 거야?

맞구나!

아무리 친구라고 해도 이건 좀 심하다는 생각 안 드니? 너무 기분 나빠.

은영은 눈을 부라리고 손사래까지 치며 강하게 부정했지만 난 크게 흔들리는 은영의 눈동자를, 연신 아랫입술을 축이는 그녀의 분홍빛 혀를 목격하고야 말았다.

대충 예상은 하고 있었다. 아무리 우리 주변을 어슬렁댔다곤 해도 놈은 같이 살지 않는 이상 절대 알 수 없는 은밀한 사정까지 너무도 소상히 알고 있었다. 누군가 알려주지 않았다면 불가능한 일이었다. 한 명, 한 명을 꼽아보다가 난 스파이는 은영이란 결론을 내렸다. 무엇보다도 다른 건 다 알려주고 공장 땅값 오른 것만 뺀 것을 보면 은영이 가장 유력했다.

난 몹시 궁금했다. 은영은 이득 없인 절대 움직이지 않는 친군데 놈에게 우리 집안일을 그렇게 세세하게 알려주고 과연 어떤 이익을 얻었을까? 하지만 은영은 끝까지 입을 다물고 도망치듯 서둘러 양양을 떠나버렸다.

지은의 이혼 문제로 정신없는 와중에 상우와 미주가 결혼식 날짜를 받았다.

딱 한 달 뒤, 가을의 끝자락, 겨울의 초입이었다. 오빠 내외는 지금이 그럴 상황이냐며 또 고개를 절레절레 흔들어댔고 지은도 자기 사정을 봐서 조금만 늦췄으면 좋겠다고 했지만 상우는 예의 묵묵부답으로 맞서며 고집을 부렸다.

내 생각은 달랐다. 난 찬성을 했다.

사실 둘이 결혼을 미룰 특별한 까닭이 없었다. 누이가 당장 이혼을 한다는 것도 아니지 않은가? 내가 그 전에 민재와 결혼하는 것도 아니지 않은가? 둘은 이미 프러포즈까지 끝난 상황이지 않은가? 가족들이 전전긍긍하는 보험금 환불과 유산상속을 빼면 도대체 뭐가 문제란 말인가?

내가 찬성을 하자 상우는 비로소 바짝 세운 어깨를 내리고 안도의 숨을 내쉬었다. 이른 아침 상우가 보랏빛 국화 한 송이를 손에 들고 혼자 집으로 찾아왔다. 상우와 마주 앉아 재첩을 먹었다.

누나 정말 이혼한대요?

모르겠다.

할 때 하더라도 우리 결혼 이후에 했으면 좋겠어요.

그렇겠지. 그게 그렇게 빨리 되겠어?

결혼식에 민재 아저씨 초대했어요.

그래.

아빠도 부르기로 했어요.

뜻밖이었다. 도대체 왜?

상우는 잠시 우물쭈물하다가 어렵게 입을 열었다.

첫 번째 데이트 이틀 전, 놈은 상우와 미주를 자기 똥차에 태우고 인천 신포시장으로 달려갔다. 놈은 시장 제일 끝에 자리한 산동만두에서 만두와 공갈빵을 샀다. 월미도 공원 벤치에서 셋은 만두와 공갈빵을 먹었다.

만둣집 하겠다면서? 이 맛을 내봐. 절반만 따라 해도 대박이야.

미주는 아주 맛있게 만두를 먹었다고 했다. 오래전 놈이 가끔 사 와서 상우와 나는 아는 맛이었다. 미주는 신경 써주는 놈에게 고마워했고 곧 놈과 친해져서 상우 어릴 때 추억으로 놈과 함께 얘기꽃을 피웠다.

원래 만화를 좋아했어요?

어. 틈만 나면 만화에 푹 빠져서 어릴 때 많이 혼났지.

언제부터 만화를 그리겠다고 했나요?

상우에게는 아주 오래된 꿈이었던 것 같아. 그런데…… 애 엄마랑 내가 그걸 무시하고 너는 이과 성향이니까 공대를 가라고 했어.

네?

곰곰이 기억을 되살려보니까 말이야, 상우는 우리에게 몇 번 만화를 그리고 싶다고 했던 것 같아. 그런데 애 엄마랑 난 그 얘길 귀담아듣지 않았어. 상우가 정말, 정말 어렵게, 용기를 내서 꺼낸 얘기였을 텐데 말이야. 그걸 깡그리 무시했으니. 지금도 그 생각을 하면 아들한테 미안하고 마음이 많이 아파.

여기서 놈은 상우에게 사과를 했다. 진지하게, 구체적으로, 무겁게, 솔직하게.

상우는 그런 분위기가 너무 어색해서 자리를 떴고 부두로 걸어가며 한참 동안 눈물을 흘렸다고 했다. 울면서 부두를 걷는데 바다 쪽에서 가을바람이 불어왔고 오랫동안 가슴에 남아 있던 뭉툭하고 말랑말랑하고 찐득하고 무거운 뭔가가 기체가 되어 술술 빠져나가는 게 확실하게 느껴졌다면서 아들은 내 시선을 피하며 눈시울을 붉혔다.

상우는 창밖으로 시선을 두고 지나가듯 혼잣말을 했다.

글쎄, '궂은비 내리는 날'이, 내 골수팬이, 레알 재미있다고 매번 똑같은, 아주 노인네 쩌는 냄새 풀풀 풍기는 평을 달았던 그 양반이 바로 아빠였더라고. 상상도 못 했어. 보니까 ……하나도 안 빼먹고 내 만화를 다 본 거야.

상우는 재첩을 두 그릇이나 먹고 가벼운 발걸음으로 제 작업실로 돌아갔다.

그러고도 이런저런 일이 일어났다.

내겐 그리 크게 중요하지 않지만 가족들에겐 제일 중대하고 민 감한 일도 일어났다.

드디어 공장 땅이 팔렸다. 난 태어나 처음 수십억 대 재산가가 되었다. 세금을 제하고도 30억에 가까운 현금이 내 통장으로 입 금되자 그날부터 매일 아침 오빠 내외나 상우 커플, 이혼 때문에 바쁜 지은까지 내게 안부 전화를 해댔다.

내가 과연 약속을 지킬 것인지 다들 불안한 모양이었다. 놈의 귀환이, 예측하기 힘들어진 미래가 그들을 초조하게 만든 것이었 다. 이해가 되면서도 괜히 심술이 났다. 매일 걸려 오는 전화를 꼬 박꼬박 다 받으면서도 난 일체 상속에 대한 언급을 피했다.

마음이 변한 건 아니었다. 상속세까지 다 물고 약속대로 나눠 줄 작정이었다. 다만 수십 억대 재산가로서 일종의 유세는 좀 부 리고 싶다는, 그런 치사한 마음이었다.

민재는 아마도 오빠를 통해 모든 사정을 듣는 것 같았다. 현금 이 통장에 꽂히던 날, 민재가 또 편지를 보내왔다.

내 모습이 보고 싶어 눈병이 났고 내 목소리가 듣고 싶어 귓병 도 났고 내 향기가 그리워 콧병도 났으며 기다리다 그만 지쳐서 마음 병까지 겹쳤다는, 참 읽기 민망한, 누구라도 볼까 부끄러운 내용이 반듯한 글씨체로 줄줄이 이어지는, 그런 편지였다.

편지를 읽고 그에게 곧장 전화를 했다.

— 날 못 믿겠어?

— 믿어.

— 그런데 왜 불안해해?

— 이건 어쩔 수 없는 거야. 아무리 믿어도 불안한 거야.

— 될 수 있는 대로 빨리 돌아갈게.

— 고마워.

이런 젠장, 고맙다고? 화를 내도 모자랄 판에 고맙다고? 짜증
이 났다. 미안해하고 고마워해야 정상인데 난 이상하게 민재에게
짜증이 일었다.

양양에선 이틀을 더 묵었다.

바다로 나갔던 석배 씨는 그물에서 각종 생선을 건져 올린 반
면 자기는 낚시로 잡겠다고, 낚시야말로 뱃놈의 길이라고 큰소리
뻥뻥 쳤던 놈은 가자미 백 마리는커녕 꽁치 한 마리도 잡지 못하
고 빈손으로 돌아왔다.

석배 씨와 지은이 놀려대자 얼굴이 벌겋게 달아오른 놈은 뭔가
만회라도 하겠다는 듯 숙소로 달려가서 100원짜리와 10원짜리
동전을 들고 나오더니 양손으로 튕기며 손자, 손녀에게 윙크를
했다.

이건 아니라고, 일탈은 여기까지라고 말려봤지만, 지은도 그만
하면 좋겠다면서 인상을 찌푸렸지만 놈은 아랑곳하지 않았다.

횟집 한구석에서 놈과 아이들은 동전치기에 열중했다. 처음엔
신이 나서 동전치기에 달려들었던 사라와 요한은, 그러나 전날처

럼 놀이에 집중하지 못했다. 첫날엔 돈 따는 재미와 양양 바다의 해방감에 뭘 해도 신이 났던 아이들은 곧 동전치기의 단순함에 흥미를 잃어버렸다. 하지만 아무리 오동수로 변신했다고는 해도 여전히 상대방 눈치 살피는 덴 젬병 중의 젬병인 놈은 지루해하는 아이들을 재촉하고 독려하며 홀로 동전치기 삼매경에 빠져들었다.

해가 떨어지면서 횟집에 손님이 밀려왔다. 소주 몇 잔을 걸친 중년 사내 서넛이 담배를 태우러 나왔다가 놈의 동전치기를 보며 끼어들었다.

지은은 재빨리 사라와 요한을 데리고 숙소로 돌아갔다. 난 한쪽으로 기울어진 파라솔 아래에 앉아 중년들의 동전치기를 구경했다.

과연 놈은 동전치기엔 타고난 선수였다. 놈이 일방적으로 돈을 따자 중년들 표정이 굳어갔다. 놀이는 치열해졌다. 거리를 재면서 제법 심각한 신경전이 벌어졌고 자연스럽게 목소리가 높아졌다. 마침내 동전 던지는 방식에 대한 시비가 붙었고 중년 하나가 놈의 멱살을 잡자 놈은 중년의 뒷목을 움켜쥐었다. 석배 씨가 재빨리 뛰어나와 뜯어말리지 않았으면 주먹다짐까지 갈 상황이었다. 중년들에게 눈을 부라리는 놈을 보며 '하루라도 좋으니 신사와 살아보고 싶다' 했던 과거의 그날을 떠올렸다.

참, 어쩔 수 없는 놈.

다음 날 아침 놈은 또 바다로 나가는 석배 씨를 따라가지 않고 홀로 어시장으로 달려갔다. 손자, 손녀가 늘어지게 늦잠을 자는 바람에 나는 전날에 이어 딸과 한가한 시간, 제2부를 보낼 수 있었다.

바다는 어제와 또 달랐다. 아침 햇살이 내려앉은 바다는 이번엔 완연한 보랏빛이었다. 바다에서 소금기 한 점 없는 국화꽃 향기가 밀려왔다. 온몸이 맑아지는 느낌, 가벼워지는 기분. 딸과 참 많은 얘기를 했다.

사춘기 때는 엄마를 참 많이 미워했어.

왜?

아빠 같은 사람하고 결혼한 게 제일 큰 실망이었고.

또?

공장 일 때문에 나랑 상우를 돌봐주지 않는 게 서운했고. 기억나, 오이지? 아침에도 오이지, 점심에도 오이지, 저녁에도 또 오이지. 내가 그놈의 오이지를 지금도 안 먹어. ……기분 나빠?

괜찮아, 다 얘기해봐.

툭하면 아빠랑 싸우는 것도 진짜 짜증 났고. ……그리고 또 언제 싸웠냐는 듯 금방 아빠를 보고 실실 웃는 게 얼마나 못마땅했던지.

그랬던가? 내가 그렇게 쉽게 행동했던가? 그랬던 것 같았다. 이젠 다시 말을 섞지 않겠다고 굳게 마음을 정하곤 매일 매 순간

파도처럼 쉴 틈 없이 밀려드는 새로운 난관에 언제 싸웠냐는 듯 놈과 다시 손잡고 함께 버텨내야 했던 시간들.

무엇보다도 궁상, 아, 그 궁상, 콩나물 하나를 사더라도 제일 싼 거. 나랑 상우 학용품도, 옷도 제일 싼 거.

기분 나빠지려고 해. 그만해.

머리는 매번 똑같은 빠글이 파마. 옷은 늘 후줄근하게 입고. 어쩌다 학교 오는 날도 달라지지 않았어. 엄마가 그랬어. 그게 제일 싫었어.

그만하라고!

알았어, 그만할게. 그런데 말이야, 애들을 키우다 보니까 나도 엄마랑 똑같이 되더라고. 참 그렇게 구차하게 사는 게 진짜 싫었는데 딱 그렇게 되어버리는 거야.

피식 웃음이 새 나왔다. 나도 내 엄마의 교복이었던 꽃무늬 일 바지가 제일 싫었다. 그런데 놈과 살다 보니 어느새 나도 후줄근한 일 바지를 입고 있었다.

궁금했다. 그 시절로 다시 돌아간다면 내게 과연 다른 선택이 있었을까?

우리 집만 그런 건 아니었어. 내 또래들은 잘나가는 애들 몇 명 빼고 다 같았던 것 같아. 다들 와인에 파스타나 한우갈비가 되고 싶었지만 현실은 영락없이 오이지였고 콩나물 대가리였지. 대학 가기 위해, 취직하기 위해, 정규직이 되기 위해, 최종적으로 중산층이 되어 스테이크를 썰기 위해 정말 이 악물고 뛰었던 것 같아. 여기 와서 처음으로, 태어나서 처음으로 난 순전히 나만 생각해 본 거야. 내가 정말 원하는 게 뭔지 말이야. 엄마, 난 나한테 존경 받고 싶어. 내가 날 존중할 수만 있다면, 그러면 편하게 숨 쉬며 살아갈 수 있을 것 같아. 이제 더 이상 이렇게 살지 않을 거야. 내게 그 첫걸음이 바로 이혼이야.

딸에게 어떤 말도 해줄 수 없었다. 그냥 지은의 손을 잡아주었다. 그게 다였다.

너무 걱정하지 마, 엄마. 다 잘될 거야.

걱정보단 슬픔이 앞섰다. 남편 없이 산다는 게 어떤 건지 잘 알기에, 딸이 가야 할 자갈길이 훤하게 보이기에 가슴 밑바닥에서 눈물이 밀려 올라왔다. 내색하지 않으려고 애를 써야 했다.

지은과 손자, 손녀는 나보다 하루 먼저 서울로 떠났다. 따듯한 아빠, 재미있는 할아버지는 딱 하루 반나절이 한계였다.

해가 가장 높이 오른 시간, 어시장에서 돌아온 놈의 손에 펄펄 뛰는 고등어 세 마리가 든 커다란 양동이가 들려 있었다. 잠에서 깨어나 오늘은 뭘 하며 놀까 여기저기를 기웃거리던 사라와 요한이 신이 나서 놈에게 뛰어갔다. 놈은 환한 표정으로 콧노래를 부르며 손자, 손녀를 데리고 발걸음도 당당하게 횟집 부엌으로 향했다.

이게 무슨 생선이에요?

고등어다, 고등어. 바다 소고기라고 하지.

고등어 알아요. 맛있어요. 생선구이 해줘요, 할아버지.

오늘은 회에 도전해보자.

회요?

그래, 사실 고등어 요리의 백미는 바로 회란다.

놈은 아이들을 앞에 앉혀놓고 양동이에서 고등어 한 마리를 꺼내 대충 수돗물로 씻은 뒤 도마에 올리곤 엄숙한 표정으로 회칼을 집었다. 놈은 그야말로 화려한 솜씨로 고등어의 머리 부분을 내려쳤지만 능숙하진 못했던 터라 고등어가 심하게 파닥거렸다. 회칼로 갈라진 틈에선 검붉은 피가 새 나왔고 부엌엔 온통 피비린내가 피어올랐다.

사라와 요한 얼굴이 순식간에 샛노란색으로 물들었다.

하지만 불행히도 놈은 고등어에 집중하느라 아이들 반응을 알아채지 못했다. 살짝 당황한 놈은 연이어 고등어를 내리쳤다. 세 번의 칼질 끝에 마침내 대가리가 떨어졌다. 놈이 잘린 고등어 대가리를 거꾸로 들고 아이들을 보며 씩 웃었다.

요한이 그 자리에 주저앉아 구토를 했다.

너 왜 그러냐?

사라는 그 자리에 차렷 자세로 서서 꼼짝 않고 비명을 질러댔다. 놀란 지은과 내가 안으로 뛰어 들어갔다. 놈은 여전히 고등어 대가리를 거꾸로 들고 있었다. 상황을 파악한 내가 사라와 요한을 데리고 급히 부엌을 벗어났다. 당황한 놈과 잔뜩 날을 세운 지은의 목소리가 들렸다.

애들이 대체 왜들 저러는 거냐?

그걸 정말 몰라서 물어요?

모르니까 묻는 거지?

아빠는 참…… 하나도 안 변했네요.

지은과 아이들은 곧바로 숙소로 들어가 짐을 싸더니 애타는 놈의 눈길을 끝까지 외면하고 휑하니 터미널로 떠나버렸다. 딸과 손자, 손녀가 떠난 후 놈은 횟집 앞 간이 의자에 앉아 어깨를 늘어뜨리고 멍한 표정으로 바다만 바라보며 혼잣말을 중얼댔다.

한 번에 잘랐어야 했는데.

그 상황에서 나까지 서울로 돌아가겠다고 하긴 좀 그랬다. 그렇다고 딸 가족이 떠난 마당에 놈의 옆자리에 앉아 있기도 불편했다. 이러지도 저러지도 못하고 있는데 다행히도 석배 씨가 평소보다 일찍 바다에서 돌아왔다.

어깨가 축 처진 놈을 보고 무슨 일인가 하며 눈만 껌뻑이는 석배 씨에게 속초에 다녀오겠다고 하곤 황급히 횟집을 나섰다. 택시를 불렀다. 10분쯤 지나 택시가 왔다. 뒷좌석에 타고 7번 국도를 달렸다. 창을 내리고 바닷바람을 맞았다.

놈이 불쌍했다. 불쌍했지만 그렇다고 위로해줄 마음은 들지 않았다.

그걸 왜 모를까?

꼰대들은 젊은 세대가 자신들을 왜 싫어하는지 정말 모른다.

슬픈 일이다. 슬픈 일이지만 또한 어쩔 수 없는 일이다.

속초에서 여기저기를 싸돌아다니며 구경도 하고 시장에 들러 유명하다는 닭강정과 씨앗호떡도 먹고 해변 카페에서 터무니없이 비싼 음료도 마시며 시간을 보냈다. 수협에 들러 건어물도 몇 가지 샀다. 저녁엔 냉면과 오징어순대를 먹었다. 밤늦게 버스를 타고 현남으로 돌아왔다. 놈은 여전히 같은 의자에 앉아 바다를 보고 있었다.

단칼에 뻈어야 했는데.

다음 날 아침 일찍 서울로 향했다. 그렇게 싫다는데도, 아무리 성을 내고 목소리를 높여도, 석배 씨까지 말리는데도 굳이, 굳이 서울까지 데려다주겠다고 놈이 고집을 부려서 하는 수 없이 놈의 똥차 옆자리에 올라야만 했다. 끝까지 버틸 수도 있었지만 괜히 안쓰러운 마음이 컸다. 낡은 트럭 여기저기엔 동일화물, 전화번호 참 다양한 글씨가 쓰여 있었다.

저런 거 다 지우면 안 돼?

내 차도 아닌데 뭐.

운전석 옆문에 쓰여 있는 '승리호'가 눈에 띄었다. 어민후계자 횟집의 하얀 배에도 같은 이름이 적혀 있었다.

저건 뭐야?

어? 아무것도 아니야.

아무튼 참 촌티 나. 승리호가 뭐냐, 승리호가?

겉보기와 달리 차량 내부는 의외로 깨끗하고 쾌적했으며 승차감이 나쁘지 않았고 소음도 생각보다 크지 않아서 그나마 다행이었다.

신이 난 놈이 휘파람을 불어댔다. 고등어 대가리는 벌써 잊은 모양이었다.

이럴 줄 알았으면 그냥 모른 척하고 터미널로 가는 건데.

놈이 슬쩍 내 눈치를 보더니 수작을 걸기 시작했다.

당신 기억하나? 우리 첫 차 말이야. 살림 차리고 1년 반 만에 샀잖아.

그걸 어떻게 잊어? 우리 형편에 맞는 중고차를 사자고 했는데도 덜컥 새 차를, 그것도 할부로 사서 그 할부금 갚느라고 2년 내내 콩나물 반찬만 먹었던 거.

그랬나? 에이, 설마 콩나물만 먹었겠어?

가끔 오이지도 먹었어.

입을 꼭 다물고 고개를 돌렸다. 침묵이 이어졌다. 한참 콧노래를 흥얼대던 놈이 한쪽 어깨를 들썩이더니 또 슬쩍 날 살폈다.

지금은 새 고속도로가 뚫려서 잘 모르겠지만 바로 요 옆이 인제 내린천이야. 기억나, 지은이, 상우가 딱 사라랑 요한이만 했을 때 우리 첫 캠핑 갔던 거.

놈은 아마도 나랑 추억놀이를 하고 싶은 모양이었다. 이것도 다 준비된 거겠지. 아주 잠깐 그냥 넘어가줄까 하다가 마음을 다 잡았다.

추억은 근본적으로 아름답다. 그래서 종종 흑백 화면에 왜곡된 색을 입힌다.

지금 그 신산했던 시절에 예쁜 색을 입히겠다고? 그걸 나보고 거들라고? 웃기고 있어? 어림없는 소리.

기억나지. 아이들이 아직 어리니까 그렇게 민박을 얻자고 해도 여행은 캠핑이라면서 바락바락 우겨서 애들 둘 다 밤새 모기한테 뜯기고……. 맞아, 새벽엔 장대비까지 쏟아졌잖아. 빗물이 텐트 안으로 다 들이치고. 애들이 곧바로 감기에 걸려서 다음 날 아침 속초 시내에서 병원 찾아 헤매고.

그랬던가?

그 뒤론 내가 절대 캠핑을 안 가.

그랬구나.

그냥 조용히 가자.

알았어.

물론 놈이 딸과 손자, 손녀를 데리고 양양에 온 건 고마운 일이었다. 잘해보려고 노력하다가 그놈의 고등어 대가리 때문에 한순간 점수를 잃은 게 솔직히 불쌍하긴 했다. 하지만 그렇다고 놈의 엉큼한 수작에 장단을 맞춘다? 천만의 말씀, 만만의 콩떡이었다.

그저 똥차에 올라 함께 서울로 가는 게 내가 놈에게 베풀 수 있는 최선의 아량이었다. 난 입을 꼭 닫고는 두 눈을 감고 팔짱을 꼈다. 한 두 시간 반에서 세 시간 정도? 그 정도야 뭐. 잠깐만 참으면 되는 일이었다.

차량이 약간 흔들렸다. 실눈을 뜨고 보니 놈의 똥차가 고속도로를 벗어나고 있었다. 내 목소리가 한껏 올라갔다.

이건 또 무슨 수작이야?

수작은 무슨. 아주 툭하면 수작이래.

왜 국도로 들어왔냐고?

아침 말이야, 아침, 밥 먹자고.

그냥 휴게소에서 먹으면 되지.

너 좋아하는 맛집 간다, 맛집.

차 돌려.

아, 조금만 참아봐, 글쎄.

차 돌리라고. 야!

저기 보인다.

놈이 눈짓을 했다. 멀리 희미하게 작은 간판이 보였다. 옛날막 국수. 순간 떠오르는 기억. 설마, 그걸 기억했다고? 가슴 한편이 살짝 아렸다.

10년 전 일이었다. 그러니까 놈이 사라지기 약 한 달 전쯤? 저녁 시간이었다, 놈은 바닥에 누워 폰을 들여다보고 난 소파에 책상다리를 하고 앉아 함께 TV를 보는데 음식점 소개 프로그램에서 옛날막국수집이 나왔다. 저절로 입안에 침이 고였다.

저기 가자, 우리.

믹국수 한 그릇 먹자고 인제를 가자고? 아이고, 이 화상아.

저 감자전 좀 봐.

감자전이 다 감자전이지.

싫으면 관둬. 나 혼자 갈 거니까. 내가 뭐 한우를 사달래, 캐비어를 사달래? 감자전에 막국수 좀 먹자는데 그게 그렇게 싫어?

알았다, 알았어. 가자, 가.

이른 아침인데도 수차장은 꽉 차 있었다. 다행히 차량 한 대가 빠져나와 급히 차를 대고 음식점 앞에서 대기표를 뽑았다. 우리 앞에 다섯 팀이 대기 중이었다. 성질 급한 놈이 웬일인지 대기 의자에 얌전히 앉아 있었다. 놈의 옆에 앉아 놈이 좋아하는 믹스 커피를 함께 마셨다. 별말은 나누지 않았다. 그런데도 이상하게 많은 얘기를 한 느낌이었다.

15분쯤 지나 예상보다 일찍 자리가 나서 놈과 창가에 마주 앉아 막국수와 감자전을 시켰다. 놀랍게도 강원도 산골 식당에, 무슨 레스토랑도 아닌 막국숫집에 배달 로봇이 돌아다녔다. 놈이 신기한 듯 로봇을 살피더니 전화기를 꺼내 들고 로봇 사진을 찍었다. 갑자기 키오스크와 블루베리 케이크가 생각나 피식 웃음이 새 나왔다. 내가 웃자 놈의 얼굴이 환해졌다. 놈이 상체를 내 쪽으로 조금 기울였다.

제발 수작은 부리지 마, 부탁이야.

다행히 놈이 입을 떼기 전에 로봇이 다가와 우리 막국수와 감자전을 배달했다.

살짝 울컥했다. 무려 10년 만에 먹고 싶던 막국수와 감자전을 먹을 수 있게 되었다.

막국수도 막국수지만 감자전은 그야말로 일품이었다. 적당한 기름기와 소금기, 쫄깃하면서도 한없이 부드러운. 10년 전에도 과연 이 맛이었을까? 모를 일이었다.

이걸 어떻게 기억했어?

놈이 갑자기 수줍은 표정을 지었다. 그런 표정은 정말 의외였다. 고백건대 약간 떨림이 있었고 설렘이 이어졌다.

10년 동안 내가 뭘 했겠어? 매일 과거를 끄집어내서 되풀이하는 게 일이었어. 참 기쁘다. 약속을 지키게 돼서.

흔들림. 격하게 흔들리는 마음. 꽁꽁 닫아둔 문이 조금 열리는 순간.

그래서 뭐? 약해지면 안 된다. 놈은 무려 7년 동안 날 가지고 놀았다. 그리고 돈 때문에 모습을 드러냈다. 그걸 잊으면 안 된다.

이거 우리 두 번째 데이트야, 알지?

야! 와, 이거…… 완전 억지야. 아무튼…….

배부르고 맛난 식사를 하고 다시 놈의 화물 트럭에 올라서 서울로 향했다. 오랜만에 달리는 한적한 국도였다. 예나 지금이나 놈은 운전 하나는 참 부드럽게 했다. 놈이 낮은 목소리로 입을 열었다.

그런 게 있었으면 좋았을걸.

뭐?

아버지 학교 같은 거. 남편 교실이나.

그런 거 많아. 당신은 모르겠지만.

아니, 무슨 단체에서 몇 달이나 몇 주 가르치는 거 말고, 아주 학교처럼 하루 종일 제대로 교육하는 거 말이야. 이게 참 단기 교육으로 해결되는 게 아니더라고.

솔직히 공감이 가는 얘기였다.

잘해주고 싶은데, 행복하게 해주고 싶은데, 적어도 내 마음 크기만큼은 표현해주고 싶은데 도대체 방법을 모르겠어. 학교에서 왜 이런 건 안 가르쳐주고 맨날 쓸데없는 것만 외우라고 했는지 몰라.

시대 탓도 있었다고, 그런 걸 신경 쓸 시절이 아니었다고 말해주고 싶었다. 혼자 살면서 자녀들 혼인을 겪고 손자, 손녀가 태어나고…… 그 와중에 나도 같은 생각이었다고 말해주고 싶었다. 하지만 난 주제를 바꿨다.

당신 배 이름이 뭐였지?

뭐?

당신 배 말이야. 당신 분신.

아……!

아직도 석배 씨가 관리하고 있어? 내가 본 하얀 배, 그거야?

그게……!

어?

아까 감자전 말이야, 진짜, 맛있지 않았냐? 명품이야, 명품.

왜 말을 돌려?

무슨 말을 돌려?

일주일이 흘렀다. 참 여러 가지 일이 일어났다.

중요한 일은, 단단히 작정을 하고 마음을 굳게 닫았는데도 놈
에 대한 내 마음이 어쩔 수 없이 많이 부드러워졌다는 거였다.

서울 집에 도착할 때까지 놈은 끝내 자기 배 이름을 가르쳐주
지 않았다. 꼭 그것 때문은 아니었지만 난 놈에게 먼저 전화를 걸
어 세 번째 데이트를 신청했다.

맥스파이시상하이버거

만나자마자 놈은 곧장 10년 전 얘기를 꺼내 들었다.

"그 끔찍한 화재 속에서 간신히 목숨을 건지고 하염없이 걷기만 했어. 같이 있던 사람들 생각뿐이었어. 별다른 정을 나눈 것도 아닌데, 그저 함께 돌을 깨고 멀건 죽을 나눠 먹고 가끔 돌멩이치기만 했던 사이인데도 그 사람들을 구하지 못하고 나 혼자 살아남은 게 너무 미안하고 슬프고…… 그랬어. 그래서 울다가 마구 소리를 지르다가 욕을 하다가 또 울다가 불현듯 깜깜한 어둠 속에서 확 두려움이 밀려온 거야. 다시 해골 놈들에게 잡히면 어떡하지? 사나운 들짐승이 불쑥 나타나면 어떡하지? 그 자리에 그대로 납작 엎드렸어. 그리고 벌벌 떨고 또 떨고. 그것 외엔 달리 할 일이 없었어. 평생 찾지 않던 신을 찾게 되고. 떨다가 졸고 졸다가 떨고, 또 떨다가 울고 울다가 졸고, 그러다가 해가 떠올랐어. 어떻게 해야 할까? 어떻게 해야 집에 돌아갈 수 있을까? 결국 난 다시 화재가 났던 컨테이너로 발길을 돌렸어. 경찰이 왔을 테니까. 큰 화재가 났으니 분명히 소방관과 경찰이 달려왔을 테니까. 한참을 걸어 그 끔찍했던 장소로 돌아와서 일단 몸을 숨기고 살펴봤지. 예상했던 대로 경찰차와 소방차, 구급차까지 보이고 제복을 입은 사람이 가득했어. 이젠 집에 갈 수 있겠구나. 또 눈물이 터지더라고. 그런데 바로 그때 보게 된 거야. 경찰복을 입은 사내 옆에 아는 얼굴이 있더라고. 바로 내 족쇄를 풀어줬던 놈 말이야. 처음엔 놈이 잡혔나 했어. 아니더라고. 놈은 경찰과 친구처럼 보였어. 그 끔찍한 현장에서 놈은 여전히 해골 캡을 쓰고 경찰이랑 같이 키득거리더라고."

노원역 앞에서 놈의 화물 똥차를 타고 10년 전 얘기를 들으며 무려 한 시간을 달려 영종도 구읍 선착장에 도착했다.

놈이 선착장 바로 앞 회 센터 건물로 향해서 이 인간이 또 회를 먹자는 건가, 참 이리도 변함없이 눈치가 없나 했는데 놈이 축축한 회 센터 뒤편 승강기에 타더니 꼭대기 5층 버튼을 눌렀다. 그곳에 마치 숨어 있는 보물처럼 아기자기한 소품이 가득한, 노랗고 파랗고 하얀 작은 카페가 있었다. 통유리 창밖으로 바다가 훤히 보이는 자리에 마주 앉아 커피와 마카롱을 주문했다.

"이런 데는 어떻게 알았어?"

놈이 왼손으로 전화기를 흔들며 활짝 웃었다.

"검색, 검색. 요즘 이거면 안 되는 게 없다면서?"

아마도 밤을 새웠을 것이다. 두꺼운 손가락으로 낑낑거리며 작은 폰을 이리 누르고 저리 누르면서 고민했을 것이다.

이러면 안 되는데, 이건 정말 아닌 것 같은데 어쩔 수 없이 민재와의 데이트와 비교가 되었다. 민재의 고급 외제차와 놈의 화물 똥차, 민재가 찾는 호텔 커피숍과 선착장 5층 카페, 도저히 비교할 수 없는데 이상하게 비교가 되었다.

민재가 클래식이라면 놈은 말 그대로 뽕짝이었다. 아무리 잘 봐줘도 놈은 '새빨간 립스틱에 나름대로 멋을 부린 마담에게 실없는 농담을 던지'는 늙다리 최백호였다.

이러면 안 되는데, 이건 정말 아닌 것 같은데 자꾸만 난 놈의 다음 행보가 궁금했다. 민재는 사실 만나는 순간부터 헤어질 때까지 무얼 할지 빤했는데 이놈은, 과거와 달라진 이 인간은 도무지 예측불허여서 묘한 기대와 호기심이 무럭무럭 피어올랐다.

'내가 지금 무슨 생각을 하는 거지?'

머리를 흔들며 쓸데없는 잡념을 털어버리고 이를 꼭 다물고 마음을 다잡았다. 아무리 생각해도 이건 아니었다. 안 되는 건 안 되는 거다.

10년 전 얘기가 이어졌다. 놈이 마카롱을 집으며 잠시 숨을 고르는 틈을 타서 확 치고 들어갔다.

"송은영이지?"

"뭐가?"

"스파이 말이야, 스파이. 당신한테 우리들 얘기 시시콜콜 다 일러바친 인물."

놈이 먹던 마카롱을 떨어뜨리며 허둥댔다. 놈의 눈동자가 심하게 흔들렸다.

"어떻게 알았어?"

"뭘 준 거야?"

"어?"

"걔한테 뭘 해주고 정보를 받았느냐고."

"어…… 그냥."

놈이 말끝을 얼버무리며 고개를 약간 기울이더니 눈알을 굴렸다. 감자전의 부드러움, 가자미젓갈의 고소함, 블루베리 케이크의 달달함, 그 모든 감정은 서서히 사라지고 깊숙이 가라앉아 있던 시퍼런 칼날이 다시 불쑥 솟아났다.

그랬다. 결정적인 순간에 놈은 의도적으로 모호해졌다. 눈빛을 가리고 숨소리를 낮추며 본심을 숨겼다. 왜? 무엇 때문에?

놈을 노려보며 눈빛으로 마구 다그쳤다.

'송은영과 대체 뭘로 거래를 한 거야? 7년 전에 돌아왔으면서 왜 그 오랜 시간 모습을 드러내지 않은 거지? 정말 공장 땅 판 돈, 그게 욕심나서 나타난 거야? 원하는 게 정확히 얼만데? 그리고

깡숙인 어디에 숨긴 거지?'

놈은 여전히 눈알을 굴리며 괜히 오른손으로 뒷목을 문질렀다. 놈을 노려보던 시선을 거두고 마카롱을 입에 넣고는 바다를 바라봤다. 마카롱 뒷맛이 무척 썼다.

명원은 흥신소 베테랑에게 깡숙을 찾아달라고 했다. 두둑하게 돈을 챙겨줬는데도 구겨진 주유소 영수증 하나로 놈을 금방 찾아내던 그녀는 의외로 깡숙의 행방은 쉽게 알아내지 못했다. 10년 전 놈이 인신매매단에 끌려간 후 공교롭게 깡숙도 홀연히 모습을 감췄다. 난 둘 사이에 어떤 연관이 있다고 확신했다.

분위기가 깊게 가라앉으며 침묵이 길어지자 놈은 슬쩍 내 눈치를 살피곤 다시 서둘러 10년 전 얘기를 이어갔다.

"걸었어. 걷고 또 걸었어, 멈추면 무서워서. 놈들에게 다시 잡힐 것 같기도 했고 들개 무리도 공포였고. 그래서 그냥 걷기만 했어. 걷다가 아무 데다 픽 쓰러지면 나도 모르게 잠이 들고. 깨어나면 아, 아직 살았구나, 신에게 감사하고. 바람은 또 얼마나 불어대던지. 싯누런 광야에 그것보다 더 싯누런 바람이 불어왔어. 입안은 모래로 가득차버렸지. 침을 뱉어도 한번 엉겨붙은 모래는 잘 떨어지지 않았어. 그래도 난 걷고 또 걸었어. 아마도 내가 찾은 건 사람들이 우글거리는 큰 도시였던 것 같아. 해골들이 나타나도 사람들 눈길 때문에 쉽게 날 잡아가지 못할, 영어나 혹시 우리말이 통하는, 그래서 날 한국 영사관이나 대사관, 그게 아니면 우리

나라 회사나 공장, 종교단체에 데려다줄 수 있는. 도시에만 도착하면 누군가 날 도와주지 않을까, 하는 희망. 굉장히 배가 고팠지만, 허기 때문에 사실 걷기도, 서 있기도 힘들었지만 난 그 통증을 느낄 수가 없었어. 두려움 때문이었지. 그게 너무 커서 다른 감각은 거의 다 마비된 것 같았어. 그 두려움은 말이야, 굳이 비교하자면."

분위기가 놈의 의도대로 흘러갔다. 이쯤에서 딱 잘라줄 필요가 있었다.

"지루하다. 또 지루해. 팩트만 전할 순 없을까? 그게 그렇게 어려워?"

"아, 그래?"

당황한 놈이 다리를 오므리더니 손으로 입을 가리고 연거푸 헛기침을 뱉어냈다.

놈에게 얼마를 줘야 할까? 놈이 그 돈을 욕심내는 건 사실 당연한 일이었다. 어떻게 보면 난 끝까지 반대했는데 놈이 고집을 부려 산 땅이니 놈의 공로가 제일 크다고 할 수도 있었다. 하지만 그렇다고 놈에게 뭉텅 떼어줄 순 없는 노릇이었다. 오빠나 지은, 상우에게 이미 약속한 금액이 있었고 지은이 정말 이혼한다면 딸은 돈이 더 필요할지 몰랐다. 무엇보다도 잃어버린 내 10년은? 최대한 양보한다고 해도 놈이 돌아온 후 7년의 세월은? 난 놈에게서 그 값을 받아내고 싶었다.

이런저런 고민을 하다가 결국 난 내 몫으로 정해둔 포천 상가를 포기하기로 결심했다. 그것 없어도 사는 데 별 지장은 없을 터였다. 4억 정도면, 공장 땅값 절반엔 크게 못 미치지만 그래도 그 정도면 놈도 지금의 가난을 벗고 새로운 길을 찾을 수 있을 것 같았다. 만약 그 이상을 원한다면? 그건 어림없는 소리였다. 놈도 사정을 다 알게 되면 동의하겠지.

갑자기 놈의 목소리 톤이 확 올라갔다.

"아스팔트가 나타난 거야, 아스팔트가. 내내 흙길이나 돌길, 산길이었는데 쭉 뻗은 아스팔트가 말이야. 아스팔트 냄새 알아? 얼마나 고소하던지, 어찌나 정겨운 냄새였는지. 부드러운 촉감은 또 어떻고. 아, 참, 팩트, 팩트만. 미안해. 난 또 아무 말 없이 듣는 것 같아서 내 얘기가 재미있는 줄 알았어."

솔직히 재미있었다. 아니, 재미라고 하기보단 흥미진진했다. 그렇다고 그걸 내색하긴 싫었다. 난 눈살을 찌푸렸다. 놈은 크게 침을 한 번 삼키더니 자세를 바로 했다.

"오케이, 알았어. 아무튼 그렇게 아스팔트가 나타나고…… 근데 이건 내가 준비한 건데 말이야. 아스팔트로 만들어본 거거든. 요건 좀 하면 안 될까? 나름 심혈을 기울여서 준비한 거야. 원래 당신이 운을 떼야 제대로 맛이 날 텐데 그냥 내가 다 할게. 아, 아스팔트구나. 스, 스원하게 뻗었구나. 알지, 스원한? 시원한 말이야. 팔, 팔로우, 팔로우 미. 트, 트럭만 나타나면 난 '컴백홈'이다.

히히, 안 웃기구나. 미안해. 웃길 줄 알았는데. 정말 안 웃겨? 알았어, 앞으론 진짜 팩트만. 진짜로."

저절로 혀를 끌끌 차게 됐다. 도대체 저런 눈치로 어떻게 65년을 살아왔을까?

"그렇게 처음으로 두려움보다 더 큰 희망을 품고 다시 아스팔트를 따라 걷는데 말이야, 이게 참 웃기는 게 막상 두려움이 사라지니까, 희망이 생기니까 너무 너무 너무 배가 고픈 거야. 진짜 너무 고파서 배가 아프고 하늘이 빙빙 돌고, 입은 바짝바짝 마르고. 와, 진짜, 벌레라도 기어가면 당장 잡아먹을 심정이더라고. 그때, 바로 딱 그때 소리가 들리는 거야. 윙 소리. 자동차 소리였어. 난 한 치의 망설임도 없이 아스팔트 한가운데로 뛰어들었어. 그리고 마구 양손을 흔들어댔어. 진짜 열심히, 온 힘을 다해 손을 흔들어댔어. 언제 또 올지 모르는 기회잖아. 어쩌면 다신 오지 않을 마지막 찬스일 수도 있고. 잠시 후 정말 승용차가, 무슨 영화의 한 장면처럼 빨간 스포츠카가 모습을 드러냈어. 그리고 횡 하고 지나갔어. 눈 깜짝할 사이에 말이야. 내가 대로 한복판에 있었는데 전혀 아랑곳 않고 내 바로 옆을 스치듯 그렇게 지나가버렸어. 그 황당함이란. 난 그 자리에 그대로 얼음이 되어버렸어. 그렇게 손을 흔들어댔는데 어떻게 단 한 번 속도도 줄이지 않고 지나갈 수 있을까? 혹시 날 못 본 게 아닐까? 다리가 풀리면서 그 자리에 주저앉았어. 그런데 말이야, 그때 길가에 뭔가가 보이는 거야. 눈을 가

늘게 뜨고 자세히 보니 와, 그건 바로 버거, 그 왜, 닭고기 버거 있
잖아. 살짝 매콤하기도 한 그 무슨 상해버거."

놈에게 맥스파이시상하이버거라고 알려주었다. 놈이 손뼉을
치며 좋아했다.

"그래, 그거, 바로 그거. 포장 종이가 딱 그거더라고. 와, 당신
덕분에 10년 만에 정확하게 알게 되었네. 고마워, 고마워. 맥스피
츠상하이버거."

다시 맥스파이시상하이버거라고 정정해줬다.

"아하, 스피츠가 아니었구나. 어쨌든 그 버거 말이야. 빨간 스
포츠카가 던져준 거야. 불쌍한 나한테 말이야. 이게 참 말이 안 되
는데 또 말이 되더라고. 마치 영화 같은 일들이 내게 실제로 일어
난 거야. 난 양팔과 양다리를 사용해 맥스파이더상하이버거를 향
해 엉금엉금 기어갔지. 버거는…… 심지어 따뜻했어. 땅에 떨어
지면서 야채는 조금 바닥에 흩어졌지만 빵과 닭고기 패티는 멀쩡
한 상태였어. 냄새를 맡자 갑자기 배가 뒤틀렸어. 창자가 확 꼬이
는 기분, 바짝 마른 목에서 신물이 올라오는데. 아차차, 팩트. 팩
트. 미안해. 아무튼 조심스럽게 종이를 벗기고, 와, 침이, 이번엔
완전히 말라버린 줄 알았던 침이 입안에 고이는데 그냥 놔두면
넘치겠더라고. 그렇게 허겁지겁 포장지를 벗기고 막 맥스파이더
상하이버거를 한 입 먹으려는데."

전화벨이 울렸다. 놈은 맥스파이시상하이버거를 한 입 먹으려

는 듯 입을 딱 벌린 채로 내 눈치를 살폈다. 번호를 보니 명원이었다. 전화를 끊어버리고 명원에게 지금 놈과 함께 있으니 문자로 얘기하자고 메시지를 보냈다. 눈치를 살피던 놈이 활짝 웃으며 다시 맥스파이시상하이버거로 돌아갔다.

"한 입을 베어 먹었어. 그 맛이란. 이건 팩트만 전달하기 정말 아쉽다, 아쉬워. 어쩔 수 없지 뭐. 저기, 맥도날드로도 준비한 게 있는데. 이건 진짜 재미있어. 내가 책임진다. 이번엔 당신이 운을 떼볼래? 맥! ……알았어, 알았어. 자중할게. 이게 진짜 대박인데 아쉽지만 뭐. 어쨌든 그렇게 한 입을 먹으니까 배 속이 전쟁이 난 것처럼 난리가 났어. 아픈데 안 아픈, 뒤틀리는데 풀리는, 확 꼬이는데 쭉 펴지는, 그런 요상 야릇한 느낌. 이건 팩트야, 명백하게 내 배 속에서 일어난 팩트라고. 그러고 있는데 갑자기 하늘이 캄캄해졌어. 사실이야. 한 3초 정도? 아니 한 5초? 그렇게 시야가 검게 변했다가 다시 밝아졌어. 그리고 눈앞에 거짓말처럼 나무 한 그루가 보이는 거야. 분명히 얘기하는데 이거 정말 팩트야. 모르겠어, 원래 있었는데 안 보였던 건지. 없던 나무가 갑자기 나타난 건지. 어쨌든 그 소나무나 잣나무 비슷한 작은 나무 아래에 한 노인이 앉아 있더라고. 아주 작은, 신장이 한 150쯤 되려나? 아주 깡마른 대머리였는데 얼굴엔 온통 주름뿐이었어. 옷은 그쪽에서 흔히 볼 수 있는 황토색 작업복을 입고 있었어. 발은 맨발이었고. 새까만 피부와 비교되던 하얀 수염이 지금도 생생하게 기억나.

환상이 아니었어. 분명히 그 노인네가 나무 그늘 아래 책상다리를 하고 앉아서 내가 맥스파이더상하이버거 먹는 걸 바라보고 있었어. 노인의 눈에 내가 먹던 버거가 가득했어. 갈망하는 눈빛. 살짝 고민했어. 언제 또 구할지 모르는 먹거린데. 이걸 나누어야 하는지. 그냥 외면하려다가 얼마나 먹고 싶으면 저리 쳐다볼까, 해서 에라 모르겠다, 하고 반을 뚝 떼어서 노인에게 줬어. 어쩌겠어, 내가 마음이 약하잖아."

폰 진동이 울렸다. 탁자 아래로 명원의 문자를 확인했다.

— 찾았다.

가슴이 덜컹 내려앉았다. 아무리 눈을 부릅떠도 보이지 않던 글씨가 선명하게 보이는 기분. 모든 일이 이제야 제대로 풀릴 거란 확신.

— 이것이 앙큼하게 그동안 아예 다른 사람이 됐더라고. 이름을 바꿨어, 도선희로.

확 기분이 상했다. 예로부터 철수하면 영희였고 동수하면 선희였다.

— 써니 도란다, 자기가. 웃기지 않냐? 그 써니 도가 어디서 뭐하는 줄 알아?

놈이 물 한잔을 쭉 들이켰다. 물을 마신 놈이 상체를 내 앞으로 조금 더 숙였다. 놈의 눈빛이 달라졌다. 진지함. 아마도 놈은 중요한 대목을 얘기하려는 듯했다. 하지만 난 명원의 문자가 더 궁금했다. 재빨리 문자를 찍었다.

— 어디서 뭐 하는데?

놈의 목소리가 약간 떨렸다. 슬쩍 놈을 올려다봤다. 놈의 표정이 꽤 많이 울컥한 듯, 묘하게 일그러졌다. 놈의 눈가에 작은 물기가 맺혔다.

"나무 그늘 아래에 노인네와 마주 앉아 버거를 먹었어. 이번엔 또 졸음이 밀려오는데 참기 힘들었지만 양 눈에 힘을 주고 버텼지. 괜히 여기서 잠들면 안 될 것 같은 기분이랄까? 그런 거 있잖아, 중요한 순간이 찾아올 때 등짝이 괜히 오싹한 거. 바로 그때 노인네가 날 보며 살짝 웃더니 바닥에 떨어진 작은 나뭇가지를 집어 땅바닥에 뭔가를 쓰기 시작했어. 그건 놀랍게도 영어였어, 영어."

다시 진동이 울렸다. 명원의 답장이 왔다. 슬쩍 확인해봤다.

— 동일화물 대표야. 알지? 양주 옥정 사무실.

심장을 크게 울리는 '쿵' 소리. 그리고 심장이 빠르게 뛰기 시작했다.

잡았다!

드디어 꼬리를 잡고야 말았다. 놈을 보며 살짝 미소 지었다. 놈은 눈만 껌뻑였다.

이제 난 놈이 지난 7년, 왜 날 찾지 않았는지 밝혀낼 것이다.

"노인네가 꼬불꼬불한 글씨로 이렇게 쓴 거야. Forked road. 포크드 로드 알아? 포크가 이렇게 갈라졌잖아. 두 갈래 길이란 뜻이 야."

"나 졸업은 못 했지만 영문과 3년 다녔어."

"아, 그랬지, 참 그랬지. 이 길로 가다 보면 두 갈래 길이 나온다 는 거 같았어. 그리고 또 쓰더라고. Right, meet your family. Left, see your enemy. 뭐, 오른편으로 가면 넌 가족을 다시 만날 수 있고 왼편으로 가면 너의 적을 만날 것이다, 이거였는데. 처음엔 아무 생각 없이 노인네가 쓴 꼬불꼬불한 글씨를 읽었어. 사실 워낙 악 필이라 뭐라고 썼는지 잘 모르겠더라고. 버거도 다 먹었으니 난 다시 갈 길을 가야 했어. 노인네에게 손을 흔들어주고 아스팔트 를 또 걷기 시작했어. 한 50미터쯤 가다가 무심코 돌아보니 글쎄, 노인네가 감쪽같이 사라진 거야. 나무도 없어지고 말이야. 등줄 기에 온통 소름이 돋았어. 그제야 비로소 깨달음이 온 거야. 노인 네는 바로 신이었어. 그 힘들고 절망적인 공포의 순간에 난 신을 만나고야 만 거였어."

"그래서 갈림길에서 오른편으로 갔어?"

"아니. 바보같이 괜한 의심을 하고 왼편을 택했어."

그 와중에 난 발끈했다. 이런 바보 멍청이.

"왜? 도대체 왜?"

"왼편 길이 훨씬 더 넓었거든."

"그래서 어떻게 됐는데?"

"신의 말대로 해골 놈들에게 다시 잡히고야 말았어. 지금도 후회해. 신의 말을 들었어야 했는데 말이야. 내가 어리석었어."

한순간 카페 안이 아득해졌다. 괜히 테이블이 좀 멀어지는 느낌이 들더니 놈의 눈빛이 잘 보이지 않았다. 실내가 약간 옆으로 기우는 것 같았다. 놈이 코를 크게 벌렁거렸다. 또 거짓말이었다. 놈은 지금 또다시 새빨간 거짓말을 하는 중이었다. 난 또 깜빡 속아 넘어갈 뻔했다.

'나쁜 자식, 이게 지금 어디다 대고 또 개수작을.'

뭐, 괜찮았다. 놈이 무슨 개수작을 부리든지 난 드디어 놈의 꼬리, 도선희, 써니 도를 잡게 되었다. 천천히 커피 한 모금을 마시고는 마지막 마카롱을 입에 넣으며 놈을 똑바로 쳐다보면서 보랏빛 국화처럼 환하게, 아주 환하게 웃어주었다.

찻잔

미리 예약해둔 건강검진을 받았다. 이른바 VIP 검진이었다. 터무니없이 비싼 가격이었지만 명원, 은영도 불러서 각자 1인 병실에서 하룻밤을 보내는 호사를 누려봤다.

명원은 별 표정 없이 "돈이 썩어나는구나"라고 한마디만 했고 은영은 감격한 얼굴로 연신 고맙고 행복하단 소감을 쏟아냈다.

돈의 위력, 병원 의사와 간호사가 이렇게 친절한지 태어나 처음 알게 되었다.

돈의 위력, 우리나라 병원에 이렇게 첨단 기계가 많은지도 처음 알게 되었다.

돈의 위력, 병원에 더 있고 싶단 마음이 들었던 것도 태어나 처음이었다.

돈의 위력, 그야말로 시스템은 완벽했으며 매 과정이 대단히 만족스러웠다. 모든 게 환자 중심으로 매끄럽고 빠르고 정중하게 진행되었다.

1박 2일의 검진 과정은 매우 행복했으나 결과는 꼭 그렇진 않았다.

명원에겐 금주 진단이 내려졌다. 고혈압에 콜레스테롤 수치도 위험하단 소리에 명원은 "빤한 소리 아니야? 이 얘길 들으려고 그 돈을"을 한 백 번쯤 뱉어냈다.

은영은 콩팥이 문제였다. 당장은 약으로 버틸 수 있지만 기본적으로 식단을 조절해 체질을 바꾸지 않으면 심각한 상황이 올 수도 있다는 우울한 결과가 나왔다. 그놈의 콩팥은 참. 은영은 또한 크고 작은 용종을 무려 서른 개나 떼어내야 했다.

의외로 난 대체로 정상이었다. 가슴에 작은 멍울이 잡히지만 크게 문제되진 않을 것 같다면서 의사는 "환자분, 평소 건강관리를 정말 잘하셨군요"라고 연신 과도한 칭찬을 아끼지 않았다. 내가 돈줄이란 것을 아는 모양이었다.

평소 건강관리란 걸 해본 적이 없으니 건강하다고 해도 사실 별다른 감흥은 없었다.

퇴원을 하고 곧바로 병원에서 가까운 강남돌곱창, 압구정동 대형 교회 바로 옆에 자리 잡은, 진짜 곱창 맛을 아는 이들만 알음알음 찾아온다는 노포를 찾았다.

곱이 가득한 곱창과 보기에도 싱싱한 양이 두꺼운 돌판 위에서 지글지글 소리를 내며 부추, 감자, 양파와 함께 빠르게 익어갔다. 실로 오랜만에 명원, 은영과 함께 잔을 높이 들었다.

"고혈압을 위하여!"

"콜레스테롤을 위하여!"

"콩팥을 위하여!"

"용종을 위하여!"

"가슴 멍울을 위하여!"

"멍울은 빠져. 이게 어디 감히 병약한 언니들한테 낄라고."

다들 정신없이 곱창과 양을 먹으며 바쁘게 잔을 꺾었다. 한참 맛있게 먹는데 은영이 내 눈치를 살피더니 말을 붙였다.

"그래서 얼마를 원한대?"

"뭐?"

"서준표 말이야, 그래서 얼마를 달라는 거야?"

"서준표가 어디 있어? 오동수지."

"서준표든, 오동수든 그래서 얼마냐고?"

은영은 그게 왜 궁금할까? 답은 명백했다. 혹시나 자기한테 떨어질 4억에 문제가 생길까 봐 전전긍긍하는 중이었다. 난 쉽게 알려주기 싫었다.

"몰라."

"모른다니? 최 회장 애를 그렇게 바짝바짝 태우면서 서준표 만나는 거, 그것 때문 아니었어? 그 작자랑 양양까지 가서 사흘이나 같이 지내놓고 아직도 그걸 모르면 어떡하자는 거야? 아무튼 애는 참."

은영은 화가 나는 모양이었다. 불안함 때문이 분명했다. 은영은 차오르는 분노를 애써 숨겼다. 난 조금 더 은영을 괴롭히고 싶었다.

"얼마나 주면 될까?"

은영이 날 보며 눈을 몇 번 깜빡이더니 이를 앙다물었다.

"맥시멈 2억이야, 그 이상은 절대 안 돼. 그 인간 수작에 놀아나면 너뿐 아니라 우리 모두 같이 왕창 피 보는 거야. 명심해."

맛있는 걸 먹으면 입안이 행복해지고 배 속이 든든해지고 머리가 맑아진다. 그러면 마치 내가 잘 사는 것 같고 행복한 것 같은, 그런 상쾌한 메시지가 떠오른다. 하지만 오늘은 조금 달랐다. 정리해야 할 게 남아 있었다.

"은영아."

"됐어. 2억이 마지노선이야."

"대체 그놈한테 뭘 받아먹고 우리 집 정보를 넘긴 거야?"

한참 날 은근히 압박하며 먹고 마시다가 내가 훅 들어가자 은영은 연거푸 딸꾹질을 하면서 눈을 동그랗게 떴다.

"잘 생각해서 대답해. 니 대답에 따라서 너 뉴질랜드에서 슈퍼할 수도 있고 못 할 수도 있어."

은영의 표정이 확 일그러졌다.

"지금 나 협박하는 거야?"

"응. 맞아. 협박이야."

돌판처럼 뜨겁게 달아올랐던 분위기가 순간 얼어붙었다. 곱창집 안은 여전히 이글대는 불판 소리와 사람들 수다, 웃음소리가 넘쳐났지만 오직 우리 자리만 한겨울 얼음이 되어버렸다. 명원이 슬그머니 엉덩이를 들었다.

"어딜 가? 앉아 있어. 넌 증인이야."

명원은 아무 말 없이 다시 엉덩이를 붙이곤 시선을 딴 데로 돌렸다.

"얘기해봐."

"너 참 잔인하다. 야, VIP 건강검진 시켜준다고 사람을 붕 뜨게 해놓고 말이야, 한참 맛있게 먹고 마시는데 이렇게 치고 들어오냐? 너, 윤승희 맞아?"

"니가 얼마나 잘못했는지 모르는구나. 내가 참을 수 없는 건 말이야, 니가 우리 집안일을 서준표한테 시시콜콜 알려줬다는 게 아니야."

"그게 아니면 뭔데?"

"정말 모르는구나. 서준표가 살아 있단 걸 나한테 숨긴 거! 무려 7년 동안이나."

"그건……."

"그래, 보험금이 걱정됐겠지. 이해해."

"……이해한다면서 지금 이러는 거야?"

"올케로선 이해한다는 거야. 하지만 친구로선 용서할 수 없어. VIP 건강검진이 뭐였는지 알아? 친구로서 해주는 이별 선물이었어. 은영아, 지금 이 순간부터 너와 난 이제 더 이상 친구가 아니야. 무슨 말인지 알겠어?"

은영의 얼굴색이 노란색에서 점차 파랗게 변해갔다.

"……승희야."

"얘기해. 서준표한테 뭘 받고 우리 집안 정보를 넘긴 거야?"

은영이 급히 양손으로 얼굴을 가렸다. 아는 짓거리였다. 급격하게 피곤이 몰려왔다. 위기에 빠졌을 땐 어김없이 튀어나오는 송은영의 전매특허, 거짓 울음이 시작되었다. 은영의 울음소리가 점점 커졌다.

명원이 더 이상 버티지 못하고 지갑에서 담배를 꺼내 들면서 횡하니 자리를 떴다. 명원이 사라지자 은영의 울음소리는 더 커졌다. 하지만 주변의 소음에 묻혀 그녀의 계획대로 사람들 시선을 끌지는 못했다. 어쩌다 은영을 돌아본 사람들도 관심 없다는 듯 이내 고개를 돌려버렸다.

난 계속 우적우적 곱창을 씹었다. 곱창을 씹으며 울음소리가 그치길 기다렸다. 한 5분쯤 지났을까? 소리가 잦아들었다.

"미안해."

"그런 소리는 듣고 싶지 않아. 도대체 뭘 받고 친구를 팔아먹었는지, 그것만 얘기해주면 돼."

"널 팔아먹다니. 야, 오버하지 마. 윤승희, 부처님 앞에 맹세코 난 널 위해서 얘기 안 한 거야. 진짜야."

"마지막으로 한 번만 더 물어볼게. 뭘 받은 거야? 받아먹은 게 허접한 거면 참지 않을 거야. 적어도 친구를 팔 수 있을 만큼 가치가 있어야 할 거야."

그제야 동정심이 통하지 않는다는 걸 깨달은 은영은 표정을 확 바꾸더니 차갑게 날 바라봤다. 크게 숨을 한 번 내쉬곤 차분한 목소리로 입을 열었다.

"정확하게 뭘 알고 싶은 거야?"

"처음부터 스파이 노릇을 하려고 하진 않았을 거 아니야? 어떻게 된 사정인지 하나도 빼먹지 말고 털어놔."

은영은 급하게 술 한 잔을 털어 넣고는 입술에 힘을 꽉 주었다.

"7년 전 가을날 밤이었어. 너희 아파트 앞에서 서준표와 딱 마주친 거야. 물론 처음엔 워낙 달라진 모습에 알아보지 못하고 그냥 지나칠 뻔했지. 그런데 서준표가 날 보며 흠칫 놀라는 거야. 나한테 말을 붙이더라고. 그래서 자세히 봤지. 그리고 너무 놀라서 뒤로 자빠졌어. 진짜 놀랐었거든."

이건 아는 얘기였다.

병원에서 1박을 하면서 딱히 할 일도 없고 TV에 집중하기도 쉽지 않아서 밤새 놈과 문자를 나눴다. 놈의 문자가 너무 느려터져서 건강진단을 앞두고 혈압이 끝도 없이 치솟는 기분이었다.

놈에 따르면 놈은 딱 3년 만에, 지저분한 농장에서 돼지를 키우고 끝없이 펼쳐진 광야에 아스팔트를 깔고 우거진 삼림에서 거대한 나무를 자르는 총 천 일이 넘는 다양하고 고통스러운 강제노역 끝에 마침내 해골 조직에서 풀려났다. 조직 내 분열로 폭력 사건이 발생해 몽땅 구속되는 바람에 졸지에 자유를 얻게 되었다는데 놈은 또 한참 동안 신의 도움을 떠들어댔다.

그 긴 시간, 억울한 노예 생활을 했는데 신에게 감사하다니. 놈은 참 변함없이 미련하고 아둔한 인간이었다.

오동수란 이름은 해골 놈들이 만들어준 가짜 신분이라고 했다. 그래도 그 가짜 이름이 있어서 놈은 도시로 나와 새로운 일을 찾았고 석 달 뒤엔 마침내 인천으로 오는 뱃삯을 벌 수 있었다.

감격의 귀국. 인천에 도착한 날, 하늘은 높았고 바람은 잔잔했다고 한다. 놈은 곧바로 우리 옛집으로 향했고 거기서 허탕을 치고 한참을 수소문한 끝에 내 새 아파트로 곧바로 달려왔다. 우리 집 비밀번호는 변함없이 1125, 놈과 내가 처음 만난 날이었다. 놈은 집 안에 들어와 안방과 건넌방, 거실과 욕실을 오가며 이것저것 둘러봤다.

기분이 어땠을까? 아마도 놈은 몹시 당황했을 것이다. 내가 어떻게 이런 번듯한 아파트로 이사를 왔는지 굉장히 의아했을 것 같았다.

놈은 날 기다리고 또 기다리다가 늦은 시간까지 내가 귀가하지 않자 집 밖으로 나왔고 그러다 아파트 현관 앞에서 은영과 딱 마주쳤다고 했다.

은영은 죽은 인간이 살아 돌아온 기절초풍할 상황 속에서도 역시 그녀답게 머리를 핑핑 돌려 제일 먼저 보험금을 떠올렸고 그래서 일단 놈을 잡아끌고 인근 카페로 향해 거기서 대충 상황을 왜곡하고 과장하며 놈을 설득했다고 한다.

돌이켜보니 그때가 바로 내가 최민재와 막 연애를, 정확하게는 불륜을 시작할까 말까 하던 때였다. 최민재와의 관계를 눈치챈 오빠와 은영은 내 불륜을 적극적으로 권유하며 응원했다. 그러니 은영이 놈을 어떻게 어르고 달랬을지 자세히 듣지 않아도 충분히 예상할 수 있었다.

"정말이야. 순전히 널 위해서 그런 거였어. 니가 믿든 말든 상관없어. 난 정말 부처님 앞에 아무것도 거리낄 게 없어."

"그래서 뭘 받았냐고?"

"받긴 내가 뭘 받아? 그저 그 인간이 우리 앞에 나타나지만 않으면, 세상에 나오지만 않으면 고맙고 또 고마운 거였는데."

은영은 날 설득하기 위해 안간힘을 썼다. 하지만 난 믿지 않았다. 내가 아는 은영은 그 어떤 경우에도 아무런 대가 없인 꼼짝도 하지 않을 인간이었다. 물론 처음엔 보험금을 지키기 위해서였을 것이다. 하지만 무려 7년 동안 한 달에 두어 번씩 정기적으로 놈을 만나 우리 집안일을 미주알고주알 떠들어댔다고? 단지 보험금 때문에? 무보수로? 절대 그럴 리가 없었다.

은영도 은영이었지만 그 감언이설에 홀딱 넘어가서 그렇게 어렵게, 힘겹게 돌아왔으면서도 먼저 자기가 알아서 몸을 숨겼다는 놈 얘기가 더 기가 찼다. 기가 막혀서, 너무도 기가 막혀서 놈에게 묻고 또 물었다.

정말 그 사탕발림에 넘어가 무려 7년씩이나 내 앞에 나타나지 않은 거야? 그 알량한 보험금 때문에 오동수가 되어 숨어 지낸 거냐고?

놈은 여기서 또 신을 들먹였다. 그게 신의 뜻이었다고. 그게 분명한 신의 뜻이었기에 자긴 거역할 수가 없었다고. 몹시 고통스럽고 대단히 힘들었지만 결국 따를 수밖에 없었다고. 놈은 사뭇 진지한 표정으로 신의 뜻을 떠들어대곤 눈을 감아버렸다.

웃기는 소리였다.

사람이 극한 상황에 몰리면 도파민인가 뭔가 하는 호르몬이 마구 생성된다. 그런 상황이 되면 환각이 밀려온다. 실제가 아닌 환상 속에서 뭔가를 보고 듣고 냄새 맡는다. 감촉을 느낄 수도 있다. 바로 놈의 경우였다.

난 당연히 놈이 만난 노인네의 존재를 믿지 않았다. 갑자기 나타났다 사라졌다는 소나무인지 잣나무인지도 단지 환영에 불과

하다고 생각했다. 심지어 맥스파이시상하이버거도 놈의 환상이 아닐까 의심했다.

그런데 놈은 그 모든 것이 진실이라고 굳게 믿었다. 그리고 무려 7년의 세월을, 2,555일을, 61,320시간의 우둔한 도피 행각을 신의 뜻이라고 확신했다.

만에 하나, 그게 정말 신의 뜻이었다면 난 그 신을 만나 따지고 싶었다. 도대체 왜? 내가 뭘 그렇게 잘못했다고 그 지독한 상실의 고통을, 그 잔인한 고독의 형벌을 내게 퍼부어댔단 말인가?

그건 그렇고 우선 송은영부터.

"마지막 기회야."

"난 괜찮다고 했는데. 정말 싫다고 했는데……."

한참 동안 자신을 방어하던 은영은 내가 끝까지 차가운 눈길을 거두지 않자 비로소 자신의 죄를 털어놓기 시작했다.

"배를 주더라고. 묵호에 있다는 작은 통통배 말이야. 너무 낡아서 진짜 쓰레기와 다를 바 없는……. 나 참, 그래, 내가 그거 하나 받아먹었다. 서준표 친구라는 작자한테 바로 팔았는데 중개인이 책정한 값이 겨우 9백이더라 9백. 야, 무려 7년 동안 한 달에 두 번 꼬박꼬박 만나서 자세한 정보를 줬는데 겨우 9백 받았다고. 전에 한번 따져보니까 일당이 6만 원도 안 되더라. 6만 원도. 그게 그렇게 잘못된 거니?"

멍한 기분. 귓가를 울리는 '삐' 소리. 흔들리는 불판. 그리고 흐려지는 소음들.

현남에서 본 하얀 배, 승리호 얘기였다. 그게 놈의 배였다. 그리고 놈이 배를 내놨다. 바늘로 뇌 한가운데를 쿡 찌르는 아픔. 예리한 칼로 손가락을 자르는 통증, 지방 덩어리라는 가슴 멍울이 확 부풀어 오르는 기분이었다.

놈의 아버지가 몰던 어선, 부모의 유일한 유산. 뱃사람의 후예라는 놈의 자부심.

그걸 내놨다고?

그렇게 생각나지 않던 배 이름이 순간 떠올랐다. 결혼 후 놈은 배 이름을 바꿨다.

당신 엄마 이름이었다면서? '정순호'. 그걸 왜 바꿔?

석배 놈이 사진을 보내왔네. 좀 봐라.

이게 뭐야? 내가 미쳐.

왜? 마음에 안 들어?

작고 하얀 배에 적힌 이름 '승희호'. 승리호가 아니었다. 어떻게 이걸 그렇게 까맣게 잊을 수 있었는지?

그 배를 친구에게 내놓을 정도로, 그렇게나 내가, 우리가 궁금했단 말인가? 그런데 왜 나타나지 않고 꽁꽁 숨어서? 정말 그게 신의 뜻이었다고 믿었단 말인가? 진정으로 보험금 때문이었단 말인가?

영종도 선착장 카페에서 오래된 노래가 흘러나왔다. 놈이 바다를 보며 작은 목소리로 노래를 따라 불렀다.

　너무 진하지 않은 향기를 담고

　진한 갈색 탁자에 다소곳이

　말을 건네기도 어색하게

　너는 너무도 조용히 지키고 있구나.

　내가 놈을 빤히 보자 놈은 실로 오랜만에 사람 좋던 예전의 그 얼굴로 돌아가 날 바라보며 가을비처럼 쓸쓸하게 웃었다.

　7년 전, 민재가 집 앞 어두운 골목길에서 내 귀에 더운 숨결을 토하며 내 가슴을 움켜쥔 때였다. 간신히 민재의 손길을 피해 집에 들어갔을 때, 그때 부엌에서 묘하게 붕 뜬 기분에 발갛게 달아오른 뺨에 찬물을 묻히며 엉덩이를 살랑살랑 흔들어대면서 〈찻잔〉을 흥얼댔던 것 같다.

　혹시나…… 그럴 리는 없겠지만. 인생이란 게 사실 만화나 드라마완 달라서 그렇게까지 극적이진 않겠지만 혹시나 놈이 돌아온 날이 바로 그날이 아니었을까? 놈이 민재와 내가 골목에서 그러는 걸 보진 않았을까? 그리고 집 안에서 엉덩이를 흔들어대는 것도 본 것은 아닐까? 혹시 그래서 무려 7년 동안, 2,555일 동안, 61,320시간 동안 내 앞에 나타나지 못했던 건 아닐까?

　세차게 고개를 흔들었다. 아닐 것이다. 아니란 걸 알면서도 자꾸만 마음이 그쪽으로 가며 묘한 찜찜함이 깊어지고 축축해졌다.

놈은 왜 영종도 카페에서 하필이면 그 노래를 흥얼댄 걸까? 최백호 노래나 부를 줄 아는 인간이 어떻게 그 오래된 노래 가사까지 기억했던 것일까?

정리를 해야만 했다. 정리하기 위해선 깡숙을 만나야 했다.

끝까지 날 위해서였다며 징징대는 은영을 무시하고 밖으로 나와 가게 앞 한구석에서 담배를 태우는 명원 앞에 섰다.

명원이 불쑥 담배를 내밀었다. 자주 하는 장난이었다. 아무런 망설임 없이 선뜻 받아 물고 씩씩하게 불을 붙였다. 명원이 눈을 동그랗게 떴다. 이내 마른기침이 터졌다. 기침을 하면서도 담배를 태우며 노래를 흥얼댔다.

"너를 만지면 우~ 손끝이 따뜻해. 온몸에 너의 열기가 퍼져 소리 없는 정이 내게로 흐른다."

"그거 무슨 종달새인가 부엉이인가가 부른 〈찻잔〉이잖아."

"노고지리."

"노고지리든 복지리든, 아무튼 좀 야한 노래."

"이게 왜 야해? 아름다운 거야."

"원래 야한 게 좀 아름다운 거야."

"명원아."

명원이 날 빤히 쳐다봤다. 이를 악물고 허리를 세우고 발끝에 힘을 바짝 모았다.

"가자."

"어딜?"

"깡숙이 잡으러."

러브호텔

포천 수목원길, 야트막한 산 아래 자리한 W 무인텔. 새파란 하늘엔 솜사탕 같은 하얀 구름 몇몇이 머물렀다. 단정한 바람 한 점 불지 않았지만 겨울을 앞둔 시린 공기가 가끔 창을 타고 느리게 밀려와 가만히 귓불을 스쳤다.

난 새로 구입한 지프 운전석에 앉아 있었고 내 옆엔 명원, 그리고 뒷좌석엔 은영이 자리했다. 명원과 난 아무 말 없이 모텔 앞 빨간 스포츠카만 뚫어지게 쳐다봤다. 은영은 부산스럽게 시선을 여기저기로 돌려댔다.

"이거 얼마 주고 샀어?"

은영이 뒷좌석의 연한 갈색 가죽 시트를 어루만졌다. 명원이 대꾸해줬다.

"억 넘게 줬단다."

"정말? 이게 저 스포츠카랑 같은 값이라고?"

"개뻥이지, 그걸 또 믿고 있어?"

명원이 낄낄대자 은영이 눈을 흘기는 게 백미러로 보였다.

"결혼하면 최 회장이 자기 차 준다고 하지 않았나? 근데 왜 새 차를?"

"모르겠어? 최민재랑 결혼 쫑 났다는 거잖아."

"진짜? 안 돼, 그건 안 된다고."

은영의 목소리가 비명에 가깝게 올라갔다.

"개뻥이지, 그걸 또 믿고 있어?"

명원은 계속 은영을 놀려댔다. 은영은 평소와 달리 당하기만 했다. 당하면서도 수시로 날 힐끔댔다. 난 일절 모른 척했다.

"그만해라, 제발. 분위기 파악 좀 하고."

"분위기가 왜?"

"승희 입장 생각해보라고."

은영이 또 내 눈치를 살폈다. 난 여전히 못 들은 척했다. 폰을 들고 시간을 확인했다. 오전 10시 반. 평소보다 조금 더 길게 느껴지는 반나절이었다.

"써니 도는 내 거야."

스포츠카를 노려보면서 명원이 씹어뱉듯 짧고 굵게 툭 말을 던졌다.

"뭔 소리야?"

은영이 고개를 앞좌석으로 들이밀며 물었다. 명원이 여전히 스포츠카를 노려보며 왼손으로 은영의 머리를 뒤로 밀었다.

"깡숙이는 내가 알아서 손볼 거니까 너희들은 건드리지 말라고."

오래전 명원의 남편 불륜 현장을 덮치던 때가 생각났다. 명원은 그 뻔뻔한 바람둥이 얼치기 시인은 처다보지도 않고 곧바로 상대방 여자에게 달려들었지만 얼치기가 의외로 능숙하고 완강하게 방어하는 바람에 안타깝게도 뜻을 이루지 못했다.

나 같으면 남자 멱살부터 잡을 텐데, 배신한 남자만 보일 것 같은데 명원은 왜 남자 쪽은 신경도 안 쓰고 상대방 여자부터 공격했을까?

훗날 명원은 이에 대해 매우 짧게 답했다.

잡아채는 맛이 있잖아. 그때 그 망할 것을 그냥 곱게 보내준 게 얼마나 억울했는지 몰라. 두고두고 후회가 되더라니까.

가만히 생각해보니 이건 원래 내 몫이었다. 내 몫? 저절로 웃음이 새 나왔다. 만약 저 안의 남자가 놈이라면? 그렇다 해도 난 깡숙보단 놈의 멱살을 잡고 싶었다.

'그래, 써니 도는 명원이 알아서……'

명원이 깡숙의 긴 머리채를 뒤로 낚아채는 모습이 저절로 떠올랐다.

아침 7시 반, 명원이 찬 공기 한 줌을 손에 들고는 한 시간 넘게 전철을 타고 하남에서 노원까지 그 먼 길을 달려왔다.

아침은 먹었느냐고 물으니 명원은 현관 앞에 버티고 서서 손사래를 쳤다.

그럴 시간이 없어. 9시 반이 아니라 8시 반에 출근한단다. 화물 스케줄 확인만 하고 금방 또 나간다니까 서둘러야 해.

아무리 급하다 해도 이게 아침까지 거를 일은 아니었다. 대충 씻고 급히 멸치와 김치 주먹밥을 만들어 가방에 쑤셔 넣고 집을 나섰다. 그동안 명원은 현관 앞에 서서 연이어 한숨만 내쉬었다.

넌 이 상황에도 먹는 게 그렇게 중요하니?

그 얘기 좀 그만해.

명원 입장에서 보면 참 한심해 보일 수도 있겠지만 오히려 이런 상황이니까 더 먹는 게 중요했다. 급할수록, 심각할수록 내 경우엔 우선 속이 든든해야 했다. 그래야 어떤 경우에도 흥분하지 않고 이성적으로 행동할 수 있었다. 다른 이는 몰라도 난 그랬다.

아침 8시, 막 지프에 오르려는데 뒤쪽에서 은영이 불쑥 모습을 드러냈다. 은영이 어색한 표정으로 서서 구두코로 땅바닥을 콕콕 찍었다.

난 명원을 쩌려봤다. 명원은 먼 하늘을 보며 딴청을 했다. 은영이 작정한 듯 야무진 표정으로 입을 열었다.

친구로 온 거 아니야. 올케 자격으로 온 거야.

은영이 명원을 보며 꾸벅 고개를 숙였다.

안녕하세요? 정명원 씨죠? 윤승희 올케 송은영이라고 해요.

아, 네. 말씀 많이 들었습니다. 그렇게 뒤통수를 잘 치신다고.

기가 막혀 헛웃음만 새 나왔다. 내가 피식대자 긴장했던 은영의 표정이 아주 조금 밝아졌다. 이것들의 쇼를 받아줄 마음은 전혀 없었지만 큰일을 앞두고 괜한 일에 먼저 발끈하기도 그래서 눈 딱 감고 아무 말 없이 차에 올랐다.

옥정으로 가는 내내 은영이 계속 이런저런 얘기를 꺼내 들며 분위기를 바꾸려 애를 썼다. 명원도 슬쩍슬쩍 내 눈치를 살피며 은영에게 대꾸를 해주었다. 그러거나 말거나 난 입을 꼭 다물고 일절 반응하지 않았다.

출근 시간이라 길이 꽤 밀린 탓에 9시가 다 되어서야 동일화물 앞에 도착했다.

벌써 나갔으면 어떡하지?

다행히도 써니 도, 그러니까 깡숙의 차량, 빨간색 스포츠카는 사무실 앞에 얌전히 주차해 있었다. 은영이 또 제일 먼저 입을 열었다.

저런 차는 얼마나 해?

적어도 억은 줘야 할걸.

억 소리에 은영이 발끈했다.

짜증 나. 10년 전엔 알거지였던 것이 도대체 무슨 재주를 부린 거야?

홍신소 베테랑에 따르면 알거지까진 아니어도 그야말로 월세 보증금도 없던 깡숙인 딱 10년 만에 나보다 훨씬 더 부자가 되었다. 화물 차량 열 대를 보유했다는 동일화물 말고도 깡숙은 김치 공장에 온라인 김치 판매 회사 '써니 김치'도 운영하는 이른바, 회장님이 되어 있었다. 속이 또 부글댔다.

그래서 돈 때문에 여기에 붙은 거니? 이왕 붙었으면 부회장은 몰라도 사무실이나 식당, 공장 중 한 군데 대표는 해먹어야지 달랑 화물 트럭 계약직 기사라니. 그런데도 나와 가족을 외면하고 여기 붙어서 먹고살았다는 거니?

명원이 급히 고개를 숙였다.

야, 떴다.

뒷자리 은영도 재빠르게 몸을 낮췄다. 나도 순간 움찔했지만 내가 왜? 라는 마음으로 눈에 힘을 바짝 주고 길 건너 사무실을 응시했다.

깡숙이 모습을 드러냈다. 깡숙은, 놈과 띠동갑이니 나보다 여덟 살이 적은 깡숙은, 나이 쉰을 넘겨도 한참 넘긴 깡숙은 여전히 쫙 달라붙는 티셔츠에 꽉 끼는 청바지 차림이었다. 어쩜 저리도 변함이 없는지. 쌍꺼풀 없는 눈, 오똑한 코, 선이 참 예쁜 입술, 나름 고생을 했는데도 거짓말처럼 맑고 투명한 피부. 멀리서 봐도 명품으로 보이는 갈색 재킷을 걸쳤는데 그 모습을 보고 난 어쩔 수 없이 주눅이 들었다.

아주 돈으로 처발랐네, 처발랐어.

명원도 나와 같은 마음인지 약간 떨리는 목소리로 험담을 늘어놓았고 은영은 늘 그렇듯이 "어머, 어머, 똑같아. 똑같아. 어쩜 하나도 안 늙었어" 소리만 반복하며 내 속을 아삭하게 긁어댔다.

깡숙 때문에 애를 끓이게 되면서 가장 힘들었던 건 그 애에 대한 내 적개심이었다. 그 감정은 흔히 사랑싸움에서 일어나는 질투와는 확연히 다른 것이었다. 그땐 이미 놈에 대한 사랑 따위는 거의 말라버린 다음이었다. 놈은 그저 놈이 자주 지껄이던 대로 내 가족일 뿐이었다. 가족 중에서도 그렇게 중요하진 않은, 네 명중 당연히 넘버 4인, 예전에 깡숙에게 얘기한 대로 온 가족의 앞을 가로막고 버티고 서 있던 커다란 바위, 꽉 막힌 돌덩어리일 따름이었다.

그런데 난 왜 그렇게 애를 태우며 날을 세웠던 걸까?

혹시 내 자존심 때문이었을까? 그것도 확실한 정답은 아니었다. 물론 자존심과 유사한 무언가가 몹시 걸리긴 했다. 하지만 그건 자존심과는 조금 다른 종류였다.

가장 가깝게 표현하자면 두려움이었다. 그 애로 인해 내 가정의 일부가 부서지고, 그 부서진 틈 때문에 내가 쌓았던 모든 게 한꺼번에 다 무너질지도 모른다는 막연한 불안. 바로 그것이었다.

제일 좋은 건 깡숙이 스스로 사라지는 것이었지만 끝까지 놈에게 붙어서 끈적댄다면 어떤 방법을 써서라도 그 애를 내 눈앞에서 없애버리고 싶었다. 그리고 바로 그런 살의 비슷한 감정 때문에 난 깡숙이가 몹시 무섭고 대단히 두려웠다.

깡숙이 남양주를 떠난 후 그 애가 어디로 갔는지 찾기 어렵다는 소문을 들었을 때 난 솔직히 깡숙이 다신 돌아오지 않거나 어디서 병이나 사고로 이미 죽었거나, 그도 저도 아니면 누군가의 아내가 되어 애를 한 다섯쯤 낳고 살찐 뚱보가 되었기를 원했다. 그런 것 중 하나이기를 얼마나 간절하게 원했던지.

그런데 깡숙은 가장 안 좋은 상태가 되어 내 앞에 다시 모습을 드러냈다. 난 스멀스멀 피어오르는 적의를 꾹꾹 누르기 위해 안간힘을 써야만 했다.

깡숙이 멋진 포즈로 빨간 스포츠카에 올랐다. 어딘가로 출발할 모양이었다. 나도 급히 지프 시동을 걸었다. 깡숙의 차가 곧바로 큰길에 올랐다. 약 100미터 정도 거리를 유지하며 깡숙의 차를 따랐다.

흥신소 베테랑은 미행을 할 때 거리를 좁혔다 늘였다 해야 하고 중간에 다른 차량 두 대쯤 끼워 넣는 게 가장 좋다고 조언을 해주었다. 그러나 막상 미행을 시작하자 그런 걸 따질 여력이 없었다. 행여나 놓칠까 봐 난 그저 100미터 거리에만 초집중하며 이를 악물고 깡숙을 따라갔다.

아마도 먼 거리였다면 깡숙을 놓쳐버렸거나 분명히 그녀에게 미행을 걸렸을 터였다. 다행히도 깡숙의 스포츠카는 단지 20여 분의 드라이빙 끝에 비교적 가까운 수목원길 무인텔 안으로 쑥 들어가버렸다.

정말 다행이었나? 모르겠다. 러브호텔이라니.

대체 깡숙은 이 이른 아침 시간에 모텔 안에서 누구를 만나 무엇을 하려는 걸까?

잡았네, 잡았어. 이것들 아주 박살을 내야 해.

설마, 이 시간에 모텔에서?

원래 불륜은 아침이야.

정확하게 따지자면 불륜은 아니지.

아니긴 뭐가 아니야, 믿음을 저버리는 건 다 불륜이야.

명원과 은영은 아무런 근거도 없이 흥분한 목소리로 드디어 꼬리를 잡았다고, 놈을 만나는 것이 확실하다고 마구 떠들어대더니 이제 어떻게 해야 할지를 두고 서로 목소리를 높이며 다투기 시작했다. 그들 목소리가 아주 멀리서 들리는 기분이었다. 난 오로지 하나의 생각뿐이었다.

정말 놈일까?

벌써부터 가슴과 머리, 어깨와 아랫배에 아릿한 통증이 일었지만 이왕지사 일이 이렇게 된 것, 반드시 확인을 해야 했다.

명원의 주장대로 우선 잠복했다가 나오는 연놈의 덜미를 단숨에 낚아채기로 했다. 은영의 제안에 따라 모텔 바로 아래 만두보다는 파전이 맛있다고 소문난 손만둣집 주차장에 차를 대고 입구를 감시하기로 했다.

깡숙이 안으로 들어간 후 한 시간이 흘렀다. 은영이 침을 한 번 꼴깍 삼키더니 무인텔을 보며 눈을 가늘게 떴다.

"얼마나 기다려야 하는 거야?"

"대실은 보통 두 시간이나 세 시간이지만 그건 젊은 애들 기준이고 우리 나이엔 대부분 한 시간이야. 이제 거의 나올 때가 된 거 같아."

"혹시 숙박이면 어떡하지?"

"이 시간엔 숙박은 없어. 다 대실이지."

"넌 어쩌면 그렇게 잘 알아?"

"다녀봤으니까 알지."

"자랑이다, 자랑이야."

"이혼녀가 사랑하러 모텔 가는 게 부끄러워해야 할 일이야?"

더는 참고 듣고 있을 수 없어서 명원을 보고 인상을 확 찌푸렸다. 내 얼굴을 본 명원이 입을 꾹 다물었다. 차 안에 적막이 깔렸다. 매우 무거운 고요함이었다.

명원에 따르면 깡숙은 서울의 작은 김치 공장에서 일하다가 치열한 경쟁 속에 사정이 어려워진 공장을 대출을 받아 직접 인수했고 그 후 놀라운 수완을 발휘해 불과 3년 만에 대출금을 다 갚고 완전히 자리를 잡더니 5년 후엔 온라인 판매 회사와 화물 회사까지 인수해 버젓한 회장님이 되었다.

놈이 중국에서 돌아와 내 주위를 빙빙 돌면서 일자리를 구할 때 둘은 마치 운명처럼, 그렇게 극적으로 재회했다고 한다. 깡숙은 놈에게 의정부 고시원 숙소도 마련해주고 자기 회사 화물 일자리도 제공해줬다.

편했겠지. 가족은 멀리서 지켜만 보고 소식만 듣는데 깡숙은 바로 옆에서 다 챙겨주고 진심으로 아껴주니 편하고 고맙고 한편으론 미안하고, 그랬겠지.

지금 저 모텔 안에서 깡숙이와 함께 헐떡대는 인간은 아마도 놈일 것이다. 물론 확인 절차가 남아 있었지만 이미 모든 게 다 명백해졌다.

끓던 마음이 서서히 가라앉았다. 7년의 의문이 풀리는 시간이었다. 궁금증이 풀리니 몸과 마음이 빠르게 식었다. 난 충분히 차가워졌다.

그리고 결심을 했다.

단 한 푼도 놈에게 주지 않겠다.

고개를 돌려 명원, 은영과 눈을 맞췄다.

"배고프지 않아?"

명원과 은영이 서로를 바라보며 눈만 껌뻑였다.

"와, 기름 냄새 죽인다. 저 집 파전 포장해 와서 주먹밥이랑 같이 먹자."

명원이 잠깐 내 눈치를 살피더니 재빨리 만둣집으로 뛰어갔다.

"너, 괜찮아?"

은영은 여전히 내 눈치를 살폈다. 은영에겐 아무 감정도 남아 있지 않았다. 이젠 '승희호' 같은 건 그저 의미 없는 단어일 뿐이었다.

"괜찮아."

"그날 말이야."

은영이 입술을 깨물었다. 놈과 우리 아파트 현관에서 마주친 날을 얘기하는 것 같았다. 더 이상 들을 필요는 없었지만, 아무것도 궁금하지 않았지만 은영을 그냥 놔두었다. 어쩌면 다 겪어야 할 절차인지도 몰랐다. 은영의 목소리가 조금 떨렸다.

"솔직히 그날 나…… 다 봤어. 너희 아파트 뒤편 놀이터에서 너랑 최 회장이랑 그렇고 그랬던 거 말이야."

그랬구나. 그래서 뭐? 그게 어쨌다는 거야?

"근데 한 10미터쯤 떨어졌었나? 놀이터 입구 작은 나무 뒤에 숨어서 어떤 남자도 그걸 보고 있더라고. 그땐 그 남자가 서준폰지 몰랐지, 내가 작게 헛기침을 했어. 그 소리를 들었는지 남자가 급하게 자리를 떴어. 그 인간을 따라가봤어. 혹시 최 회장 마누라가 사람을 써서 감시하는 게 아닌가 걱정이 됐거든. 그런데 그 인간이 너희 아파트 현관으로 쑥 들어가더라고. 아니구나, 그냥 주민이구나, 하고 돌아섰어. 그러고 나서 경아 전화가 걸려 와서

현관 앞 벤치에서 한참 동안 경아랑 통화를 했어. 통화하는 중에
니가 집에 들어가는 것도 봤지. 경아가 한국으로 돌아오고 싶다
고, 이모가 하도 서럽게 해서 견디기 힘들다고 징징대서 달래느
라고 진땀을 뺐어. 아주 긴 통화를 끝내고, 간신히 경아를 설득하
고 나서 진이 빠져 멍하니 앉아 있는데 아까 그 남자가 현관에서
쑥 나오더라고. 남자가 날 보고 깜짝 놀라는 거야. 딱 마주 보면서
도 처음엔 몰랐어. 워낙 많이 변한 탓도 있고, 무엇보다도 서준표
는 죽었잖아. 서준표가 자기가 서준표라고 할 때에도 무슨 소린
가 했어. 그런데 눈이, 눈매가, 눈빛이 꼭 지은 아빠더라고. 그제
야 비로소 알아본 거야. 얼마나 놀랐던지. 그땐 정말 귀신인 줄 알
았어. 별로 중요한 건 아니겠지만 다 솔직하게 얘기해줘야 할 것
같아서."

　0퍼센트라고 믿었는데 그게 아니었다. 놈은 민재와 내 짓거리
를 다 봤고 아마도 집 안 어딘가에 숨어서 내 살랑대던 엉덩이춤
까지 다 보고 돌아선 것 같았다. 중요하다면 중요한 얘기였다. 진
작 들었다면 놈의 잠적을 이해하는 데 큰 도움이 되었을 수도 있
다. 하지만 이젠 아니었다. 이제 그런 건 하나도 중요하지 않았다.

　"황 사장 말이야."

　"누구?"

　"판때기 말이야, 판때기. 철판 판때기."

　아, 그 지저분한 늙다리. 그놈이 뭐?

"그 판때기가 너한테 지분되는 걸 알고 서준표가 아주 부르르 떨었는데."

부르르 떨어? 그렇게 떨기만 하곤 깡숙이랑 헤헤하고 호호했던 거니?

"판때기는 아는 얼굴이니까 자기가 직접 나타날 수도 없고. 한동안 고민하며 괴로워하더니 판때기가 술집 마담이랑 어울리는 사진을 몰래 찍어서 판때기 마누라한테 보낸 거야, 서준표가."

그랬구나. 그래서 황 사장이 더는 껄떡대지 못했던 거였구나.

"무역하던 빽가 때도 서준표가 사무실로 직접 찾아가서 여기 환율가지고 힘없는 중소기업 등쳐먹는 악덕기업주가 있다고 난리 난리 부려서 해결된 거야. 몰랐지?"

당연히 몰랐다. 그저 이 인간은 최소한 양심은 있구나, 했을 뿐.

"뱀 문신 기억해?"

어떻게 기억 못 하겠는가? 놈 때문에, 그 징그러운 문신 때문에 밤마다 얼마나 악몽에 시달렸는데.

"그 뱀 문신이 지금 동일화물에서 기사로 일해. 서준표가 소개한 거야."

은영을 빤히 쳐다봤다. 은영은 왜 이 시점에서 놈의 편을 드는 것일까?

"고모부가, 그러니까 서준표가 널 아예 모른 척한 것은 아니라고. 지난 7년, 자기 딴엔 뒤에서 열심히 널 도와줬다고. 너도 알아야 할 것 같아서 얘기하는 거야."

그랬겠지. 그렇게 뒤에서 날 몰래 도와주면서 깡숙이랑 헤헤하고 호호했겠지.

20분쯤 지나 명원이 손에 해물파전 포장을 들고 뛰어왔다. 명원이 들어오자 고소한 냄새가 차 안에 진동했다. 더 이상은 허기를 참기 힘들었다. 주먹밥도 꺼냈지만 셋 다 파전에 달려들었다.

"와 두꺼워, 레알 두꺼워."

"이 오징어 좀 봐. 그냥 한 마리째 통으로 다 넣었나 봐."

명원과 은영과 난 허겁지겁 파전을 입에 넣었다.

60년을 살아오면서 참 많은 일을 겪었다. 그야말로 파란만장, 대부분 TV 드라마에나 나올 만한 사건들이었다.

부모의 파산으로 대학을 중퇴하고 길거리에서 춤을 추며 돈을 벌어야 했고 가난하다는 이유로 남자친구의 어머니에게 모욕을 당하기도 했다. 놈과 결혼 후 가난에 눌려 그야말로 피 말리는 세월을 견뎌야 했다. 나이 50에 졸지에 미망인 신세가 됐고 생활 전선에 직접 뛰어들어 공장을 운영하며 두 아이를 키웠다. 환갑 나이에 새 인생을 시작하려 하니 죽었다던 남편이 갑자기 살아서 돌아왔다.

웬만한 일로는 눈 하나 꿈쩍하지 않을 만큼 세월에 단련되었다고 굳게 믿었다. 하지만 하다 하다 TV 드라마 중에서도 막장 연속극에나 나올 법한 불륜 현장이라니.

파전은 참 고소했다. 바삭한 파전을 꼭꼭 씹으며 속으로 다짐을 했다.

놈을 잡더라도 절대 품위를 잃진 않겠다. 차갑게, 냉정하게, 이성적으로 대해주겠다. 놈이 깡숙이와 그렇고 그렇다고 해도 난 정말 아무렇지도 않다는 걸 꼭 놈에게 보여줘야 한다. 그리고 공장 땅 판 돈은 한 푼도 줄 수 없다고 선언하고 둘의 미래를 축하해주며 우아하게 돌아서겠다.

예상 시나리오를 짜고 속으로 연습해봤다. 이 정도면 누가 봐도 품위 있는 이별이 될 것 같았다. 막 주먹밥을 꺼내 들고 한 입을 베어 먹은 바로 그때였다. 깡숙이 모습을 드러냈다. 들어간 지 꼭 한 시간 반 만이었다. 명원도 본 모양이었다.

"나왔다, 나왔어."

그녀가 빨간 스포츠카 운전석에 올랐고 사내가, 놈이 확실한 한 중년 사내가 그 옆에 타는 게 보였다. 깡숙의 스포츠카가 천천히 모텔 언덕을 내려왔다.

난 손에 들었던 주먹밥을 뒤로 확 던져버리고 동시에 차 시동을 켰다. 주먹밥을 정통으로 맞은 은영이 비명을 질러댔다. 온 힘을 다해 액셀을 밟았다. 그리고 곧바로 빨간 스포츠카를 향해 속도를 올리기 시작했다. 명원의 목소리가 높아졌다.

"야, 너 뭐 하는 거야?"

뒤에서 은영이 내 어깨를 잡았다.

"승희야, 진정해. 승희야!"

아무 소리도 들리지 않았다. 아무 생각도 나지 않았다. 오직 저 차를 잡아야 한다는 일념뿐. 난 차갑게 식은 게 아니었다. 오히려 펄펄 끓고 있었다. 이성을 잃은 난 괴성을 지르며 대로를 가로질러 깡숙의 차량 앞으로 돌진했다.

깡숙의 차량이 급정거했다. 그제야 나도 브레이크를 밟았다. 날카로운 금속음이 울리며 지프도 정차를 했다. 아슬아슬하게 충돌은 피했다.

곧장 차에서 뛰어내려 스포츠카를 향해 달리기 시작했다. 그 가공할 스피드에 스스로 깜짝 놀랐다. 발톱을 바짝 세우고 먹이를 낚아챌 때의 바로 그 솔개처럼, 거친 숨을 몰아쉬며 산 정상으로 오르는 외로운 킬리만자로의 표범처럼, 그렇게 난 질풍같이 달려 곧바로 스포츠카 조수석 문을 벌컥 열었다.

아주 잠깐 품위 생각을 하긴 했다. 하지만 그런 건 이제 하나도 중요하지 않았다. 이 상황에 품격? 웃기고 있어. 이건 살이 찢기고 피가 튀는 전쟁이었다. 전쟁에 예의가 어디 있고 교양이 어디 있는가? 오직 죽고 죽이는 처절한 혈투와 사투, 잔혹한 피비린내만 존재하는, 그런 엄중하고 비장한 순간이었다.

평소엔 상상도 할 수 없었던 놀라운 민첩함과 노련함으로 나는 번개같이 조수석 안전벨트를 풀고 동시에 사내의 멱살을 움켜쥐었다.

"으아아아아!"

난 마음껏 포효했다, 대체 어디서 그런 힘이 솟아났는지. 남자는 멱살을 잡힌 채 맥없이 밖으로 끌려 나왔다.

"이 나쁜 놈아!"

고함을 지르며, 성난 호랑이가 되어, 흥분한 사자가 되어, 굶주린 독수리가 되어 놈의 멱살을 잡아 마구 흔들어댔다. 놈은 어떤 방어나 대응은 아예 꿈도 꾸지 못한 채 바람 인형처럼 이리저리 구겨지고 찢기며 속절없이 흔들렸다.

질투가 아니었다고? 웃기지 마라. 이건 질투가 확실했다.

사랑이 아니었다고? 노, 이것은 백 프로 사랑이었다. 사랑 중에서도 가장 원초적이고 가장 말초적인, 더러운 러브호텔 같은, 그런 사랑이었다.

난 놈을 붙잡고 늘어졌다.

'나만 사랑한다고 했잖아? 평생 변함없이 내 곁을 지키겠다고 했잖아?'

뱃속 아래 깊은 곳에 자리 잡았던 울분이, 태어나 단 한 번도 꺼내보지 못한 설움이 끝내 터져 나오고야 말았다.

"이 나쁜, 나쁜, 나쁜 자식아!"

놈의 다급한 비명이 귓가를 울렸다.

"승희야, 승희야, 제발."

놈의 목소리가 아니었다. 이놈이 이젠 목소리까지 바꿔 빠져나갈 궁리를 하는 모양이었다. 따귀를 한 대 올려붙이려고, 아주 보기 좋게 한 대 갈겨주려고 오른손을 한껏 올리고 눈에서 불을 뿜으며 놈을 노려봤다.

'어?'

놈의 얼굴이 아니었다. 놈이 이젠 얼굴까지 숨기며 수작을 부리는 건가?

"경아 아빠!"

은영의 비명이 들렸다. 그러고 보니 익숙한 얼굴이었다.

"오빠?"

"오빠가 잘못했다, 승희야."

맥이 풀렸다. 먹살을 놓고 그 자리에 털썩 주저앉아버렸다. 어느새 달려온 은영이 내 대신 오빠 먹살을 움켜잡고 흔들어댔다. 은영의 왼쪽 뺨에 김치 조각과 김 부스러기가, 인중에 하얀 밥알이, 그리고 오른쪽 눈썹 위에 잔멸치 덩어리가 붙어 있었다.

명원이 깡숙의 머리채를 휘어잡는 모습도 눈에 들어왔다. 깡숙은 명원에게서 벗어나려 애썼지만 고개가 뒤로 젖혀져서 전혀 힘을 쓰지 못했다.

일어나려 했지만 도저히 그럴 힘이 없었다. 온몸에 힘은 하나도 남아 있지 않았지만 묘한 가벼움이, 온몸이 서서히 가벼워지는 게 분명하게 느껴졌다.

배가 고팠다. 덜덜 떨리는 다리에 바짝 힘을 주고 아스팔트 바

닥에서 일어났다. 은영에겐 정말 미안한 일이었지만 도저히 참을
수 없는 웃음이 피식피식 새 나왔다.

어디선가 불어온 부드러운 바람 한 점이 왼쪽 뺨을 살짝 스쳤
다. 허탈함과 부끄러움과 그리고 그 누구에게도 얘기할 수 없는,
기쁨 중의 기쁨이 가느다란 핏줄 하나, 하나를 타고 서서히 온몸
으로 퍼져나갔다.

'놈이 아니었다.'

진주목걸이

2차선 도로 한복판이었다. 비스듬히 서서 깡숙의 스포츠카를 막아선 내 지프 탓에 차량이 밀리기 시작했다. 비교적 이른 시간이었고 한적한 도로였기에 그나마 다행이었다. 차량들은 느린 속도로 내 지프와 깡숙의 스포츠카를 피해 막힌 길을 빠져나갔다. 빠져나가면서도 그들은 이 진귀한 풍경을 놓치지 않았다. 어떤 이는 창문을 내리고 고개를 반쯤 빼곤 구경을 했다. 한 젊은 커플은 폰을 번쩍 들고 영상을 찍기까지 했다. 만둣집에서도 열 명 남짓한 손님이 몰려나와 오빠와 은영, 깡숙과 명원이 벌이는 활극을 구경하느라 정신이 없었다.

몰려든 사람들은 아랑곳 않고 오빠와 은영, 깡숙과 명원은 점점 더 치열하게 몸싸움에 몰두했다. 오빠는 멱살을 잡고 달라붙은 은영을 털어내려고 은영의 손을 거칠게 흔들었고 은영은 오빠에게 대롱대롱 매달린 채로 위태롭게 흔들리면서도 한번 움켜쥔 멱살을 절대 놓지 않았다.

"내 말이 맞았어. 내가 맞았다고."

수목원길의 파란 하늘에 더욱더 크게 울려 퍼지는 은영의 울부짖음.

오랜 세월, 오빠 가정을 괴롭혔던 은영의 의부증. 바로 그것 때문에 오빠와 은영은 어린 경아를 뉴질랜드에 보내고 말 그대로 남보다도 못한 관계로 불행하게 살아왔다. 내가 은영을 그렇게 미워했던 이유가 바로 이것이었다.

그런데 그게 아니었다. 의부증이 아니었다.

어쩌면 저 울부짖음의 절반쯤은 그동안 은영 주변의 모든 이가 하나같이 외면했던 진실을 직접 확인한 감회와 설움 때문일지도 몰랐다.

깡숙과 명원은 그야말로 결투에 돌입했다.

명원에게 머리채를 잡힌 채로 고개가 확 뒤로 젖혀져서 꼼짝 못하던 깡숙은 이를 악물며 눈빛을 번뜩이더니 온 힘을 다해 몸을 돌려 안정된 자세를 확보했다. 그리고 이내 명원의 뒷머리를 잡아챘다. 하지만 명원은 단발이라 깡숙에게 잡힐 게 없었다. 이에 깡숙은 명원의 뒷목을 잡고 안간힘을 썼다. 깡숙의 반격에 명원은 머리채를 놓쳤다. 깡숙은 찰나의 순간에 주변을 휙 돌아보더니 곧바로 자기 차로 발길을 돌렸고 명원은 재빨리 깡숙의 어깨를 잡고 큰 신장을 이용해 깡숙을 찍어 눌렀다. 둘은 아스팔트를 뒹굴었다. 레슬링을 하듯 바닥을 뒹굴며 엉겨 붙었다.

깡숙도 악착같았지만 명원도 결코 뒤지지 않았다. 명원은 아마도 얼치기 시인의 불륜 현장을 덮쳤던 그 시간으로 되돌아간 듯했다. 그때 별다른 응징을 하지 못했던 아쉬움을 이번 기회에 아예 다 풀어버리기로 작정한 듯.

"놔, 놓으라고."

오빠가 은영을 힘껏 밀쳤다. 은영이 바닥에 쓰러졌다.

'저 나쁜 자식. 뭘 잘했다고?'

은영에게 미안했다. 정말 미안했다. 명색이 단짝이라면서도, 오랜 친구라고 그렇게 떠들어댔으면서도 그녀의 줄기찬 호소를 전혀 믿지 않았기에 더욱더 미안했다.

분노가 일어나니 완전히 풀려버렸던 다리에 다시 힘이 돌아왔다. 벌떡 일어나 오빠에게 돌진했다. 순간 가슴에 전기가 '찌릿'하는 기분과 함께 다시 다리가 풀렸다. 쉽게 발걸음이 떨어지지 않았다. 오빠가 깡숙의 스포츠카 조수석에 뛰어오르는 게 보였다. 그걸 보면서도, 빤히 보면서도 다리가 풀려 꼼짝할 수 없었다.

"써니야."

오빠가 다급하게 깡숙을 불렀다.

'써니 좋아하시네.'

은영이 조수석 문을 열려고 차에 달라붙었다. 나도 도와야 했다. 하지만 한 걸음을 뗐다가 다시 그 자리에 주저앉고 말았다. 몸에서 모든 힘이 다 빠져나간 기분이었다.

깡숙이 명원에게서 벗어나 자기 차를 향해 달렸다. 명원이 다시 깡숙의 뒷덜미를 잡아챘다. 목걸이가, 아까부터 덜렁거리던 깡숙의 진주목걸이가 명원의 손에 걸렸다. 목걸이 줄이 끊겼다. 진주알이. 수십 개로 보이는 진주알이 사방으로 튀었다.

'저 목걸이, 어디서 봤는데'

진주알이 곳곳으로 튀자 구경하던 중년 여성 두엇이 대로로 달려들었다. 여자들이 정신없이 진주알을 주웠다. 그리고 모여든 사람 대부분이 폰을 꺼내 일제히 영상을 찍기 시작했다.

난장판. 여러 사람이 어지러이 뒤섞여 마구 떠들어대거나 뒤엉켜 뒤죽박죽이 된 곳. 또는 그러한 상태!

명원의 손아귀에서 풀려난 깡숙은 사방에 흩어져 바닥을 구르는 진주알은 쳐다보지도 않고 재빠르게 자기 차에 뛰어올라 시동을 걸고 놀라운 속도로 후진해 난장판이 된 현장을 번개같이 빠져나갔다.

뜬금없이 오래전 냉면을 먹으며 오빠가 했던 얘기가 떠올랐다.

난 이런 결혼 생활을 원했던 게 아니야.

그럼 어떤 결혼 생활을 원했는데?

설렘이 있는, 오랜 기간 함께해도 마치 어제 만난 것 같은 그런 느낌 있잖아. 살아가는 데 돈 같은 건 아무 문제도 되지 않아. 아이도 사실 중요하지 않아. 크면 남인데 뭐. 난 뭘 크게 욕심내는 게 아니야. 그저 가슴 떨리는 진짜 사랑, 그것 하나만 있으면 된다고. 근데 경아 엄마한테는 아무 느낌도 들지 않아. 차라리 미운 마음이라도 들면 좋겠는데 그 여자에겐 그런 감정도 들지 않아.

그땐 은영에게 시달리는 오빠가 불쌍하단 생각을 했었다. 이제 다시 돌아보니 오빠의 넋두리는 단지 무책임한 바람둥이의 전형적인 변명에 지나지 않았다.

비겁한 놈. 이 상황에 도망을 가버리다니.

계속 바닥에 주저앉은 채 아직도 바닥을 굴러다니는 진주알을 쳐다봤다.

명원도 나처럼 힘이 다 빠진 듯 바닥에 주저앉아 멍한 표정으로 하늘을 보고 있었다. 원했던 머리채를 원 없이 잡아채봤으니 명원은 나름 소원 성취를 한 셈이었다.

'시원하니, 명원아?'

가까운 거리에서 은영의 흐느낌이 들렸다. 참으로 애절한 통곡이었다.

"내가 맞았어. 내가 맞았다고."

고개를 돌려보니 내 바로 앞에서 은영이 바닥에 쭈그리고 앉아 훌쩍이면서 열심히 진주알을 줍고 있었다.

LOVE IS

다닥다닥 붙은 연립주택 사이, 어둡고 축축한 골목을 두어 번 돌아가면 야트막한 오르막이 끝나는 지점에서 갑자기 햇살을 가득 머금은 마름모꼴의 작은 공간, 달랑 그네 두 대와 미끄럼틀 하나가 놓인 나이 먹은 놀이터가 나타난다. 실로 오랜만에 아지트를 찾았더니 놀이터 앞에 구청에서 붙인 공고가 있었다.

'안전 진단에 불합격하여 0월 0일 24시 이후 놀이터를 폐쇄합니다.'

아마도 동네 재개발과 관련이 있는 것 같았다. 일주일 뒤면 정들었던 아지트와 이별이었다. 익숙했던 공간이 사라진다는 건 서글픈 일이다.

'그동안 고마웠어, 놀이터야.'

그네에 올랐다. 안전 어쩌고 하는 공고를 본 탓인지 괜히 삐걱대는 소리가 평소보다 더 크게 들렸다. 상체만 약간 흔들어대며 하늘을 바라봤다. 하늘엔 벌써 노을이 번지기 시작했다. 바람이 살살 불어왔다. 비로소 마음이 조금 편안해졌다.

러브호텔 사건 이후 사흘이 지났다.

사건 다음 날, 몇몇이 난장판 영상을 SNS에 올렸다. 영상은 진주목걸이란 꽤 멋진 이름으로 순식간에 여기저기로 퍼져나갔다. 영상 속에서 오빠와 은영보단 오히려 명원과 깡숙이 주연이었다. 그들의 치열한 아스팔트 레슬링은 단연 인기 만점이었다. 조롱하고 비웃는 댓글이 절반이었고 의외로 명원과 깡숙을 센 언니들이라며, 특히 명원을 '걸 크러시'라며 응원하는 댓글도 절반쯤 되었다. 불행 중 다행으로 내 모습은 아예 영상에 나오지도 않았다.

하루아침에 유명 인사가 된 명원은 씩씩대며 경찰을 찾았다. 하지만 별다른 소득은 얻지 못했다. 이번에도 명원의 남자친구가 나섰다. 그런 영상을 지우는 일을 전문으로 하는 이들이 활약하기 시작하자 눈부신 속도로 번지던 영상이 딱 반나절 만에 일단 주춤거렸다. 전문가는 완전히 해결하는 덴 약 한 달 정도 시간이 필요하다고 했다.

진주목걸이 사건 이틀 후, 노원역 앞 스타 카페에서 상우를 만났다. 상우 연락을 받고 지은도 자리에 함께했다. 피 한 방울 섞이지 않았는데 상우는 어쩜 그리도 은영과 똑같은 표정으로 씩씩대던지.

나 파혼해요.

왜?

속았어요. 그 여우한테 완전히 속았어요. 사기를 당한 거예요.

무슨 사기?

남자가 있었어요. 태국에서 동거하던 놈이 있었다고요.

확실한 거야?

그놈이 날 직접 찾아왔다니까. 아주 개양아치야.

미주에게 과거가 있었단 얘기였다. 불쾌했다. 하지만 그렇다고 곧바로 파혼이라니. 이건 좀 아니지 않나? 파혼을 결심하기 전에 좀 더 고민해봐야 할 문제가 아닐까?

물론 그 외골수 성격에 얼마나 화가 났을지 모르는 바는 아니었으나 난 상우의 경솔함과 성급함, 흥분이 몹시 마음에 걸렸다. 지은도 나와 같은 생각인 모양인지 미주 얘기도 들어봤냐고 상우에게 물었다.

물어보긴 뭘 물어봐? 완전히 내가 당한 건데.

빽 소리를 지르는 상우.

솔직히 난 상우보다 지은이 더 궁금했다. 상우가 씩씩대는 동안 지은에게 어떻게 할 것인지 물어봤다. 지은은 상우와 달리 차분했다. 너무 차분해서 더 걱정이었다.

돈을 달래. 엄마가 상속해준다는 4억 말이야. 그걸 다 달래. 안 그러면 사라와 요한은 자기가 키우겠대.

그래서 어떻게 하려고?

소송할 거야. 변호사 알아보고 있어.

소송을 하면서 딸은 또 얼마나 많은 상처를 받게 될까? 아팠다. 마음이 너무 아팠다. 그냥 4억을 주고 끝내고 싶은 마음이었다. 하지만 내가 준다고 해도 그걸 받아들일 지은이 아니었다. 뭔가 해주고 싶은데, 어떻게든 도와주고 싶은데 그저 같이 아파하는 것 외엔 달리 해줄 수 있는 게 없었다.

창밖을 보며 곰곰이 따져보니 지은도 그렇고 상우도 그렇고, 오빠와 은영도 그렇고, 사실 이 모든 불행이 다 놈이 돌아오고 시작되었다. 놈이 나타나기 전까진 우린 모든 게 순탄하고 화목하고 행복했었다.

과연 그랬나? 모르겠다. 모든 게 참 혼란스러운 시간이었다.

이게 결국 다 놈 탓이라고 속으로 스스로에게 우기고 있는데 놈이 카페에 불쑥 모습을 드러냈다.

나와 상우가 눈을 크게 뜨고 놈을 쳐다보자 지은이 자기가 불렀다면서 놈에게 상우 옆자리를 권했다. 놈이 상우 옆에 앉아 활짝 웃었다.

우리 가족 엑기스만 다 모였네.

엑기스는 개뿔.

놈을 본 상우는 창가로 시선을 돌리곤 입을 꾹 다물었다. 지은이 대신 미주의 전 남자친구 얘기를 해주었다. 그런데 지은은 왜 놈한테 우리 가족 얘길 미주알고주알 다 하는 걸까? 혹시 딸은 현남 이후로 벌써 놈을 다시 가족으로 받아들인 걸까?

난 불편했다. 이 자리가 몹시 불편했다. 정확하게는 놈이 내 앞에 앉아 있는 게 영 편치 않았다. 왜 이런 건지 생각해보니 금세 답이 나왔다.

난 부끄러웠다. 놈과 깡숙을 의심했던 게 창피했다.

그래서 뭐? 충분히 의심할 만했다고, 어쨌든 놈이 깡숙의 도움을 받은 것은 사실이라고, 그걸 내게 숨기려고 새빨간 거짓말까지 했다고, 그래서 내 입장에선 의심할 수밖에 없었다고 난 부지런히 스스로에게 변명하고 또 변명했다.

지은에게서 얘기를 다 들은 놈이 고개를 갸웃거리며 상우를 쳐다봤다.

미주는 괜찮은 거냐?

그걸 내가 어떻게 알아요?

개양아치라면서? 미주를 보호해야 할 거 아니냐?

무슨 얘기를 들은 거예요? 그 개양아치랑 동거를 했다고요, 동거를.

그건 너 만나기 전 일이라며? 그게 왜 문제가 된다는 거냐?

상우는 입을 꼭 닫고 다시 창 쪽으로 고개를 돌렸고, 잠시 상우의 뒤통수를 보며 눈을 가늘게 뜨던 놈이 혀를 끌끌 찼다.

너 무섭구나.

상우가 인상을 확 구기며 놈을 째려봤다.

뭐요? 무섭긴 뭐가 무서워요?

넌 그 개양아치가 두려운 거야. 그걸 남들 앞에서 인정하기 싫으니까 괜히 미주 탓을 하며 현실을 외면하는 거야. 괜찮아, 상우야, 아빠도 그랬어. 아빠뿐 아니라 남자들은 다 그래. 상우야, 하지만 지금 제일 급한 건 미주를 지켜주는 거야.

상우가 벌떡 자리에서 일어나더니 지은에게 고함을 질렀다.

아빠를 왜 불렀어? 왜 시키지도 않은 짓을 해.

상우는 나와 지은과 놈을 차례로 째려보고는 횅하니 자리를 떠버렸다. 자리에 남은 놈과 나, 지은은 참으로 어색한 공기 속에 무거운 침묵을 이어갔다.

가볼게요.

지은이 먼저 자리를 떴다. 더 어색해진 공기. 나도 슬그머니 엉덩이를 들었다.

자연스럽게 떠오른 기억. 놈과 한창 연애할 때였다.

놈과 명원과 은영이 처음 만난 날이었다. 괜히 흥분해서 처음부터 마구 달렸던 은영이 술에 취해 참 쓸데없는 얘기만 골라서 떠들다가 그만 민재 얘기를 떠벌리고 말았다. 놈은 무표정으로 듣기만 했다. 괜히 그게 걸렸던 내가 며칠 후 먼저 놈에게 민재 얘기를 꺼냈다. 놈이 특유의 선한 웃음을 지으며 내 어깨를 감쌌다.

내가 좀 더 일찍 나타나지 못해서 미안해.

그랬다. 놈은 적어도 치사하진 않았다. 비열하지도 않았다. 그건 인정한다.

하지만 아무리 인정한다 하더라도 카페에서 나와 분명히 내가 "빠이빠이"라고 했음에도 막무가내로 날 따라붙는 건 도저히 참을 수 없었다.

제발 그냥 가라고!

싫어. 밥 먹고 헤어지자.

난 피곤했다. 놈과 밥을 먹을 기분이 아니었다.

밥 먹고 싶으면 지은이랑 먹어. 멀리 안 갔을 테니까 전화해봐.

오빠는 너랑 먹고 싶다, 승희야.

둔한 인간, 둔해도 너무 둔한 인간.

지금 오빠에 은영에 지은에 상우까지 내 속이 속이 아닌데 그런 건 하나도 모르면서. 정말 여자의 감정은 단 하나도 읽어내지 못하는 이 국대급 미련 곰탱이.

그네가 또 삐걱거렸다. 살짝 불안했다. 괜히 기분이 그래서 옆 그네로 옮겨 앉았다. 연한 바람이 솔솔 불어왔다.

어젯밤 오빠에게 전화해 오랜만에 냉면을 먹자고 했다. 오빠는 대답하지 않았지만 난 일방적으로 시간과 장소를 통보하곤 전화를 끊었다.

진주목걸이 사건 이후 오빠는 하루를 더 밖에서 보내고 집으로 돌아왔다. 은영은 울부짖으며 달려들어 오빠의 살점을 쥐어뜯고 할퀴었다. 오빠는 담담한 표정으로 당할 만큼 당하고 나서 은영을 획 밀쳐내고는, 냉면집에서 육수를 더 시키듯, 사리 추가를 주문하듯, 그렇게 아무렇지도 않게 은영에게 헤어지자고 말했다.

지금 그게 이 상황에서 할 소리야? 야, 이 개자식아!

은영이 울부짖고 또 울부짖었지만 오빠는 차갑게 고개를 돌렸다. 은영은 결국 그 자리에서 그대로 무너졌고 오빠는 그런 은영을 두고 다시 집을 나가버렸다.

오빠와 깡숙은 무려 5년 동안이나 불륜 관계였다고 한다.

결국 헤어지는 게 답인가?

하지만 난 어떻게든 오빠를 설득할 생각이었다. 은영은 그 어떤 경우에도 절대 이혼하지 않겠다고 했으니 오빠를 설득할 수밖에 없었다.

오빠는 냉면집 앞에 나타나지 않았다, 엉뚱하게도 깡숙이 대신 모습을 드러냈다.

머리를 꽤 많이 뜯겼는지 깡숙은 야구 모자를 푹 눌러쓰고 있었다. 명원의 명백한 승리였다. 나도 깡숙의 머리채를 잡아채고 싶은 마음이 간절했지만 꾹 참고 깡숙과 마주 앉아 냉면을 먹었다. 깡숙은 냉면은 별로인지 절반도 먹지 못했다. 난 그 앞에서 국물까지 깨끗이 비워버렸다. 깡숙의 퀭한 눈과 움푹 들어간 광대를 보니 꽁꽁 굳어 있던 마음이 약간 풀렸다.

냉면집을 나와 근처 카페 2층 창가에 깡숙과 마주 앉았다.

상무님과는 헤어질 겁니다. 곧 떠날 거예요.

다행이었다. 정말 다행이었다.

깡숙이 날 빤히 쳐다봤다. 깡숙은 표정이 그리 많지 않은 인간이었다. 내가 본 건 주로 차가운 무표정이었다. 그런데 사흘 만에 눈에 띄게 야윈 깡숙의 얼굴이 천천히 일그러지더니 눈에 눈물이 가득 고였다. 처음 보는 표정이었다.

뭐지?

10초 정도의 적막. 마치 카페 실내가 멈춘 것 같은 묘한 느낌. 그럼에도 불구하고 2층을 가득 메운 미지근한 공기. 답답함. 그리고 한순간 그 답답한 공기가 어디론가 확 빠져나가는 게 느껴지면서 동시에 깡숙의 입술이 꿈틀거렸다.

깡숙은 평소보다 소리도 훌쩍 키우고 톤도 엄청 높이면서, 하고 싶었는데 그동안 차마 하지 못했다는 게 확실하게 느껴질 만큼 중간중간 울컥대면서 폭포수처럼, 수년 동안 묵혔던 커다란 얘기 보따리를 빠른 속도로 왕창 풀어버렸다.

사장님을 좋아했어요. 사장님은 내가 살면서 만난 모든 남자와 달랐어요. 난 남자들이 다 싫었어요. 피붙이들은, 아버지와 오빠는 날 학대하고 부려먹었고 피가 섞이지 않은 남자들은 다들 내 마음이 아니라 몸을 욕심냈죠. 어쩌면 하나같이 그렇게 똑같던지. 사장님만, 오직 사장님만 내 몸을 훔쳐보지 않고 내 눈을 봤어요. 그때 기분이란. 아, 세상에 이런 남자도 있구나. 지금까지 기다리며 버텨온 보람이 있구나. 괴롭히지 않고 위해주는 남자를 만나게 되다니. 그래서 결심했죠. 평생 이 남자를 사랑하겠다고. 하지만 내 인생의 유일한 남자에겐 여자가 있었죠. 바로 사모님요. 유부남한테 어떻게 그럴 수 있냐고요? 그게 그럴 수 있더라고요. 도덕과 윤리 같은 건 정말 아무것도 아니었어요. 그래서 사모님을 미워했어요. 너무너무 미워했어요. 미워하다가, 미워하다가 난 사장님을 뺏기로 마음먹었어요.

웃기는 얘기. 난 깡숙 따위에게 내 남자를 뺏길 바보가 아니었다. 깡숙이, 이거 아주 재미있는 애였다. 딴엔 엄청난 꿈을 품고 있었다.

남자들이 맨날 그러잖아요, 골키퍼가 있다고 골이 안 들어가느냐고. 그런데 그게 안 들어가더라고요. 사장님 눈엔 사모님만 보이는 것 같았어요. 얼마나 화가 나던지. 그땐 솔직히 얘기하자면 사모님이 세상에서 없어졌으면 좋겠다고 생각했어요.

깡숙이 중간에 잠시 말을 끊고 목이 마른지 벌컥벌컥 식은 커피를 마셨다. 그리고 날 다시 뚫어지게 바라봤다.

따듯함. 속에 따듯함이 고이기 시작했다.

이건 처음 알게 되었다. 내가 힘들었던 것만큼 깡숙도 그랬던 것 같았다.

깡숙의 눈빛을 더 이상 마주하기 힘들었다. 그래서 난 깡숙의 인중으로 슬쩍 시선을 내리고 대신 목에 바짝 힘을 주었다.

아마도 처음이리라. 자기 속을 드러내는 건 깡숙에겐 처음 있는 일일 것이다.

난 자세를 고쳐 앉았다. 허리를 꼿꼿이 펴고 다리를 가지런히 모았다.

그렇다면 존중해야 했다. 타인의 진심이기에 성실하게 들어줘야 했다.

한 순간 가슴이 찌릿했다. 사흘에 한 번 정도, 찌릿함이 일었다. 병원에 가봐야 하는데 갈 시간이 없었다. 혹시 명울에 문제가 생겼을까?

다시 깡숙의 목소리가 들렸다.

아마 내가 할 수 있는 건 다 했던 것 같아요. 이렇게도 유혹해보고 저렇게도 흔들어보고, 질투 유발도 해보고, 다 쓸데없는 짓이었어요. 사장님은, 지금 생각해보면 아마 너무 둔해서 그랬던 것 같은데 도무지 그 어떤 것도 먹히지 않는 먹통 중의 먹통이었죠. 분했어요. 그렇게 분할 수가 없었어요. 다들 날 어떻게 하고 싶어서 안달인데 사장님한테는 이렇게 안 되다니. 그나마 사모님이 나 때문에 불안해하는 게 유일한 위로가 됐었죠. 사모님이 전전긍긍하는 게 참 고소했어요. 그래서 사모님 앞에선 더 여우짓을 했죠. 미안합니다.

이것이 다 알고 있었다. 다 알고 있으면서도 시치미를 뚝 떼고 있었다. 예전 일들이 파노라마처럼 스치며 지나갔다. 한 대 확 갈 겨주고 싶었지만 난 참고 듣기만 했다.

깡숙이 한숨을 크게 내쉬었다.

잡았다.

깡숙의 입가에 주름이, 희미하지만 분명히 명백한 잔주름이 자리 잡고 있었다.

사이다 한 잔을 마신 듯, 속 시원함. 트림이 올라왔지만 역시 참아야 했다.

하지만 무슨 소용이 있었겠어요. 사모님을 괴롭히는 건 아무런 위로도 되지 못했어요. 지우정공 그만두고 한 석 달쯤 되었던 때였던 것 같아요. 사모님이 몸살에 걸렸던가 해서 공장에 나오지 못했단 얘기를 듣고 바로 달려가서 노래방 가자고 졸랐죠. 사장님이랑 상무님이랑 공장장님이랑 함께 노래방에 가서 즐겁게 놀고 술도 먹고 밤 12시 넘어서 자리를 끝내자 사장님께 집에 데려다달라고 매달렸어요. 그래서 사장님과 단둘이 밤길을 걸었어요. 그때 사장님이 꽤 취해서 난 절호의 기회가 왔다고 생각하고 팔짱을 끼고 콧노래를 불렀어요.

기억이 났다. 몸살이 아니라 대출금 때문에 부부 싸움을 한 날이었다.

나랑 그렇게 싸워놓고 깡숙과 함께 노래방을 갔었구나. 가서 또 좋다고 신이 나서 노래를 부르고 팔짱을 꼈구나.

나도 모르게 뿌드득 이를 갈았다. 트림이 터졌다. 깜짝 놀라 깡숙의 표정을 살폈다. 다행히도 깡숙은 제 얘기에 빠져서 모르는 것 같았다.

사장님이 갑자기 낮은 목소리로 날 부르는 거예요. 그 목소리가 아직도 기억나요. 사장님은, 사모님도 잘 알잖아요. 빈구석이 많고, 실수도 많고, 따지고 보면 좀 쉬운 사람이잖아요. 그런데 그 목소리는 평소 사장님과 많이 달랐어요. 도저히 범접할 수 없는 어떤 근엄함이랄까? 그런 목소리로 사장님이 그랬어요. 자기는 평생에 딱 한 사람만 사랑한다고. 그게 사모님이라고. 그리고 날 친동생으로 생각한다고. 그건 내겐 사형선고와 마찬가지였어요. 그 순간 느껴졌어요. 아, 이건 변하지 않겠구나. 이런 게 바로 진심이란 거구나. 결국 내가 진 거죠. 깨끗하게 항복한 거예요. 짝사랑이 끝난 건데 사귀다가 헤어진 것보다 더 아팠어요. 너무너무 아파서, 그래서 남양주를 떠난 거예요. 잊고 싶었죠. 모든 걸 잊고 새로 시작하고 싶었어요. 그런데 아무리 시간이 지나도 잊히지 않는 거예요. 한참 일하다가도 아, 지금쯤 사장님은 눈을 가늘게 뜨고 도면을 들여다보고 있겠구나. 잠자리에 누워서도 아, 사장님은 지금 한잔 거하게 걸쳤겠구나. 상무님하고는 그래서 연락하게 되었어요. 어떻게든 사장님 소식을 듣고 싶어서요. 그러다가 사장님이 중국에서 사망했단 얘기를 듣고 눈앞의 모든 게 깜깜해졌어요.

나만큼은 아니겠지만 그녀도 그의 사망 소식으로 인해 나름 상실의 고통을 겪었던 것 같았다. 동병상련의 기분. 깡숙에게 호감 비슷한 묘한 감정이 일었다.

그리고 3년 동안 내 인생은 그냥 어둠이었어요. 돈만이 유일한 위로가 되었죠. 그래서 미친 듯이 돈을 벌었어요. 정말 미친 듯이. 그러다가 사장님을 다시 만난 거예요. 정말 어떻게 그런 자리에서 그렇게 재회할 수 있었을까요? 꿈만 같았어요. 이건 운명이라고 믿었죠. 그런데…… 전에 얘기한 적 있지요? 사장님은 바위예요. 수십 년, 수백 년이 지나도 변하지 않고 한 자리를 지키는 바위요. 사모님에게 남자가 생긴 뒤에도 사장님은 사모님만 바라봤어요. 그제야 비로소 마음이 식었어요. 그게 참 싫었는데 그냥 식더라고요. 내가 어쩔 수 없는 그런 거. 결국 사장님을 완전히 포기했지요. 포기하고 돌아보니 나만 바라보고 있던 상무님이 보였어요. 상무님은 늘 내 곁에 있었어요. 물리치기도 하고 무시하기도 하고 화를 내기도 했지만 소년처럼 수줍은 얼굴로 떨리는 음성으로 내 이름을 부르며 내 곁을 떠나지 않았죠. 모르겠어요. 상무님이 왜 다른 남자들과 달랐는지. 내 몸을 욕심내는 건 똑같았는데 그 욕심이 너무도 순수하고 간절했다고나 할까.

순수는 개뿔.

불륜엔 그 어떤 예쁜 색을 입혀도 구린 똥색이 된다.

깡숙은 화물을 정리하고 고향인 대구로 돌아가겠다고 했다. 거기서 김치 사업에만 전념하겠다고. 이젠 다시 돈만 사랑하며 살겠다고. 오빠와는 어차피 시작할 때부터 언젠가는 끝날 거라고 예상했단다. 그리고 다신 서울로 돌아오지 않겠다고 약속했다.

그네에서 일어나 천천히 놀이터를 한 바퀴 돌았다.

깡숙이 떠나면 오빠 문제는 어쩌면 수습이 가능하겠다고 생각했는데 그게 아니었다. 깡숙과 헤어지고 난 후 오빠의 전화를 받았다.

깡숙이 떠난대.

알아.

그럼 이제 마음잡아야 하는 거 아니야?

그럼에도 오빠는 무작정 이혼부터 하겠다는 거였다. 깡숙과 상관없이 더 이상은 사랑 없는 결혼 생활을 이어가고 싶지 않다고 했다.

적반하장. 뻔뻔함. 무책임함. 이기심. 그리고 비겁함.

전화로 마구 퍼부어댔다. 내 악다구니를 다 듣고는 오빠는 딱 이 얘기만 했다.

다 맞아. 모든 게 내 잘못이라고. 내가 죽일 놈이야. 근데, 승희야. 나 처음이었어. 이런 사랑은 처음이었다고.

젠장, 나이 예순다섯에 첫사랑이라니. 미치지 않고서야.

남자들은 참 야비했다. 자신에게 가장 솔직해야 할 때 그러지 못했다. 누가 봐도 욕심이고 누가 들어도 정욕인데 그걸 사랑이라고 빡빡 우기며 스스로에게 면죄부를 주곤 가련한 희생양인 양 어설픈 연기를 했다.

노을이 깊어졌다. 붉은 공기가 놀이터에 내려앉았다. 바람이 잦아들었다. 살짝 높은 습도. 귀밑에 땀방울이 맺혔다. 익숙한 누렁이가 갑자기 모습을 드러내더니 나와 반대 방향으로 놀이터를 천천히 돌았다. 누렁이가 꼬리를 흔들며 내리막길로 달아났다.

'누렁아, 너도 이젠 안녕.'

벤치에 앉아 전화기를 꺼냈다. 1분 정도 폰을 쳐다보다가 전화를 걸었다. 3초도 지나지 않아 부드러운 저음이 들렸다.

— 여보세요?

— 나야.

— 승희야? 지금 어디야?

애써 감추려고 했지만 약한 떨림이 그대로 전해졌다.

— 민재 씨, 그동안 참 고마웠어.

— 승희야, 만나자. 만나서 얘기해.

민재 목소리가 다급해졌다.

깡숙과 헤어지고 돌아섰는데 잠시 후 깡숙이 다시 내게로 뛰어왔다. 왜 그러느냐 눈으로 물으니 깡숙이 가쁜 숨을 몰아쉬며 내게 한마디를 던졌다.

사장님이 왜 돌아왔는지 알아요?

난 눈만 껌뻑였다.

도저히 다른 남자한테 보낼 수가 없대요. 절대 그건 못 하겠대요. 그래서 죽으려고 했는데…… 죽지도 못하겠대요. 참 이해하기 힘들지만 아무튼 그렇게 죽지도 못할 만큼 사모님을 사랑한다는 거죠. 난 지금도 사모님이 너무 미워요. 너무너무 미워요.

난 계속 눈만 껌뻑였다.

— 승희야, 이건 말도 안 돼.

그놈은 내가 다른 남자에게 갈 걸 생각하니 피가 끓는다고 했다. 피가 끓다니. 도대체 얼마나 아프면 피가 끓을까?

참 이상한 일이었다. 꽤 오랫동안 연인으로 지낸 최민재와 막상 헤어지자고 마음을 정하니 민재는 내게 전혀 중요한 인물이 아니었다. 대체 난 어떤 인생을 살아왔던 것일까? 민재에게 미안했다. 너무너무 미안했다. 하지만 단지 미안함뿐이었다.

— 승희야, 제발.

민재가 흐느끼기 시작했다. 익숙한 눈물이었다.

— 미안하단 말 하고 싶지 않았는데…… 미안해. 정말 미안해.

전화를 끊었다. 오묘한 홀가분함. 날아갈 것 같은 가벼움. 매번 지은의 배낭을 보고 뭐라고 했었는데 나도 비로소 내 족쇄를 풀어버린 기분이었다.

이제 남은 건 단 하나, 놈이었다.

어디선가 구린내가 풍겼다. 고개를 들어보니 누렁이를 닮은 노인이 내 앞에 서 있었다. 이제 이 노인과도 이별이었다. 놀이터가 없어지면 이 노인은 어디로 가게 될까?

평소엔 늘 날 지나치던 노인이 이번엔 내 앞에 털썩 주저앉았다. 약간 당황스러운 상황. 엉덩이를 반쯤 들고 눈치를 살폈다. 노인 뒤로 작은 나무가 보였다. 전에는 보이지 않던 나무였다. 소나무 같기도 했고 잣나무 같기도 했다.

노인이 작은 나뭇가지로 땅바닥에 뭔가를 쓰기 시작했다. 등에 소름이 돋았다.

'설마? 놈이 만났다던? 말도 안 돼.'

바닥에 뭔가를 휘갈긴 노인이 자리에서 일어나더니 누렁이가 사라진 아래편으로 천천히 걸음을 옮겼다.

"저기요."

노인이 고개를 돌려 날 봤다. 환하게 웃는 얼굴. 놈을 닮은 미소였다. 그리고 놀라운 일이 벌어졌다. 눈 깜짝할 사이에 노인이 사라졌다. 작은 나무도 어디론가 사라졌다.

뭔가 붕 뜬 기분으로 노인이 남긴 글씨를 읽어봤다.

Love is heavy.

사랑은 무겁다.

깡숙에 따르면 놈이 중국 땅에서 만난 신은 단지 오른쪽으로 가면 가족을 만나고 왼쪽으로 가면 다시 잡힐 거라고만 한 게 아니었다. 정확히 신이 한 얘기는 이랬다.

Right, You will meet your family. but they will be unlucky.

Left, you will see your enemy. but your family will be lucky.

오른쪽으로 가면 가족을 만나지만 네 가족은 불운할 것이다.

왼쪽으로 가면 다시 잡히더라도 네 가족에겐 행운이 따를 것
이다.

그래서 놈은 미련하게 왼쪽 길을 택했고, 그렇게 신을 믿게 된
놈은 내 앞에 다시 나타날 수 없었던 것이었다.

인정해야만 했다. 사랑은 무겁다. 너무너무 무겁다.

한 순간 가슴이 또 찌릿했다. 우선은 병원에 가봐야 했다. 그게
우선이었다.

자리를 털고 일어서는데 폰이 울렸다. 미주였다. 피하고 싶은
전화였지만 피한다고 해결될 일이 아니었다. 일단 전화를 받았
다. 미주 목소리가 몹시 떨렸다. 미주가 크게 울먹였다.

— 어머니, 상우 씨가!

상우? 내 아들이 뭐? 가슴이 쿵 소리와 함께 내려앉았다.

— 큰일 났어요. 어머니. 상우 씨가 위험해요.

황무지

밤이 내렸다. 깜깜한 하늘, 거리를 밝힌 가로등. 상우의 새 작업실은 북한산을 오르는 혜화동 산길 중턱에 자리한 3층 연립주택 옥탑방이었다. 좁은 골목에 사람들이 잔뜩 몰려 있었다. 무전기를 들고 있는 경찰 하나가 연립주택 입구를 막고 있었다.

사람들을 마구 헤치고 입구에 도착했다. 우선 숨부터 골랐다. 미주 전화를 받고 거의 숨도 쉬지 못하고 전력을 다해 달려왔다. 복잡한 인파 속에서 미주가 나타나서 날 보며 울음을 터뜨렸다.

"상우가 어쨌다고?"

"그 나쁜 새끼가 지금 상우 씨를 인질로 잡고 있어요."

옥상 위에서 낯선 외침이 들렸다.

"어차피 좆 난 인생이야."

쳐다보니 어떤 놈이, 거대한 덩치가 상우를 뒤에서 끌어안은 채 목에 시퍼런 칼을 대고 위태롭게 난간에 서 있었다.

"미주야, 나 절대 혼자 가지 않는다. 이 새끼랑 같이 갈 거야."

놈의 고성. 살찐 놈이 혀를 날름거리고 있었다. 꼭 멧돼지 같은 놈이었다.

'내 새끼가 위험하다.'

난 곧바로 연립주택 입구로 향했다. 누군가 내 어깨를 잡았다. 돌아보니 민재였다. 미주가 민재도 부른 모양이었다.

"침착해야 해. 경찰에게 맡기고."

침착이라고? 지금 나한테 침착이라고? 멧돼지가 우리 상우랑 같이 간다고 했는데?

민재의 손을 뿌리치고 입구를 향해 달렸다. 이번엔 경찰이 날 막아섰다.

"안 됩니다. 위험해요."

"애 엄마예요. 비켜요."

"안 된다고요."

크게 경적이 울렸다. 쳐다보니 화물 트럭이, 골판지를 가득 실은 트럭이 좁은 골목길로 꾸역꾸역 진입하고 있었다. 트럭은 연이어 긴 경적을 울리며 사람들을 밀치면서 거침없이 연립 입구로 달려와 멈춰 섰다. 운전석에서 놈이 뛰어내렸다. 미주가 놈에게도 연락을 한 모양이었다. 트럭에 밀린 사람들이 쌍욕을 뱉었다.

놈은 그런 것엔 눈길 한번 주지 않고 곧장 주택 입구로 달려왔다.

놈은 민재와 미주와 내게 시선 한번 주지 않고 무작정 연립 안으로 뛰어들었다. 경찰이 제지했으나 놈은 힘껏 경찰을 밀쳐내고 안으로 들어갔다.

"이것 보세요. 안 된다고요."

당황한 경찰이 놈을 따라 입구 안으로 뛰어 들어갔다. 그새 나와 미주도 안으로 뛰어들었다.

"승희야, 안 돼. 이럴수록 침착해야 한다니까."

민재의 외침을 뒤로하고 놈과 경찰과 나와 미주는 나란히 열을 지어 단숨에 3층 옥상을 향해 뛰어 올라갔다.

미주의 전 남자친구는 미주네 집이 방콕에서 한국인 관광객을 대상으로 식당을 할 때 그곳의 주방장이었다. 눈빛이 좋지 않다고 미주 부모는 반대했지만 미주는 놈의 유머에 반해 놈과 연애를 했다. 놈은 인터넷 도박에 미친, 미주에게 도박 비용을 뜯어내는 쓰레기였다. 미주는 곧 멧돼지에게 이별을 통보하고 돌아섰다. 하지만 멧돼지는 집요했다. 술에 취하면 미주네 가게로 달려와 난리를 피웠다. 미주 가족이 귀국한 이유 중 하나가 바로 그 멧돼지 때문이었다. 귀국 후 악연은 끝난 줄 알았는데 멧돼지가 또 서울 바닥에 나타나서 미주에게 달라붙은 것이었다.

2층 난간을 오르다가 놈이 앞으로 자빠졌다. 마음은 비호같은데 몸이 안 따라준 탓이었다. 무릎을 계단 모서리에 정통으로 찍었는데도 놈은 벌떡 일어나서 다시 뛰었다.

순식간에 옥상에 올랐다. 옥상 난간에 선 멧돼지와 상우 앞에 어설프게 테이저건을 들고 엉덩이를 뒤로 쭉 뺀 젊은 경찰 하나가 보였고 바로 그 옆에서 무전기에 뭔가를 떠들어대는 중년 경찰이 보였다. 그리고 그들 바로 뒤에서 입구를 통제하던 경찰이 놈과 옥신각신 몸싸움을 하고 있었다.

"내 새끼라고. 내 새끼. 이야야야!"

괴성을 지른 놈이 경찰을 확 밀어냈다. 그리고 곧바로 멧돼지와 상우를 향해 달렸다. 테이저건을 들고 있던 경찰이 당황해 총부리를 놈에게로 돌렸다. 그 옆의 중년이 이러면 안 된다고 고성을 질렀다.

하지만 놈에게 그런 건 하나도 중요하지 않았다.

"상우야. 아빠가 왔다."

칼칼한, 예전보다 훨씬 굵어진 놈의 목소리. 크게 울리는 목소리. 전혀 그럴 상황이 아니었는데 난 어처구니없게도 안심이 되었다.

"가까이 오지 마. 확 그어버릴 거야."

당황한 멧돼지가 상우 목에 칼을 더 바짝 대며 놈을 협박했다. 하지만 놈은 거침이 없었다. 멧돼지는 놈이 얼마나 둔한 놈인지 모르는 게 분명했다. 놈은 상우를 향해 몸을 날렸다. 놈의 눈엔 상우만 보이는 게 분명했다.

"아빠!"

상우의 절규.

'신이여, 제발.'

사랑은 무겁다. 더럽게 무겁다. 제발 벗어버리고 싶다. 하지만 벗을 수 없다. 벗어버리기엔 너무 소중하기 때문이다.

찰나의 순간, 멧돼지가 상우를 밀쳐냈다. 다행이었다. 천만다행이었다. 동시에 놈이 멧돼지에게 달려들었다. 멧돼지의 시퍼런 칼이 놈의 배를 찔렀다. 놈이 자기 배를 찌른 멧돼지의 손목을 움켜잡았다.

근육이, 늘 통통한 편이었기에 전에는 한 번도 본 적 없는 놈의 팔뚝 근육이, 그 근육 하나하나가 꿈틀거렸다. 핏줄이, 굵은 놈의 팔뚝 핏줄이 불끈 솟아올랐다. 놈은 정말 최선을 다하고 있었다. 놈은 진정 바위 같았다. 모진 비바람 속에서 지은과 상우와 날 지켜주는 커다란 바위 같았다.

"상우야, 피해."

놈의 목소리가 하늘에 올랐다. 참으로 준엄한 외침이었다.

상우가 엉금엉금 기어서 자리를 피했다. 테이저건을 들고 선 경찰이 상우를 감싸 안았다. 상우의 안전을 확인한 놈이 멧돼지를 노려봤다. 놈의 눈에서 불꽃이 튀었다.

이 긴박한 와중에 그날이 불쑥 떠올랐다. 35년 전 11월 25일 밤이었다.

신장개업한 화장품 가게 앞에서 행사를 열심히 뛰고 있는데 구경꾼 무리에 섞여 있던, 척 봐도 불량해 보이는 사내 둘이 계속 날 보며 노골적으로 키득댔다. 가끔 있던 일이라서 모른 척하고 열심히 춤을 추며 돈을 벌었다.

일을 끝내고 혹시나 해서 밖을 살폈다. 불량배는 보이지 않았다. 별일 아닌 것 같아서 그냥 퇴근을 했다. 버스 정류장을 향해 한적한 길을 걷는데 골목에서 불쑥 불량배들이 나타났다. 난 비명을 질렀지만 어디에서도 도움을 구할 수 없었다.

좀 놀자는 거야. 오빠들 나쁜 사람 아니야.

낄낄대는 불량배들. 두려움. 놈들이 날 끌고 좁고 막다른 골목으로 들어가려고 할 때, 바로 그때 놈이 나타났다.

백마 탄 왕자처럼, 슈퍼맨처럼, 아니, 꼭 녹색 헐크처럼 홀연히 모습을 드러낸 놈이 불량배들의 앞을 가로막았다.

그 여자 놔줘.

너 뭐야?

좋은 말로 할 때 놔주라고.

곧 놈과 불량배들이 혈투를 벌였다. 놈은 참으로 멋지게 주먹을 휘두르고 발차기를 날렸다. 하지만 놈의 멋진 주먹과 발길질은 모두 허공을 갈랐다.

놈은 그야말로 찰떡이 되도록 얻어터지고 말았다. 그렇게 일방적으로 맞으면서도 놈의 주먹과 발길질은 잠시도 쉬지 않았다.

가끔 박치기도 날리고 양 무릎과 팔꿈치도 무기로 사용했다.

결국 때리다가 지친 불량배들이 먼저 손을 들었다. 놈들은 기분 잡쳤다면서 침을 뱉고는 자리를 떴고 놈은 그제야 골목길에 대자로 뻗어버렸다.

밤이 깊어지고 인적은 끊겼지만, 난 빨리 귀가해야 했지만 놈 앞에 쭈그리고 앉아 놈이 일어나길 기다렸다. 한 30분쯤 쓰러져서 씩씩대던 놈이 몸을 부들부들 떨며 간신히 몸을 일으켰다. 창피했는지 놈은 날 똑바로 보지 못했다.

그냥 가겠다는 놈을 억지로 끌고 버스 정류장 앞 포장마차로 향했다. 한적한 포장마차에서 어묵국수와 소주를 주문하고 놈을 쳐다봤다.

괜찮아요?

그럼요, 끄떡없어요.

입으론 괜찮다고 하면서도 놈은 여기저기가 결리는지 몸을 바로 하지 못했다. 우선 구겨진 놈의 자존심을 세워줘야 했다.

정말 대단해요. 두 명이랑 싸웠으면서도 괜찮다니요.

놈의 뒷목이 새빨개졌다. 놈이 묵묵히 소주를 마셨다. 난 이름이 뭐고, 어디에 살고, 지금 뭘 하는지 놈이 물어보지도 않았는데도 참새처럼 재잘재잘 떠들어댔다. 포차 라디오에서 산울림 노래가 흘러나왔다. 한참 동안 침묵 속에 술만 마시던 놈이 흥얼대듯 노래를 따라 불렀다.

나의 마음은 황무지 차가운 바람만 불고

풀 한 포기 나지 않는 그런 황무지였어요.

그대가 일궈놓은 이 마음

온갖 꽃들이 만발하고 따듯한 바람이 부는

기름진 땅이 되었죠.

노래를 다 부른 놈이 통통 부어오른 얼굴로 날 힐끔 보더니 빨개진 얼굴로 시선을 내리깔며 작게 속삭였다.

사실은…… 아까 춤출 때부터 보고 있었어요.

나도 알고 있었다. 남자들은 다들 침을 흘리며 내 가슴과 다리를 보고 있는데 놈은 내 눈을 보고 있었다.

저기요…….

덜덜 떨리는 놈의 목소리.

오늘이 11월 25일인데요. ……우리 1일입니다.

가슴이 뛰었다. 그 유치한 수작에 난 설렜다. 포차 밖에서 하얀 빛이 반짝였다. 바로 그 순간 마술처럼 까만 밤하늘에 하얀 눈이 내리기 시작했다.

그랬던 놈이 지금 내 앞에서 배에 칼이 찔린 채 버티고 있었다.

놈의 팔뚝에서 근육이 사라졌다. 핏줄도 희미해졌다. 그리고 양 어깨가 치솟았다. 발톱을 바짝 세우고 먹이를 낚아챌 때의 바로 그 솔개처럼, 거친 숨을 몰아쉬며 산 정상으로 오르는 외로운

킬리만자로의 표범처럼 놈이 하늘로 떠올랐다. 놈의 입에서 괴성
이 터졌다.

"승희야!"

놈이 멧돼지의 손목을 잡고는 함께 옥상 아래로 떨어졌다.

안 돼!

승희호

흐린 날 오후, 병원 특실 안.

막 복부 봉합 수술을 끝낸 놈은 회복실을 거쳐 병실로 옮겨졌다. 놈이 수술하는 동안 함께하던 지은과 상우는 각자 바쁜 일상으로 병원을 떠났다. 나만 홀로 남아 놈 앞에 앉아 아직도 마취에서 깨어나지 못한 놈을 내려다봤다.

처음 병실에 들어왔을 때 놈은 조금도 쉴 틈 없이 입술을 움직이며 온몸을 꿈틀댔다. 그럼에도 눈을 뜨지 못했다.

이렇게 막 움직여도 되는 건가요?

근심 가득한 내 얼굴을 보며 간호사는 해맑게 웃었다.

이 정도는 괜찮아요.

간호사가 놈의 팔에 주사기를 꽂고 총 세 개의 유리병을 연결

했다.

왜 아직도 깨어나지 못하는 거죠?

마취 풀리는 게 사람마다 달라요. 너무 걱정 마세요. 곧 깨어날 거예요.

3층 옥상에서 뛰어내린 놈은 천만다행으로 놈의 똥차 판지 위로 떨어졌다. 길바닥에 떨어진 멧돼지는 곧바로 기절했으나 놈은 폭신한 판지 위에서 놀란 눈을 동그랗게 뜨고 옥상 위에서 내려다보는 날 보더니 살짝 수줍게 웃어주었다.

해맑은 간호사가 나간 뒤 놈의 꿈틀댐이 멈췄다. 다행이었다. 하지만 여전히 입술을 이리저리 움직이며 묘한 소리를 냈다.

놈이 깨길 기다리는 것 외엔 별로 할 일이 없었다. 그래서 찬찬히 놈을 들여다봤다. 언제 이렇게 놈의 얼굴을 자세히 들여다봤는지 기억도 나지 않았다.

이제 보니 놈은 아주 팍삭 늙어 있었다. 이마와 눈매에 잔주름이 가득했고 피부도 꽤 거칠었다. 처진 눈매와 드러난 광대. 살까지 너무 많이 빠져서 놈은 제 나이보다 더 노인처럼 보였다.

무식한 놈.

상우가 다치면 어쩌려고, 그 멧돼지 같은 놈이 상우를 푹 찌르면 대체 어쩌려고 그렇게 앞뒤 안 가리고 무작정 달려들었는지.

혹시라도 상우가 다쳤으면 절대 그냥 놔두지 않으려 했는데 다행스럽게도 상우는 목에 아주 작은 상처가 생겼을 뿐이었다.

놈이 갑자기 히죽거렸다. 여전히 마취에 취한 채였다.

뭐니? 난 속상해 죽겠는데 넌 무슨 좋은 일이 있다고 히죽대는 거니?

놈이 미워 죽을 지경이었다. 아무런 대책도 없이 그렇게 달려들다니. 하긴 놈의 세대에선 흔한 일이었다. 이른바 무대뽀 정신.

등짝이라도 한 대 갈겨줘야 후련할 것 같았는데 방금 수술을 끝낸 놈을 패기에는 좀 그래서 속으로 욕만 한 바가지 퍼부어주었다.

놈의 중얼거림이 조금 커졌다.

"승희야, 걱정 마. 오빠가 있잖아."

미친놈. 맨날 큰소리는. 저 허풍을 믿었다가 그 오랜 세월 생고생을 했다.

이번엔 놈이 잔뜩 인상을 찌푸렸다.

"상우는? 우리 상우는?"

상우 걱정을 하는 모양이었다. 걱정 좀 하라고 그냥 놔두려다가 놈이 들을 수 있는지 확실하진 않았지만 그냥 건성으로 답을 해주었다.

"상우는 괜찮아. 아무 걱정 마."

놈의 표정이 편안해졌다. 놈의 입가에 엷은 미소가 번졌다. 알아듣는 모양이었다.

"무작정 달려들면 어떡해? 큰일 날 뻔했잖아."

놈의 중얼거림이 다시 작아졌다. 입술을 움직이며 뭐라고 했는데 잘 들리지 않았다. 잠깐 망설이다가 상체를 숙여 놈의 입에 귀를 갖다 댔다. 입 냄새, 땀 냄새, 남자 냄새가 코를 자극했다. 놈의 목소리가 들렸다.

"내 새끼가 위험한 것보다 큰일이 어디 있어?"

맞는 말이었다. 놈이 아니었으면, 어쩌면 내가 막무가내로 나갔을 것 같았다.

가까이에서 놈의 얼굴을 또 들여다봤다. 놈의 속눈썹은 여전했다. 예나 지금이나 놈은 끝이 살짝 말려 올라간 속눈썹이 예뻤다. 그리고 두툼한 입술. 젊을 땐 그 입술이 그렇게나 믿음직했다.

고개를 들고 병실을 돌아봤다. 쾌적하고 넓은 특실. 약간 덥게 느껴졌지만 환자에겐 딱 알맞은 온도라고 했다. 괜히 여기저기를 돌아보다 놈을 다시 바라봤다. 놈은 여전히 눈을 감고 있었다. 순간 놈의 입술이 꿈틀댔다.

"상우야, 사내에게 사랑이란 말이야. 내 여자의 자존심을 지켜주는 거야. 어떤 경우에도 말이야, 내 여자를 아프게 하지 않는 게, 그게 사랑이야, 인마."

울컥. 그런 놈이, 그렇게 내 자존심이 소중했던 인간이 TV 리모컨, 그거 하나를 안 뺏기겠다고, 그 알량한 채널권을 지키겠다고 그렇게 생고집을 부렸니?

그런 놈이, 나 아픈 걸 못 보는 인간이 저녁 설거지 하나를 안

도와주고 휴일에도 낑낑대며 이불 빨래하는 걸 누워서 빤히 보고
만 있었니?

그런 놈이, 그렇게 사랑을 잘 아는 인간이 우리 결혼 20주년을
까맣게 잊고 술이 떡이 되어 새벽에 기어 들어왔니?

반발심이, 놈에 대한 적개심이 부글부글 끓어올랐다. 놈의 귀
에 대고 또 속삭였다.

"그런 인간이 승희호는 왜 팔아먹었어?"

놈은 다시 잠에 빠진 듯 움직임이 없었다. 자세히 들여다보니
놈의 눈가에 물기가 맺혀 있었다. 놈이 다시 중얼대기 시작했다.

"난 승희호를 팔아먹은 적이 없어. 매일 그 하얀 배에 돛을 높
이 올리고 온 바다를 누비며 그물을 내렸어."

놈이 눈을 떴다. 마취에서 완전히 깨어난 것 같았다. 의사를 부
르려고 몸을 일으켰다 놈이 몸을 꿈틀댔다. 돌아보니 놈이 다시
눈을 감았다.

"그때 말이야."

놈 앞에 서서 놈을 바라봤다.

언제를 얘기하는 거지?

"당신이 들어와서 부엌에서 궁댕이를 살랑살랑 흔들면서 〈찻
잔〉을 부를 때 말이야."

난 천천히 놈의 앞 의자에 앉았다.

"그때 그런 생각을 했어. 나는 과연 한 번이라도 당신이 궁댕이

춤을 추게 한 적이 있었던가? 없더라고. 아무리 떠올려봐도 없더라고. 기운이 빠졌어. 온몸에 힘이 다 빠져버렸어. 그래서 몰래 집에서 나온 거야."

그건 그냥 흥분이었을 뿐이라고, 외로움에 지쳤다가 갑자기 찾아온 흥분에 살랑댄 것뿐이라고 변명하고 싶었다. 하지만 그럴 수 없었다. 대신 난 놈에게 따졌다.

"그래서 무려 7년 동안이나 숨어서 지냈다는 거야? 그게 말이 돼?"

놈은 여전히 눈을 감은 채 천천히, 평소보다 더 굵은 목소리로 내게 답을 했다.

"솔직히 그렇게 괴롭기만 한 건 아니었어. 그게 참 묘하더라고. 처음엔 진짜 견디기 힘들었지만 이게 차츰 나아지는 거야. 왜 그럴까? 처음엔 몰랐어. 그러다가 알게 되었어. 내가 바로 가장이란 신분을 벗어버렸다는 거. 인생이 연극이라면, 우리 가족이 배우라면 난 매번 긴장을 해야만 하는 주연이었어. 책임감, 부담감. 그런데 어느 순간 내가 관객이 되어서 객석에 앉은 거야. 비록 조명은 받지 못했지만 난 그게 꽤 편했어. 그래서 견딜 수 있었던 것 같아. 관객으로 말이야."

이게 이해가 되면 안 되는데 사실 이해가 되었다. 나도 모르게 오른손으로 놈의 팔을 만졌다. 놈이 움찔했다. 급히 손을 거두려다가 천천히 놈의 팔을 쓰다듬었다. 앙상한 팔뚝이, 세월을 지탱

해온 놈의 팔뚝이 너무 따듯해서 서서히 눈물이 흘러나왔다.

노크 소리가 들렸다. 의사와 간호사가 들어와 놈의 상태를 확인했다. 의사 표정을 보니 모든 게 안정적인 모양이었다. 살며시 병실을 빠져나왔다.

1층 로비에서 캔 커피를 뽑아 들고 밖으로 나왔다. 바람이 쌀쌀했다. 벌써 11월이었다. 겨울이었다. 어디로 갈까 잠깐 주저하다가 주차장으로 터덜터덜 걸어갔다.

내 지프 옆에 놈의 화물 트럭이 보였다. 커피를 마시면서 화물 트럭을 한 바퀴 돌았다. 이런저런 글씨가 참 지저분하게 여기저기에 쓰여 있었다.

동일화물, 동일은 과적을 하지 않습니다. 안전제일. 중량 1톤. 양주시 모범 기업. 그리고 운전석 옆문에 쓰인 '승희호'.

승리호가 아니었다. 승희호였다.

기막혀서 헛웃음이 저절로 터져 나왔다.

그러니까 놈은 이 똥차를 몰고 다니며 하얀 배 선장이자 화부 놀이를 한 것이었다.

병실로 돌아오니 놈은 다시 잠들어 있었다. 복부 수술은 성공적이라고 했다. 긴장이 풀리자 피곤이 밀려왔다. 보호자 침대에 누워 눈을 붙였다. 난 곧 잠들었다.

갑자기 눈앞이 하얗게 변하면서 하늘에서 강렬한 빛이 내렸다. 어지럼증. 잠시 눈을 감았다가 살며시 떴다.

눈앞에서 파도가 몰아쳤다. 하얀 거품이 일었다가 사라졌다. 바다 냄새, 가자미젓 냄새. 그리고 수면에서 빛이 춤을 추기 시작했다. 하얀 배가, 돛을 높이 세운 승희호가 바다를 헤치며 내게 다가왔다. 꿈이었는데, 꿈이란 걸 느끼고 있었는데도 전혀 꿈같지 않은 생생한 모습이었다. 하얀 배 위에 놈이 서 있었다. 놈이 환한 표정으로 웃으며 그물을 내리고 있었다. 놈의 굵은 팔뚝에서 잔근육이 꿈틀댔다.

승희는 하얀 배, 작고 야윈 배.
푸른 돛을 올리고 바다로 향한다.
파도에 휘청대고 바람에 흔들리지만
한번 세운 돛은 내리지 않는다.

다시 파도가 밀려왔다. 하얀 거품이 내 발을 휘감았다.

놈의 말이 맞았다. 놈은 매일 거친 바다에서 승희호를 몰며 힘겨운 하루하루를 견뎌온 것이었다. 놈의 말이 맞았다. 놈은 단 한번도 내 곁을 떠난 적이 없었다.

꿈속에서 참았던 눈물이 터져 나왔다. 팔과 다리, 배 속과 등짝, 가슴과 허리, 온몸 곳곳에서 올라온, 도저히 걷잡을 수 없는 눈물이 하염없이 흘러내렸다.

꼰대

20여 일이 흘러갔다.

상우는 미주와 끝내 이별을 했다.

골판지 밖으로 떨어져 다리가 부러진 멧돼지는 다리가 붙은 후 당연히 법의 심판을 받게 되었고, 상우는 이제야 미주가 자신에게 얼마나 소중한 사람인지 깨닫고는 곧바로 달려가 자기가 잘못했다고 손이 발이 되게 싹싹 빌었다.

하지만 미주는 받아주지 않았다. 아마도 지친 듯했다. 미주에겐 휴식이 필요했다. 미주는 가족과 함께 방콕으로 돌아가기로 했다.

상우는 예전 무명 시절에 있던 동두천 반지하 작업실에 파묻혀 만화만 그렸다. 아들은 한동안 그곳에서 나오지 않을 것 같았다.

상우는 생각보다 더 아픈 모양이었다. 아들이 아픈 만큼 나도 아팠다. 하지만 내가 해줄 수 있는 건 하나도 없었다.

그런 생각을 했다. 상우와 미주, 둘의 미래를 누가 알겠는가? 모든 건 열려 있었고 또한 닫혀 있었다. 그렇게 스스로 위로할 수밖에 없었다.

지은은 소송을 시작했다.

장진호는 돈을 원했고 지은은 아이들을 원했다. 어떻게 보면 합의가 가능해 보였는데 실제론 전혀 가능한 일이 아니었다. 결국 상대를 짓밟고 상처를 줘야 얻을 수 있는 승리이기에 진흙탕 싸움을 피할 수 없게 되었다. 역시 마음이 많이 아팠지만 그저 응원하는 것 외엔 달리 도울 길이 없었다.

오빠는 이혼 대신 별거를 선택했다.

은영이 끝까지 이혼하지 않겠다고 버티자 오빠는 오빠답게 타협점을 찾았다. 난 괜찮은 선택이라고 생각했다. 아빠의 불륜 소식에 치를 떨던 경아가 매일같이 전화로 성화를 부리는 바람에 은영은 집 전세금을 빼서 뉴질랜드로 떠나기로 했다. 오빠는 뜬금없이 아무 연고도 없는 부산으로 내려가서 택배 기사를 하겠다고 했다. 오빠에겐 달랑 500만 원을 빌려줬지만 은영에겐 처음 약속대로 4억 원을 송금해주었다. 조카에게 상속한다는 명목이었다. 명원은 아깝지 않냐고 했지만 난 하나도 아깝지 않았다. 은영은 충분히 4억을 받을 자격이 있었다. 은영은 찾아와 눈물 한 바가지를 쏟아내며 다시 친구로 받아준 게 제일 고맙다고 했다. 오해였다. 난 은영을 다시 받아준 게 아니었다. 사랑하는 올케와 조카에게 내 할 일을 한 것뿐이었다.

깡숙은 내게 약속했던 대로 빠르게 사업을 정리하기 시작했다.

명원은 은영을 위해 또 한 번 머리채를 잡아채자고 했지만 난 아무 반응도 하지 않았다. 그러거나 말거나 이젠 아무 의미가 없었다.

명원은 남자친구와 헤어졌다.

별 인연 없이 만났듯이 헤어짐에도 둘에겐 별다른 이유가 없었다. 자기는 괜찮다고 했지만 명원은 매일 밤 술독에 빠져 지냈다. 평생 한 사람과 지낸다는 것도 못할 일이지만 만나고 이별하는 일은 더 못할 짓 같았다.

민재는 꼬리가 아주 길었다.

처음 일주일 동안 매일 거의 한 시간 간격으로 연이어 전화를 했고 밤이면 직접 집으로 찾아오기도 했다. 내가 미동도 하지 않고 끝까지 받아주지 않자 장문의 메시지를 보내기 시작했다. 난 여전히 꿈쩍하지 않았다. 민재는 열심히 날 설득하려 했지만 난 그의 목소리가 전혀 귀에 들어오지 않았다. 민재의 오해. 민재는 내가 흔들린다고 믿는 것 같았다. 난 흔들리는 게 아니었다. 그냥 그에게 관심이 없어진 것이었다.

이러면 안 되는데, 끝까지 미안해해야 하는데 난 차츰 그가 귀

찾아졌다.

민재 아들에게 연락이 왔다. 그동안 알게 모르게 우리 집안을 후원한 금액을 돌려달란 소리였다. 장진호가 7천이고 상우가 3천이고 오빠가 5천이라고 했다. 곧바로 총금액 1억 5천을 계좌 이체해주었다. 미안함이 1억 5천만큼 줄어들어 마음이 조금 가벼워졌다. 이런 내가 참 싫었지만 어쩔 수 없이 그런 마음이었다.

다음엔 민재 여동생에게 연락이 왔다. 그동안 민재가 내게 선물한 걸 대충 합산해보면 1천 2백 정도 된다는 얘기였다. 여동생 얘기가 끝나자마자 너무도 고마운 마음으로 재빨리 1천 2백을 송금해줬다.

마지막으로 보험조사원이란 사람이 날 찾아왔다. 조사원은 점잖게 남편이 살아 돌아왔다는 소문이 사실이냐고 물었다. 어떻게 대답해야 할지 몰라서 입을 다물었다. 조사원은 이미 한소원이란 사람에게서 충분한 증언을 확보했다고 했다. 한소원은 민재의 며느리였다. 그 집안사람들 마음은 충분히 이해가 되었지만 이건 좀 심하단 생각이 들었다. 보험조사원은 구상권 청구 소송을 시작하겠다면서 혹시라도 협상을 원한다면 연락을 달라고 했다.

가족에겐 비밀로 하고 혼자서 고민을 했다. 최종적으로 5억이 큰돈이긴 하지만 서준표를 위해서 진작 했어야 할 일이 아니었을까, 그런 생각이 들었다. 보험사에 5억을 물어주기로 결심을 했다. 이래저래 통장에서 돈이 뭉텅뭉텅 빠져나갔다. 잔액이 빠르게 줄어들었다. 솔직히 속이 상했다.

가족들이 내게서 돈을 뜯어 갔다는 걸 알게 된 민재는 가족과 절연하고 무작정 해외로 떠나버렸다. 떠날 때까지 민재는 끝내 내게 아무 연락도 하지 않았다.

가만히 내 속을 들여다봤다. 난 민재 가족에게 돈을 내주며 민재에 대한 미안한 마음을 덜어냈다. 내가 잘못한 거였다.

민재는 어떤 기분이었을까? 나와의 모든 게 돈으로 정리된 걸 민재는 어떻게 받아들였을까?

반성을 했다. 깊이 반성을 했다. 나 편하자고 남의 진심을 쓰레기로 만들어버리다니. 민재 때문에 마음이 아팠지만, 너무 미안했지만 그렇다고 뭔가를 되돌리기엔 너무 늦어버렸다. 난 매일 반성만 했다.

놈은 딱 일주일 만에 퇴원을 했다.

퇴원하자마자 놈은 곧장 내게 달려왔다. 노원역 스타 카페 2층 창가에서 놈과 마주했다. 놈에게 아이들 일과 최민재 일과 보험금 반환 사실을 알려주었다. 아이들 일에 때론 혀를 끌끌 차고 때론 가슴 아파하고 그러다가 결국 다 괜찮아질 것이라며 날 위로하던 놈이 보험금 얘기에 벌떡 일어섰다.

그걸 왜 돌려줘?

당신이 살아 돌아왔으니 돌려줘야지.

그럼 내 지난 10년은 누가 어떻게 보상해줄 건데?

그건 또 그럴듯한 주장이었다. 하지만 이제 그런 건 중요한 게 아니었다.

그럼 계속 오동수로 살 거야? 서준표로 돌아올 생각은 아예 없는 거야?

놈이 입을 다물었다. 침묵은 생각보다 훨씬 더 길게 이어졌다. 서서히 기분이 가라앉았다. 끝도 없이 가라앉았다.

그걸 원한 게 아니었단 말인가? 서준표를 회복해 내 곁으로 돌아오는 것이 놈의 꿈이 아니었단 말인가?

너무 아까워.

당신이 돌아오는 거잖아. 당신이 가족의 품으로 돌아오는 거라고. 뭐가 아까워?

이 문제는 좀 더 생각해보자.

내 남편으로 돌아오는 게 싫다는 거야?

그런 게 아니야.

알았어. 나도 뭐 좋아서 그런 건 아니야. 그냥 지금처럼 남남으로 살자고.

또, 또, 또, 이 화상 이거.

입장 바꿔 생각해봐. 난 당신이 고마워할 줄 알았어. 당연히 감격할 줄 알았다고. 당신 자리 찾아주겠다고 5억을 내놓겠다는 거잖아. 그런데 지금 이 반응, 이거 뭐야? 너무 웃기지 않아?

부부는 말고.

아, 그러니까 나랑 부부는 싫은 거였구나. 알았어. 더 할 얘기 없어.

연애만 하자고.

육갑하고 자빠졌네.

난 자리에서 발딱 일어났다. 집에 돌아와서도 화가 쉽게 풀리지 않았다. 한참을 씩씩대다가 김치와 고추장, 장조림으로 비빔밥을 해먹었다.

밥을 먹고 나니 분이 가라앉았다. 놈은 미안한 것이었다. 그런 게 분명했다. 분명하다고 몇 번을 다짐해도 찜찜함은 사라지지 않았다.

보험조사원이 놈의 의정부 고시원까지 찾아간 모양이었다. 놈은 급히 몸을 숨기고 연락을 끊었다. 양양으로 도주한 것 같았다. 답은 없더라도 이틀에 한 번 정도 놈에게 문자를 보내주었다.

2주쯤 지난 후 놈이 서울로 돌아와 내게 전화를 했다. 난 그 전화를 받을 수 없었다. 그 시간 난 병원에서 수술을 받고 있었다. 가슴 멍울 때문이었다.

가슴 찌릿함은 호르몬 이상 때문이라고 했다. 약을 먹으면 별탈 없을 거란 얘기였다. 천만다행이라고 생각하고 안도하고 있는데 의사가 고개를 갸웃거렸다. 멍울이, 가슴에 있던 멍울 모양이 사각형으로 변했단 소리였다. 조직 검사를 했다. 다행히 암은 아니었다. 그냥 물혹이지만 그래도 제거하는 게 좋을 것 같다고 해서 간단한 수술을 하게 되었다.

아무리 간단하다고 해도 수술은 수술인지라 도와줄 사람이 필요했다. 지은에게도 상우에게도 오빠에게도 은영에게도 알리기가 참 그랬다. 난 놈이 필요했다. 하지만 놈은 생난리를 부릴 게 너무 뻔했다. 하는 수 없이 술독에 빠져 사는 명원을 불렀다. 소식을 듣고 바로 달려온 명원도 눈물부터 쏟아냈다.

별거 아니래. 수술만 하면 괜찮대.

누가 뭐래?

그만 울어.

하다 하다 이젠 물혹이냐, 이 불쌍한 것아.

그래 그냥 물혹일 뿐이라니까.

수술을 했다. 의사 말대로 참 간단한 수술이었다. 생각보다 훨씬 빠르고 쉽게 끝났다. 의사는 아주 깔끔하게 정리가 되었다면서 만족한 미소를 보여주었다.

특실에 누워서 이런저런 쓸데없는 생각을 했다.

놈이 서준표로 돌아오면 한집에 살아야 할 것 같은데 혹시 한방을 써야 하나?

놈이 돌아오면 우린 밥벌이는 어떻게 하지? 하긴 뭐 가진 게 돈밖에 없는데 천천히 생각해보지 뭐. 하지만 다이마루는 이젠 안 해.

놈이 돌아오면 차를 사줘야 하나? 그냥 지프를 함께 쓸까?

명원은 담배를 태우러 간다고 나가서 함흥차사였다.

또 놈 생각에 빠졌다.

놈은 과연 꼰대일까? 여러 면에서 놈은 확실히 꼰대였다. 하지만 놈은 여느 꼰대와 확연하게 다른 점이 있었다.

놈은 앞으로도 나만 바라볼 것이다. 그런 면에서 놈은 은근히 고결했다. 놈은 꼰대가 분명했지만 적어도 여기저기를 기웃거리는 천박한 꼰대는 아니었다.

놈은 가족을 위해서라면 언제든 희생할 준비가 되어 있었다. 그런 면에서 놈은 은근히 믿음직했다. 말로만 자기가 다 지킨다고 떠들어대다가 막상 결정적 순간이 찾아오면 아내 뒤에 숨어버리는 비겁한 꼰대도 아니었다.

놈은 용기가 필요할 때 피하지 않았다. 그런 면에서 은근히 남자였다. 울퉁불퉁한 근육만 자랑질하다가 정작 위기가 닥치면 거짓말만 둘러대고 핑계만 늘어놓는 그런 가짜 꼰대가 아니었다. 그리고 보니 놈은 썩 괜찮은 인간이었다.

노크 소리가 들렸다. 간호사가 묘한 표정으로 안으로 들어왔다. 간호사의 손에 꽃바구니가 들려 있었다.

"원래 꽃은 절대 안 되는데 VIP시니까 몰래 배달 왔어요."

총 서른다섯 송이의 보랏빛 국화였다.

'놈이다.'

폰으로 확인을 하니 오늘이 11월 25일이었다. 35주년 기념일.

국화 옆 쪽지에 정말 못생긴 필체가 눈에 띄었다.

'나를 찾지 마시오.'

'뭐?'

'이거 뭐지?'

순간 놀이터의 노인네가 떠올랐다. Your family will be unlucky. 사랑은 무겁다 했던 그 망할 노인네.

안 돼.

간호사가 나가자마자 명원이 담배 냄새를 몰고 들어왔다. 명원이 날 보고, 내 표정을 보고 깜짝 놀랐다.

"너, 왜 그래? 어, 어디 아파?"

"서준표한테 얘기했어?"

명원 얼굴이 딱딱하게 굳었다.

"창피해서 아주 죽는 줄 알았어. 병원 주차장에 드러누워서 승희야, 승희야, 하고 엉엉 우는데. 야, 도저히 못 봐주겠더라. 몇 번을 물혹이라고, 별것 아니라고 해도 계속 자기 때문이라고, 자기가 나타났기 때문이라고, 자기 욕심 때문이라고 울어대는데. 아무튼 참 서준표는 서준표야."

자리에서 일어나 창을 활짝 열었다. 하늘에서 뭔가가 반짝였다. 흰 종잇가루를 뿌린 듯했다. 가만히 보니 첫눈이었다. 첫눈을 보면서 놈의 메모를 다시 읽었다.

'나를 찾지 마시오.'

메모를 노려봤다. 놈의 못생긴 필체에 피식 웃다가 하늘을 보
며 힘껏 외쳤다.

"서준표, 이 미련 곰탱아, 오늘부터 우리 1일이야."

에필로그

한 해가 지났다.

상우는 미주를 만나러 태국으로 갔다. 지은은 장진호에게 4억을 뺏긴 대신 사라와 요한을 지킬 수 있었다. 뉴질랜드로 간 은영은 종종 경아와 찍은 행복해 보이는 사진을 보내왔다. 부산으로 내려간 오빠는 감감무소식이었다. 명원은 이번엔 민재를 꼭 닮은 70대 노인과 사랑을 시작했다. 이번엔 진짜라고 했지만 난 당연히 믿지 않았다. 민재는 여전히 해외에 머물렀다. 그래서 난 여전히 매일 반성을 해야만 했다.

한 해가 지났다.

난 이사를 했다. 강원도 양양의 현남 바닷가 '어부의 아들' 횟집을 인수해 '승희호' 간판을 새로 달고 횟집 사장이 되었다.

버티고 버티다가 석배 씨는 결국 횟집과 나무색 2층 주택을 내게 팔고 아내가 있는 묵호로 돌아갔다.

생선은 석배 씨가 묵호를 오가며 대주었고 청소와 서빙은 동네 아주머니 둘을 고용했다. 난 주 종목인 요리만 했다. 횟집에 젊은 친구들이 몰려들었다. 가까운 해변에서 서핑을 하는 친구들이었는데 신선한 회와 승희표 매운탕, 그리고 가자미젓갈에 반해 매번 다른 친구들을 데리고 왔다. '승희호'는 대박이 났다.

지은과 상우에게 약속한 4억을 상속해주고 통장 잔고는 거의 거덜이 났지만 횟집 대박으로 인해 돈은 전혀 걱정할 필요가 없었다. 내친김에 전문으로 회를 치는 젊은 친구도 합류시켰다. 바쁜 하루가 지나가면 또 바쁜 하루가 이어졌다. 그럼에도 한가한 시간을 보낼 수 있었다. 대부분의 한가한 시간, 난 해변으로 나가 바다를 보며 지냈다. 파도가 치면 엉덩이를 살랑대며 노래를 흥얼댔다.

너무 진하지 않은 향기를 담고
진한 갈색 탁자에 다소곳이
말을 건네기도 어색하게
너는 너무도 조용히 지키고 있구나.

놈은 단 한 번도 내 앞에 모습을 드러내지 않았다. 그러나 난 알고 있었다. 놈은 단 한 번도 내 곁을 떠난 적이 없을 것이다.

언젠가 한 번만 걸리면, 딱 한 번만 걸리면 난 놈의 발에 족쇄를 채우고 생의 끝 날까지 놈의 옆구리에 딱 달라붙어서 절대 떨어지지 않을 작정이었다.

지금도 놈은 내 뒤에 서 있다. 든든한 바위처럼.

작가의 말

오랜 시간 다른 글에 매달리다가 작년 초, 다시 소설을 쓰기 시작했습니다. 초반부터 장애가 적지 않았습니다. 원래 그리 잘 쓰던 문장도 아닌데 그 평범한 문장을 되찾는 데 꽤 오랜 시간이 필요했습니다. 그새 세월이 살같이 흘러 어느새 저는 이번 소설의 주인공, 승희처럼 환갑 나이가 되었고 그래서 젊은 독자들을 위한 신박한 이야기를 쓰는 게 참 쉽지 않았습니다. 무엇보다도 전작 『할매가 돌아왔다』가 재미있었다는 독자평이 큰 부담이 되었습니다.

'과연 어떤 소설을 써서 독자들의 주목을 받고 힙하게 복귀할 수 있을까?'

제법 오랜 궁리 끝에 결국 트렌드와는 전혀 상관없는, 제가 진짜 하고 싶은 이야기, 바로 2년 전 돌아가신 아버지를 쓰기로 마음먹었습니다. 소설에 나온 에피소드는 다 꾸며낸 이야기지만 그 본질은 모두 아버지에 대한 생생한 기록이었습니다. 그래서 쓰는 내내 아버지를 회상하며 얼마나 많이 울컥했는지 모릅니다.

자고 일어나면 어제의 이슈가 연기처럼 사라져버리는, 너무도 빠르게 변해가는 독서 환경 속에서 신파를, 그것도 다름 아닌 꼰대의 신파를 썼다고 하자 가까운 문우들도 고개를 갸웃거렸고 편집자는 한숨부터 내쉬었습니다. 겉으론 큰소리쳤지만 막상 전자책 구독 플랫폼에서 연재가 시작되자 사실 저도 아예 관심조차 받지 못하고 묻혀버리면 어쩌나 몹시 초조하고 불안했습니다.

그런데 하나둘 독자들이 평을 달아주었습니다, 젊은 독자들이 이 노년의 신파에 공감해주었습니다. 재미있다고, 다음 이야기가 궁금하다고, 기다리는 동안 행복했다며 최고 평점을 선물해주었습니다. 따듯함이, 제 아버지의 따듯함이, 아버지 세대의 뜨거운 헌신이 세대를 넘어 통한 것 같아 너무 기뻤고 진정으로 감격했고 저 역시 참으로 행복했습니다.

이번 소설엔 '작가의 말'을 생략할까 하다가 순전히 이 오래된 얘기에 공감해준 독자들에게 감사의 마음을 전하기 위해 다시 펜을 들었습니다.

편견 없이 이 신파를 읽어주고 환갑의 러브스토리에 엄지 척을 해준 모든 독자님들,

진심으로 고맙습니다.

글을 가르쳐주신 스승, 조동선 선생님, 끝까지 믿어준 클레이하우스 윤성훈 대표님께 감사의 마음을 전합니다. 제가 믿는 주님께 모든 영광을 돌립니다.

앞으로도 소중한 개인의 작은 이야기, 그 특별한 목소리에 귀기울이며 열심히 소설을 읽고 쓰는 김범이 되겠습니다.

2023년 5월

김범

나를 찾지 마

초판 1쇄 인쇄 2023년 4월 20일
초판 1쇄 발행 2023년 5월 2일

지은이 김범

편집 윤성훈
교정교열 김정현
디자인 studio weme
마케팅 신동익
제작 ㈜공간코퍼레이션

펴낸이 윤성훈 펴낸곳 클레이하우스(주)
출판등록 2021년 2월 2일 제2021-000015호
주소 경기도 파주시 회동길 530-20 402호
전화 070-4285-4925 팩스 070-7966-4925 이메일 clayhouse@clayhouse.kr

ISBN 979-11-981738-7-4 (03810)

클레이하우스(주)는 쓸모 있는 지식, 변화를 이끄는 감동, 함께 나누는 재미가 있는 책을 펴냅니다.
저희와 이런 가치를 함께 실현하길 원하는 분이라면 주저하지 마시고 이메일로 기획안과 원고를 보내주세요.

클레이하우스㈜가 더 나은 책을 펴낼 수 있도록 의견을 남겨주시거나 오타를 신고해주세요.
QR코드에 접속해 독자 설문에 참여해주신 분께 추첨을 통해 선물을 드리겠습니다.